가면병동

가면병동

치넨 미키토 장편소설 | 김은모 옮김

arte

| 차례 |

다도코로 병원 각층 평면도

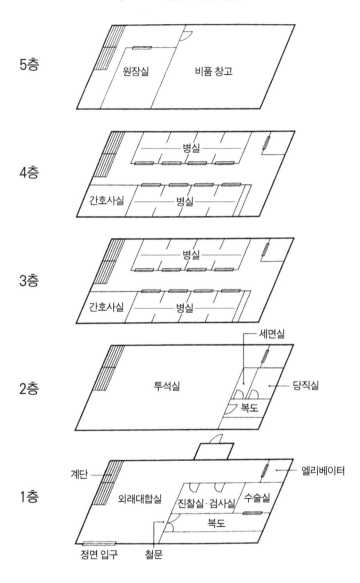

5층 — 원장실, 비품 창고

4층 — 병실, 간호사실, 병실

3층 — 병실, 간호사실, 병실

2층 — 투석실, 세면실, 당직실, 복도

1층 — 계단, 외래대합실, 진찰실·검사실, 수술실, 엘리베이터, 복도, 정면 입구, 철문

일러두기
옮긴이주는 괄호 안에 '옮긴이'를 함께 넣어 표기하였습니다.

프롤로그

초침이 움직이는 소리가 다다미 여섯 장(약 세 평—옮긴이)쯤 되는 공간에 몹시 크게 울려 퍼졌다. 납처럼 무거운 분위기가 정신을 조금씩 갉아먹었다.

하야미즈 슈고는 폐 속에 고인 공기를 내뱉으며 맞은편에 앉은 형사에게 시선을 돌렸다.

"알고 있는 건 전부 말했습니다. 뭐가 불만입니까?"

벌써 열 시간도 넘게 음울한 분위기로 충만한 방에 갇혀 있었다. 이 좁은 공간에서 거북하고 불쾌하게 구는 형사들을 견디는 것도 슬슬 한계에 이르렀다.

가나모토라는 이름의 중년 형사가 책상에 한쪽 팔꿈치를 괸 채 눈을 가늘게 뜬 채 슈고를 쏘아보았다.

"불만이 있는 건 아닙니다, 하야미즈 선생님. 다만……."

가나모토는 머리숱이 적은 머리를 긁적긁적했다. 비듬이 책상 위에 흩날렸다.

"선생님 이야기가 현장 상황과 합치하지 않는 점이 있잖습니까. 도대체 왜 그런가 싶어서요."

"전들 압니까? 저도 뭐가 어떻게 된 건지 모르겠습니다!"

슈고는 주먹으로 책상을 내리쳤다. 둔중한 소리가 좁은 방에 울려 퍼졌다.

"선생님, 진정하세요. 선생님은 그 사건 때 머리를 세게 찧으셨죠. 그래서 기억이 모호해진 것 아닙니까?"

형사가 달래자 슈고는 입을 다물었다. 자신의 기억이 틀림없다고 확신했다. 하지만 형사가 되풀이해 질문하는 동안 그 자신감은 천천히, 하지만 확실하게 바닥났다.

악몽과도 같은 그날 밤에 있었던 일, 그건 어디까지 현실이었을까?

두통이 욱신욱신 밀려오는 통에 슈고는 머리를 감싸 안고 끙끙 앓았다.

"괜찮으십니까?"

그리 걱정되지도 않는다는 투로 가나모토가 물었다.

당신들이 쪼아대고 있어서 그런 거잖아. 슈고는 원망이 담긴 눈으로 가나모토를 쳐다보았다.

"일단 사건이 일어난 밤에 있었던 일을 한 번만 더 자세하게 설명해주시지 않겠습니까? 그러면 뭔가 또 생각나는 게 있을지도 모르니까요."

가나모토는 깎지 않아 수염이 삐죽삐죽한 턱을 쓰다듬었다. 슈고는 입술을 깨물고 턱을 살짝 잡아당겨 고개를 끄덕였다.

고작 사흘밖에 지나지 않았는데도 아주 먼 옛날 일처럼 느껴졌다.

"……그날 밤, 저는 당직을 서려고 차를 타고 다도코로 병원에 갔습니다."

슈고는 느릿느릿 말을 꺼내며 눈을 감았다. 의식이 기억의 바닷속으로 천천히 녹아 들어갔다.

머릿속에서 피에로가 추악한 웃음을 지었다.

제1장 피에로의 밤

1

키를 돌려 시동을 끈 후 하야미즈 슈고는 담배를 물고 스무 살 때부터 애용하는 지포라이터로 불을 붙였다. 담배 연기를 폐 속 가득 빨아들였다가 입을 오므리고 내뱉었다. 늘 금연을 해야겠다고 생각하지만, 눈코 뜰 새 없이 바쁜 외과의사 업무에서 받는 스트레스를 니코틴으로 해소하는 나쁜 버릇은 고치기가 힘들었다.

손목시계를 확인했다. 오후 7시 40분. 지금부터 아침까지 열 시간도 넘게 병원에 틀어박혀 당직을 서야 한다. 병원 안에서는 당연히 담배를 피울 수 없으므로 지금 니코틴을 보충해둘 필요가 있었다.

몇 분 후 담배를 다 피우고 차에서 내리자 슈고는 몸이 부르르 떨리는 것을 느꼈다. 11월 밤바람이 병원 뒤편 주차장으로 불어와 체온을 사정없이 앗아갔다. 슈고는 허둥지둥 코트 깃을 모아쥐고 고개를 들어 눈앞의 오래된 5층 건물을 바라보았다. 다도코로 병원, 오늘 밤 당직을 서야 하는 병원이다. 변함없이 으스스하군. 슈고는 하얀 입김을 내뿜으며 걸음을 옮겼다.

같은 병원에 근무하는 선배 의사의 소개로 한 주에 한 번, 고마에 시 교외에 있는 이 요양형 병원에서 당직 아르바이트를 하고 있다. 별일이 없으면 당직실에서 대기만 하면 되는, 이른바 '꿀당직'인데도 아르바이트비가 제법 괜찮아 작년부터 정기적으로 근무했다. 하지만 오늘은 원래 슈고가 당직을 서는 날이 아니었다.

"미안해. 담당 환자의 상태가 급변해서 자리를 비울 수가 없어. 오늘 다도코로 병원 당직 좀 바꿔주지 않을래?"

이 아르바이트를 소개해준 비뇨기과 선배 의사가 한 시간쯤 전에 원내 PHS(간이휴대전화, 가정용 무선전화기에 디지털 방식을 채용해 휴대전화처럼 쓸 수 있도록 한 것—옮긴이)로 연락을 해왔다.

사실 슈고는 내일 아침 일찍 외과부장이 집도하는 췌십이지장 절제 수술의 제1조수를 맡을 예정이었다. 오늘은 될 수 있으면 푹 쉬고 싶었지만, 같은 대학 출신에다 학창시절부터 여러모로 신세를 진 선배의 부탁을 냉담하게 거절할 수가 없었다.

슈고는 병원 뒷문으로 돌아가면서 위를 쳐다보았다. 2층 창문부터 끼워진 녹슨 쇠창살이 눈에 들어왔다. 여기가 일찍이 정신병원이었던 시절의 잔재라는 소문이 있지만, 이 광경을 볼 때마다 교도소가 연상된다.

뒷문까지 온 슈고는 문 옆에 달린 전자식 자물쇠의 비밀번호를 누르려고 했다. 그런데 그 순간 문이 열리고 체격이 좋은 젊은 남자가 나왔다. 몇 번 본 적이 있는 남자였다. 병원 직원이 퇴근하는 것이리라.

"어, 하야미즈 선생님? ……오늘 선생님이 당직이셨던가요?"

남자는 슈고를 보고 눈이 휘둥그레졌다.

"고자카이 선생님께 급한 볼일이 생겨서요. 대타입니다."

슈고는 어깨를 움츠렸다.

"아아, 그런가요…… 고생 많으십니다. 당직 잘 부탁드려요."

"네, 들어가세요."

슈고는 출퇴근 기록 카드를 찍고 원내로 향했다. 외래 대합실과 수술실 등이 있는 1층은 이미 소등되어 비상등의 푸르스름한 빛만 희미하게 비칠 뿐이었다.

슈고는 텅 빈 외래 대합실을 둘러본 후 바로 옆에 있는 계단으로 향했다. 계단 어귀에는 쇠창살로 된 묵직한 문이 달려 있다. 이 문이 닫힌 모습은 본 적이 없지만, 여기가 정신병원이었을 때는 이 문을 닫아서 환자가 병원 밖으로 나가지 못하도록 통제했으리라.

슈고는 계단을 올라갔다. 당직실은 2층에 있지만, 일단 3층에 가서 야근하는 간호사에게 도착했다고 알려야 한다. 3층이 가까워지자 어둑어둑하던 계단에 하얀 형광등 불빛이 비쳤다. 계단 바로 옆에 위치한 간호사실에서 새어 나오는 불빛이었다.

"실례합니다."

간호사실을 들여다보았다. 하지만 간호사는 없었다. 병실이라도 순회하고 있는 걸까? 슈고는 관자놀이를 긁적이고 1층과 다름없이 어스름한 복도 안쪽으로 걸어갔다.

소독약 냄새가 섞인 고약한 분뇨 냄새가 희미하게 풍겼다. 슈고는 코를 손으로 막고 미간에 주름을 잡은 채 병실을 들여다보았다. 병실에는 침대가 네 개씩 있다. 그중 절반은 커튼이 쳐져 있지 않아, 누워 있는 환자들의 모습이 고스란히 드러났다. 어둠 속에 떠오른 야윈 환자들을 보자 슈고의 미간 주름이 깊어졌다.

대학병원 등의 급성기 병원(급성질환이나 만성질환의 악화 등으로 긴급한 상태에 처한 환자에게 입원, 수술, 검사 등의 전문적인 의료를 제공하는 병원—옮긴이)과 달리, 다도코로 병원 같은 요양형 병원에는 병증이 어느 정도 안정되었지만 끊임없이 의료적 조치가 필요한 환자들이 입원한다. 그러다 보니 뇌졸중이나 노쇠 등으로 자리보전하거나 그에 준하는 상태에 처한 환자의 비율이 높다. 특히 이 병원에는 의식이 온전치 못한 환자가 많이 입원해 있다.

입원환자 대부분에게 보호자가 없다는 것도 이 병원의 또 다른 특징이었다. 기본적으로 요양형 병원은 보호자가 없는 환자를 받기 꺼리는 경향이 있지만, 다도코로 병원은 오히려 그런 환자를 적극적으로 받아들인다.

호의적으로 보면 입원할 곳을 찾기 힘든 환자에게 구원의 손길을 내밀어준 것이라 할 수도 있겠지만, 슈고는 그 이면에 무슨 꿍꿍이가 있는지 훤히 다 보였다. 보호자가 없으니 환자에게 무슨 일이 생겨도 불만을 제기하는 사람이 없다. 게다가 의료비는 대부분 공비(公費)에서 부담하므로 조금 과잉 진료하더라도 미수금이 생길 걱정이 없다.

슈고는 고개를 가볍게 저은 후 환자들에게서 눈을 돌리고 복도를 나아갔다. 병실 여덟 개를 다 확인했지만 간호사의 모습은 보이지 않았다. 복도 끝에 위치한 엘리베이터 앞까지 와서 슈고는 고개를 갸우뚱했다.

일단 4층에 가볼까. 이 병원은 3층과 4층이 같은 구조의 입원병동이고, 간호사실도 두 군데다. 야간에는 각층에 간호사가 한 명씩 근무한다.

엘리베이터 버튼을 누르려고 했을 때 계단에서 간호사실로 사람이 들어가는 모습이 시야 가장자리에 들어왔다. 슈고는 종종걸음으로 복도를 되돌아가 간호사실을 들여다보았다. 중년의 간호사가 책꽂이에서 환자 진료차트를 꺼내고 있었다.

"안녕하세요."

슈고가 말을 걸자 간호사가 살집이 좋은 몸을 돌렸다. 몇 번

본 적이 있는 간호사였다. 터질 것 같은 흰색 간호사복 가슴팍에 달린 이름표에 '히가시노 료코'라고 적혀 있었다.

"어머, 하야미즈 선생님 어쩐 일이세요? ……오늘은 목요일인데요."

히가시노는 부석부석해 보이는 눈을 동그랗게 떴다.

"고자카이 선생님께 사정이 생겨서 대신 왔어요. 잘 부탁드립니다."

"아아, 그러시구나. 저야말로 잘 부탁드려요."

"상태가 좋지 않아 따로 진찰이 필요한 환자가 있나요?"

"아니요. 3층도 4층도 모두 안정된 상태예요. 마음 푹 놓고 느긋하게 계세요."

"그런가요. 그럼 당직실에 있을 테니 무슨 일 있으면 연락해주세요."

그렇게 말하고 슈고는 계단으로 2층에 내려와 널찍한 방을 가로질렀다. 방 좌우에 놓인 침대와 투석장치가 침침한 비상등 불빛 속에 떠올랐다. 듣기로는 여기서 아침부터 저녁까지 외래 환자의 혈액투석을 한다고 한다.

슈고는 몸이 부르르 떨렸다. 난방이 잘되어 따뜻한 3층과 달리 2층은 조금 쌀쌀했다. 공간이 넓은 데다 커다란 창문이 많은 탓에 바깥 기온과 비슷해진 것이리라. 자세히 보니 방 여기저기에 낡은 석유난로가 놓여 있었다. 이 넓은 방은 난방만 가동해서는 쌀쌀함을 몰아내기 힘든 모양이다.

투석실을 가로질러 안쪽 문을 열자 짧은 복도가 뻗어 있고, 직원용 세면실과 당직실 문이 보였다. 슈고가 당직실로 들어가 형광등을 켜자 방이 표백된 빛으로 가득 찼다. 간이침대, 사물함, 작은 책상, 그리고 텔레비전이 비치된 다다미 여섯 장 정도의 간결한 공간. 슈고는 코트를 벗어 의자 등받이에 걸쳐놓고 신발을 신은 채 침대에 드러누웠다.

평소는 소설이나 의학 잡지를 읽으며 시간을 때우지만, 오늘은 갑자기 당직이 결정되는 바람에 준비해오지 못했다. 하는 수 없이 텔레비전을 켰다. 구식 브라운관 텔레비전 화면에 천천히 영상이 나타났다.

슈고는 침대에 누워 뉴스를 보았다. 지방도시에서 발생한 살인 사건, 먼 해외에서 일어난 대규모 데모, 주가 예상, 일기예보, 프로야구 경기 결과……. 다양한 정보를 한 귀로 듣고 한 귀로 흘리고 있는데 느닷없이 뭔가 터지는 소리가 울려 퍼졌다.

비몽사몽 중이던 슈고는 몸을 벌떡 일으켰다. 차에 펑크라도 난 걸까? 꽤 가까이에서 들린 것처럼 느껴졌다. 잠시 귀를 기울였지만 더 이상은 아무 소리도 들리지 않았다. 벽걸이 시계를 보았다. 어느 틈엔가 오후 9시가 지났다.

슬슬 옷을 갈아입을까. 슈고는 일어나서 사물함을 열고 당직 때 잠옷 대신으로 입는 수술복을 꺼냈다. 폴로셔츠와 청바지를 벗고 수술복으로 갈아입은 후 슈고는 다시 침대에 누워 눈을 감았다. 매일 가혹한 근무에 시달려 녹초가 된 탓에 이른 시간인데도 몹시 피곤했다.

그런데 별안간 요란하게 울리는 전자음이 꿈나라를 떠돌기 시작한 의식을 강제로 각성시켰다. 잠에서 깬 슈고는 인상을 팍 쓰면서 머리맡에서 신경질적으로 울리는 내선전화를 노려보았다. 환자는 전부 안정된 상태라고 했잖아! 툴툴거리며 수화기로 손을 뻗었다.

"예, 하야미즈입니다."

"……히가시노예요. ……죄송해요, 좀 와주셔야겠어요."

나지막하고 불명료한 그 목소리에서 슈고는 심각한 낌새를 느꼈다. 환자의 상태가 급변한 걸까?

"바로 가겠습니다. 3층인가요? 아니면 4층?"

"……1층이에요."

히가시노는 목소리를 낮추어 말했다.

"1층이라고요?"

"예, 1층이에요. 빨리 오세요, 빨리."

히가시노는 초조함에 사로잡힌 투로 말했다.

슈고는 "알겠습니다, 바로 갈게요"라고 대답하고 수화기를 내려놓았다.

환자가 계단에서 굴러 떨어지기라도 한 걸까……. 어쨌거나 서둘러야 할 것 같았다. 슈고는 사물함에서 가운을 꺼내 걸치고는 당직실을 나선 후 어두운 투석실을 재빨리 가로질러 계단을 내려갔다.

층계참에서 방향을 틀자 두 간호사가 함께 서 있는 모습이 눈에 들어왔다. 한 명은 히가시노, 다른 한 명은 서른 살 전후의 몸이 호리호리한 간호사였다. 그쪽 간호사도 지금까지 몇 번 본 적이 있었다. 이름은 분명 '사사키'일 것이다.

"무슨 일인가요?"

슈고는 계단을 뛰어 내려가면서 물었다. 척 보기에도 환자가 쓰러져 있는 것 같지는 않았다. 그때 히가시노가 집게손가락을 세운 손을 천천히 들어올렸다. 슈고는 히가시노가 가리킨 방향을 보았다.

"으엥?"

목구멍에서 얼빠진 목소리가 새어 나왔다. 소파가 열 개 정도 비치된 외래 대합실 구석, 어둠이 서린 그곳에 남자가 서 있었다. 남자의 머리가 슈고의 시선을 잡아끌었다. 남자는 고무로 만든 그로테스크한 피에로 마스크를 덮어쓰고 있었다.

양쪽 입꼬리를 끌어올린 새빨갛고 거대한 입술. 판다처럼 테두리가 시커먼 눈. 빨간 골프공 같은 코. 그 모든 것이 본능적인 공포를 불러일으켰다. 무슨 상황인지 짐작할 수가 없어 슈고는 그저 우두커니 서 있었다.

"……당신이 의사?"

가면에 큼지막하게 그려진 입술 중심부가 살짝 움직이더니 나직하고 흐릿한 목소리가 흘러나왔다. 마스크의 입과 눈 부분에만 구멍이 뚫려 있는 것 같았다.

"아, 예……."

슈고는 혼란에 빠진 상태로 고개를 끄덕였다.

"그럼 이 여자를 치료해."

피에로가 자기 발치를 가리켰다.

가면에 쏠렸던 시선을 내린 슈고는 숨을 삼켰다. 피에로 바로 옆에 젊은 여자가 쓰러져 있었다. 새우처럼 웅크린 몸을 벌벌 떠는 여자. 그 얼굴이 고통으로 일그러져 있음을 멀리서도 알아볼 수 있었다. 그 순간 몸이 의사의 본능에 반응했다. 슈고는 소파 사이를 통과해 여자에게 달려갔다.

"괜찮으세요?"

슈고는 무릎을 꿇고 말을 걸었다. 여자는 배를 누른 채 힘없이 고개를 들었다. 젊은 여자였다. 분명 스무 살 전후이리라. 아이섀도를 바른 갸름한 눈, 가느다랗고 높은 콧대, 립스틱을 진하게 칠한 입술, 화장이 약간 진하기는 하지만 이목구비가 반듯하니 예쁜 얼굴이었다. 하지만 평소 매력적일 그 얼굴은 측은할 만큼 딱딱하게 굳어 있었다.

"배가……."

여자는 떨리는 입술을 작게 벌리고 잠긴 목소리로 말했다.

"배가 아픈 거군요."

슈고는 진찰을 하려고 스웨터를 입은 여자의 복부에 손을 뻗었다. 그 순간 손바닥에 미끈미끈하고 미지근한 것이 느껴졌다. 슈고는 자신의 손을 내려다보았다. 손에 빨간 액체가 흠뻑 묻어 있었다. 피? 출혈이다. 그것도 양이 상당하다!

"왜 피가 이렇게……."

중얼거린 슈고의 이마에 딱딱한 것이 닿았다.

"내가 이걸로 쐈거든."

투박한 회전식 권총 총구로 슈고의 이마를 누르면서 피에로 가 즐거운 듯이 말했다.

어둠을 희미하게 밝히는 푸르스름한 비상등 불빛에 추악한 미소가 비쳤다.

2

"자, 그 여자를 치료해, 선생. 여기는 병원이잖아."

피에로가 슈고에게 총을 들이댄 채 말했다.

"……당신이 쐈나?"

슈고는 숨을 가느다랗게 내쉬며 최선을 다해 공황에 빠지려 는 정신을 가다듬었다.

"내가 그렇다고 했을 텐데."

피에로는 코웃음을 치더니 여자의 몸을 가볍게 걷어찼다. 여자가 고통에 찬 비명을 질렀다.

"하지 마!"

슈고가 보호하듯이 여자 앞을 가로막자 피에로는 놀리는 것처럼 권총을 휘휘 내둘렀다.

"오오, 멋진데. 정의의 히어로다, 그거냐. 알았으니까 빨리 그 여자나 치료해."

슈고는 피에로의 행동을 경계하면서 여자의 손목을 잡았다. 맥박은 뚜렷했다. 피를 제법 많이 흘린 것처럼 보이지만 적어도 아직 출혈성 쇼크는 일어나지 않았다. 하지만 당장 수술할 필요가 있다.

"이 사람을 수술실로 옮기겠습니다. 운반용 침대를 가져오세요!"

슈고는 고개를 돌려 서로 부여잡고 서 있는 히가시노와 사사키에게 지시했다. 하지만 두 사람은 움직일 낌새가 없었다.

"빨리요!"

안달이 난 슈고가 배에 힘을 주어 고함을 지르자 히가시노가 몸을 움찔하더니 머뭇머뭇 대합실 안쪽으로 향했다.

"야, 잠깐만."

피에로가 불쑥 입을 열었다. 히가시노는 가위에라도 눌린 것처럼 발을 내디딘 자세로 움직임을 멈췄다.

"달아날 생각은 아니겠지."

피에로의 위협적인 말투에 히가시노는 고개를 세차게 저었다. 목살이 푸들푸들 떨렸다.

"이 사람을 옮기는 데 필요한 침대를 가지러 가는 거야!"

"안 돼." 피에로는 슈고의 반론을 한마디로 무시했다. "네가 옮겨."

슈고는 굳은 얼굴로 여자를 내려다보았다. 상당히 날씬한 여자다. 못 옮길 것은 없겠지만 출혈이 심해질 가능성도……

"살려줘요……"

여자 입에서 가느다란 목소리가 새어 나왔다.

……하는 수 없다. 슈고는 마음을 정하고 여자의 등과 무릎 아래에 팔을 집어넣었다.

"죄송합니다. 조금 아플지도 몰라요."

슈고는 그 말과 동시에 온몸에 힘을 주어 단숨에 여자를 안아 올렸다. 고통스러운지 여자가 신음 소리를 흘려냈다.

"수술실로 옮기겠습니다. 어딘지 안내해주세요."

슈고는 간호사들에게 말했다. 분명 1층에 작은 수술실이 있다고 들은 적이 있었다.

두 간호사는 조심조심 외래 대합실 안쪽으로 나아갔다. 벽에 달린 철문 앞에 다다르자 히가시노가 간호사복 호주머니에서 열쇠다발을 꺼내 열쇠 중 하나를 구멍에 꽂았다. 삐걱거리는 소리와 함께 문이 열렸다. 히가시노가 쭈뼛거리며 벽의 스위치를 켜자 형광등 불빛이 길이 10미터쯤 되는 복도를 비추었다.

슈고는 뒤에 서 있는 피에로를 돌아보았다. 그 모습이 형광등 불빛 아래 뚜렷하게 드러났다. 체격이 상당히 좋은 남자였다. 키는 175센티미터인 슈고보다 더 컸고, 셔츠를 입었음에도 잘 단련된 근육이 도드라져 보였다.

"어이, 선생. 뭘 그렇게 빤히 보고 있어?" 피에로의 거대한 입술 중심에서 진짜 입이 움직였다. "빨리 그 여자를 데려가서 치료해. 만약 그 여자가 죽으면 너희들 전부 쏴 죽일 거야, 알겠어?"

피에로가 슈고와 두 간호사에게 차례차례 총을 겨눴다. 사사키의 창백해진 입술 사이에서 "힉!" 하고 딸꾹질 같은 비명이 새어 나왔다.

"……알았어."

슈고는 여자를 안은 채 복도를 걸어갔다. 피에로의 정체, 그리고 목적이 궁금했지만 일단 이 여자를 살리는 게 우선이었다.

복도 끝의 왼편에 작은 창문이 달린 철제 자동문이 보였다. 저기가 수술실이리라. 여자의 배에서 흘러나온 피가 팔 안쪽을 적시는 걸 느끼면서 슈고는 걸음을 옮겼다.

타일이 깔린 복도 한쪽에는 마치 창고처럼 심전도계와 박스 더미, 낡은 화이트보드 등이 놓여 있었다. 본래 청결을 유지해야 하는 공간이 이 지경이니 수술실도 분명 변변치 못할 것이다. 하지만 아쉬운 소리나 하고 있을 때가 아니었다.

손 살균용 세면대를 곁눈질하며 문 앞까지 온 슈고는 페달 스위치에 발을 집어넣었다. 철제 자동문이 천천히 열렸다. 동시에 수술실에 불이 켜졌다.

"엇?"

슈고는 제자리에 멈춰 섰다. 거의 사용된 적 없는 허름한 수술실을 예상했다. 하지만 문 안쪽에는 예상과는 전혀 다른 공간이 펼쳐졌다.

잘 닦인 리놀륨 바닥과 벽에서 광택이 났고, 벽의 선반에는 링거액과 약제도 충분했다. 어째서인지 수술용 침대 한 쌍이 나란히 놓여 있었는데, 그 머리맡에 신형 마취기가 자리잡고 있었다. 마치 대학병원의 최신식 수술실 같았다.

오래된 요양형 병원에 왜 이렇게 설비가 잘 갖추어진 수술실이…… 어안이 벙벙해진 슈고는 품안의 여자가 "으으윽"하고 신음하는 소리를 듣고서야 정신을 차렸다. 놀랄 때가 아니다. 빨리 치료해야 한다. 슈고는 침대로 다가가 여자의 가녀린 몸을 눕혔다.

"가위!"

슈고는 간호사들에게 말했다.

히가시노가 방 안쪽 선반에서 외과용 가위인 쿠퍼를 꺼내 슈고에게 가져다주었다.

"즉시 링거 꽂고 생리식염수를 최대 속도로 투입하세요."

슈고는 쿠퍼를 집어 들면서 히가시노에게 지시를 내렸다.

히가시노는 야무진 표정으로 고개를 끄덕이더니 수술실 입구에 가만히 서 있는 사사키에게 "너도 움직여!" 하고 소리쳤다. 사사키는 바들바들 떨면서 느릿느릿 침대로 다가왔다.

"옷을 자를게요."

슈고는 여자의 대답을 기다리지 않고 피로 더러워진 스웨터 가슴 부분에 쿠퍼 날을 댔다. 그리고 스웨터와 그 밑에 입은 셔츠를 함께 잘라냈다. 하얀 살결과 분홍색 브래지어가 형광등 불빛 아래 고스란히 드러났다. 여자는 반사적으로 양손을 들어 가슴을 가리려고 했지만, 히가시노가 "링거 놓을 거니까 손 움직이지 말아요!" 하고 소리치자 딱딱하게 굳은 표정으로 움직임을 멈췄다.

슈고는 천장에 달린 무영등(광원을 집중시켜서 원하는 부위에 그림자가 생기지 않도록 조명하는 전등 장치로, 주로 수술실에서 쓴다─옮긴이) 스위치를 켜고 여자가 입은 롱스커트를 몇 센티미터 끌어내렸다. 눈부신 빛이 상처를 비추었다. 15센티미터 길이로 비스듬히 파인 왼쪽 상복부에서 상당한 양의 피가 흘러나왔다. 분명 총에 맞은 상처이리라.

슈고는 상처를 보고 딱해서 눈살을 찌푸리는 것과 동시에 안도했다. 아무래도 총알은 피부와 피하지방, 근육을 뚫고 나가기는 했지만 복강 내부에는 손상을 입히지 않은 듯했다. 그렇다면 개복수술을 하지 않고 국소 마취해서 상처를 치료하면 된다.

"치료할 수 있겠어?"

뒤에서 들리는 목소리에 슈고는 몸을 돌렸다. 피에로가 수술실 입구 근처 벽에 등을 기대고 서 있었다.

"……그래, 아마 괜찮을 거야."

슈고는 고개를 끄덕인 후 옆에서 우물쭈물하고 있는 사사키에게 "멸균 거즈를 가져오세요"라고 지시했다.

"'아마'가 뭐야. 반드시 치료해. 아니면 너희 모두 이 자리에서 쏴 죽이겠어. 목숨을 걸고 치료하라고."

총을 휘두르는 피에로를 본체만체 슈고는 사사키가 들고 온 거즈를 상처에 대고 위에서 압박했다. 여자 입에서 작은 비명이 터져 나왔다.

"조금 아프겠지만 참아요. 꼭 구해줄 테니까."

슈고의 말에 여자는 단정한 얼굴을 일그러뜨린 채 고개를 살짝 끄덕였다.

"이름 말할 수 있겠어요?"

조금이라도 고통에서 의식을 돌리고자 슈고는 계속 말을 걸었다.

"……마나미. 가와사키 마나미요. 사랑 애 자에 아름다울 미자를 써서 '마나미'라고 불러요."

여자는 작은 목소리로 대답했다.

"마나미 씨로군요. 저 피에로 가면을 쓴 남자 누군지 알아요? 전부터 아는 사이였다던가……."

마나미는 힘없이 고개를 저었다.

"몰라요. 편의점에 가려고 했는데 갑자기 덮쳐서…… 도망치려고 했더니…….”

그때 상황이 떠올랐는지 마나미는 몸을 떨었다.

“……선생님, 링거 났습니다.”

히가시노가 목소리를 낮추어 보고했다.

“Y 자 컨넥터에 링거를 연결해서 항생물질도 같이 투입해주세요. 그리고 봉합세트와 국소마취 준비해주시고요.”

슈고의 지시에 히가시노는 고개를 끄덕였다. 베테랑답게 이제 마음이 진정된 것 같았다. 대조적으로 사사키는 마취기 뒤편에 몸을 숨기듯이 서서 바들바들 떨고 있었다.

“바로 준비할게요. 그런데…… 그다음은 어떻게 할까요?”

히가시노가 목소리를 더 낮추었다.

“……적어도 지금은 저 남자의 지시에 따릅시다.”

슈고는 피에로의 눈치를 보면서 대답했다.

“거기, 뭘 소곤대고 있어.”

피에로가 신경에 거슬린다는 듯이 말하며 천천히 다가왔다.

“치료에 필요한 기구를 준비해달라고 지시했을 뿐이야.”

“쳇, 말은 그렇게 해놓고 경찰에 신고할 방법이라도 의논했던 거 아니야?”

“아니야. 믿어줘.”

슈고는 피에로를 자극하지 않도록 차분하게 말했다.

“글쎄다. 혹시 경찰에 신고했다간 봐라. 살아서는 병원에서 못 나가게 해줄 테니.”

"알았어. 하지만 어떻게 된 상황인지 좀 알려주지 않겠어? 너무 혼란스러워서 치료에 집중을 못 하겠어."

"상황? 상황을 알고 싶어? 좋아, 가르쳐주지."

남자는 즐거운 듯이 말하더니 재킷 호주머니에서 스마트폰을 꺼내 조작하기 시작했다.

도대체 뭘 어쩌려고? 슈고가 눈살을 모으자 남자는 의기양양하게 스마트폰을 쳐들었다. 액정화면에 동영상이 나왔다. DMB 모드로 바꾼 모양이다. 아무래도 뉴스 방송을 튼 것 같았다. 마이크를 한 손에 든 여자 아나운서가 흥분한 기색으로 마구 떠들어댔다.

……다시 한 번 말씀드리겠습니다. 오늘 오후 8시 30분경에 조후 시의 편의점에 괴한이 침입하여 권총을 발포하고 돈을 빼앗아 달아나는 사건이 발생했습니다. 괴한은 가면을 쓰고 있었으며, 달아날 때 여성을 끌고 갔다는 정보도 들어왔습니다. 경찰이 다수의 수사관을 동원하여 괴한의 행방을 쫓고 있습니다만, 현재까지 발견하지 못한 상태입니다. 평온한 주택가에서 총기 발포 사건이 발생하여 인근 주민들은 불안한 밤을…….

피에로가 화면을 껐다. 그와 동시에 아나운서의 목소리도 사라졌다. 귀가 이상해진 게 아닐까 싶을 만큼 수술실에 정적이 흘렀다. 피에로는 익살을 부리듯이 어깨를 으쓱했다.

"멍청한 실수를 해서 일이 좀 커졌거든. 일단 여기 잠깐 숨어 있을게."

나일론실을 당기자 상처로 벌어진 뽀얀 피부가 봉합되어 갔다. 슈고는 실을 외과매듭(외과 의사가 상처 봉합 등에 쓰는 매듭 법—옮긴이)으로 묶은 후, 숨을 크게 내쉬며 남은 실을 쿠퍼로 잘랐다.

이 수술실에 들어온 지 벌써 한 시간 가까이 지났다. 그동안 슈고는 마나미의 상처 부위를 국소마취하고, 총에 맞아 괴사한 조직을 제거한 후 봉합을 실시했다. 피부만 꿰맸다면 몇 분도 안 걸려서 다 끝냈겠지만, 슈고는 피하 조직을 가느다란 실로 연결하는 피하봉합도 실시하여 가능한 한 깔끔하게 마무리해 나갔다. 부상자가 젊은 여성이라는 이유도 있었지만, 그 이상으로 앞으로 어떻게 해야 할지 생각할 시간이 필요했다.

지침기(외과수술에 사용되는 봉합바늘을 꽉 움켜쥐는 데 사용하는 기구—옮긴이)로 잡은 바늘에 나일론실을 꿰면서 슈고는 곁눈질로 피에로를 살폈다. 피에로는 벽에 등을 기대고 서서 이쪽을 계속 지켜보았다. 일그러진 미소를 띤 가면 때문에 그가 무슨 표정을 짓고 있는지 보이지 않아 기분이 찜찜했다.

"야야, 날 훔쳐볼 여유가 어디 있어. 그 여자 무사한 거지?"

"그래, 걱정 마. 앞으로 5분이면 처치가 끝나."

슈고의 대답에 피에로는 안도의 한숨을 내쉬었다.

"그렇게 걱정할 거면서 왜 이 사람을 쏜 거야?"

"쏠 생각은 없었어. 편의점에서 나왔는데, 점원이 바로 신고했는지 순찰차 소리가 들리더라고. 그래서 만약에 대비해 가까이에 있던 그 여자를 인질로 삼으려고 했지. 그런데 개가 갑자기 비명을 지르며 발버둥을 치지 뭐야. 그래서 나도 모르게 쏘고 말았어."

피에로의 설명을 듣고 슈고는 인상을 찡그렸다. 너무나 주먹구구식의 행동이다.

"그 여자가 피를 흘리며 쓰러지는 바람에 허둥지둥 차에 밀어 넣고 병원을 찾았지. 그 여자가 죽으면 난 살인범이잖아. 짭새한테 체포되면 사형당할지도 몰라. 젠장, 모처럼 돈이 손에 들어왔는데 완전 엎친 데 덮친 격이야."

피에로가 짜증난다는 듯이 혀를 찼다. 그런 피에로를 보면서 슈고는 입가에 힘을 주었다. 이 남자, 앞뒤를 가리지 않고 거의 막무가내로 행동한다. 이 남자가 앞으로 어떤 행동에 나설지 전혀 예상할 수 없었다.

"야야, 왜 내가 너랑 수다나 떨어야 하는 건데. 잔말 말고 빨리 그 여자나 치료해."

피에로는 퍼뜩 제정신이 든 것처럼 말했다.

슈고는 고개를 끄덕이고 다시 상처에 시선을 모아 봉합을 계속했다.

"……흉터가 남을까요?"

가슴에 녹색 멸균포를 덮고 수술대에 누워 있던 마나미가 불안한 목소리로 말했다.

상처에서 마나미의 얼굴로 시선을 돌린 슈고는 저도 모르게 눈을 크게 떴다. 너무나 당황스러운 상황이라 지금까지 의식하지 못했는데, 무영등 불빛에 비친 마나미의 얼굴은 무심코 넋을 잃고 바라볼 만큼 아름다웠다. 건드리면 부서질 것처럼 공허한 표정이 보호 본능을 자극했다. 슈고는 어렴풋이 갈색기가 도는 촉촉한 눈동자에 빨려 들어갈 것 같은 착각에 사로잡혔다.

"어, 아아…… 걱정 마세요. 최대한 깔끔하게 봉합했으니까 거의 눈에 띄지 않을 거예요."

슈고의 말에 마나미는 만개한 꽃 같은 웃음을 지었다. 수술실이 한순간 확 밝아진 듯한 기분이었다. 향수를 뿌렸는지 희미한 장미 향기가 코를 스쳤다. 슈고는 머리를 가볍게 흔들고 봉합에 정신을 집중했다.

몇 분 후 봉합을 마친 슈고는 히가시노가 건네준 멸균 거즈를 상처에 대고 테이프로 고정했다.

"끝났습니다. 일어날 수 있겠어요?"

멸균포를 걷으면서 슈고가 말을 걸자, 마나미는 조심조심 상반신을 일으켰다. 단정한 얼굴이 한순간 고통으로 일그러졌지만 겨우 수술대 가장자리에 걸터앉았다. 마나미가 부끄러운 듯이 속옷이 드러난 가슴께를 양손으로 가리자, 히가시노가 선반에서 기장이 긴 입원복을 꺼내서 걸쳐주었다.

"이런 것밖에 없네요."

"감사합니다."

마나미는 입원복 소매에 팔을 넣으며 말했다.

슈고는 들고 있던 지침기와 핀셋을 수술기구대에 내려놓고 피에로에게 몸을 돌렸다.

"시킨 대로 치료했어. 이 병원에는 더 이상 볼일이 없을 테니 이제 그만 나가줬으면 하는데."

슈고는 긴장했다는 것이 겉으로 드러나지 않도록 애써 태연한 척하려 했다.

"오오, 수고했어. 하지만 아직은 못 나가."

피에로는 권총을 든 손을 휙휙 내저었다.

"그게 무슨 말이에요! 시킨 대로 했잖아요!"

마취기 뒤에 있던 사사키가 앞으로 나와서 신경질적으로 소리쳤다.

다음 순간, 피에로가 사사키에게 총구를 돌렸다. 사사키는 작게 비명을 지르며 머리를 감싸 안고 제자리에 쪼그려 앉았다.

"아줌씨, 빽빽거리지 마! 뒈지고 싶어!"

피에로는 공벌레처럼 몸을 웅크린 사사키를 향해 고함을 질렀다.

"미안해. 사과할 테니까 진정하라고. 혹시 괜찮다면 여기서 나갈 수 없는 이유를 가르쳐주지 않겠어? 당신 요구에 응할 수 있도록 최대한 노력할 테니까."

슈고는 황급히 말을 늘어놓았다.

피에로는 여전히 입구 근처에 선 채, 사사키에게 퍼붓던 시선을 슈고에게 돌렸다.

"이런, 썅. 이게 누굴 등신으로 아나. 내가 지금 나가면 너희들이 당장 신고할 거잖아."

"안 그럴게요!" 지금까지 잠자코 있던 히가시노가 입을 열었다. "혹시 걱정되신다면 휴대전화를 드릴게요. 전화선도 끊고 가시고요."

"아아, 나갈 때는 그럴 거야. 다만 적어도 아침까지는 여기 있어야겠다. 밤 동안은 경찰이 밖에 득시글득시글할 테니까. 그런 고로 하룻밤 잘 부탁해."

우스꽝스러운 투로 말하는 피에로를 보고 슈고는 입술을 깨물었다.

"어이, 그렇게 심각한 표정 짓지 마. 겨우 하룻밤이잖아. 너희가 괜한 짓을 하지 않는 한 나도 해를 끼칠 생각은 없어. 자자, 사이좋게 지내자고."

피에로가 흐릿한 웃음소리를 흘려냈다. 그때 슈고는 피에로 뒤쪽 복도에 사람 형체가 서 있다는 것을 알아차렸다.

슈고는 시선을 집중했다. 출입구 앞에 선 피에로에 가려서 확실히 보이지는 않았지만, 틀림없이 복도 안쪽에 누군가 서 있었다. 도대체 누구지? 현재 이 병원에 자신과 간호사 두 명 말고 다른 직원은 없을 것이다. 혹시 입원환자가 병실을 나와서 헤매다가 여기까지 온 걸까? 하지만 움직일 수 있는 입원환자는 얼마 안 될 텐데…….

사람 형체는 천천히, 하지만 확실히 수술실로 다가왔다. 드디어 그 모습이 뚜렷이 눈에 들어왔을 때 슈고는 눈을 부릅뜨고 목구멍에서 새어 나오려는 소리를 꾹 눌러 삼켰다. 아는 사람이었다. 머리가 홀랑 벗어진 흰 가운 차림의 초로 남자. 이 병원의 원장 다도코로 사부로였다.

왜 원장이 병원에? 보통 원장은 당직의가 오기 전에 퇴근하기 때문에 슈고가 그를 만난 횟수는 몇 번 되지 않았다. 원장실은 분명 5층일 것이다. 어쩌면 웬일로 오늘 원장실에 남아 있다가 이변이 일어난 것을 눈치채고 내려온 걸까?

딱딱한 표정으로 다가오는 다도코로가 골프채를 쥐고 있는 것을 알아차리고 슈고는 눈이 더 커졌다. 조롱하듯 사람들을 바라보는 피에로는 뒤에서 다도코로가 다가오는 줄 전혀 모르는 것 같았다. 마침내 원장이 수술실 바로 밖까지 왔다. 골프채를 힘껏 휘두르면 피에로 마스크를 쓴 남자의 머리를 후려칠 수 있는 거리까지.

때려! 해치워! 슈고는 속으로 소리치면서 두 주먹을 불끈 쥐었다. 다도코로는 이를 악물고 골프채를 높이 쳐들었다.

다음 순간, 고막을 찢을 듯한 굉음이 수술실 공기를 진동시켰다. 슈고는 반사적으로 손을 들어 귀를 막으면서 입술을 깨물었다.

골프채를 내리치기 직전에 피에로가 몸을 돌려 다도코로에게 총을 쐈다. 골프채를 떨어뜨린 다도코로는 소리 없는 비명을 지르며 제자리에 주저앉아 오른쪽 다리를 눌렀다.

"……이게 어디서 개수작이야."

피에로는 엎드려서 끙끙대는 다도코로를 내려다보다가, 연기가 희미하게 피어오르는 총구를 그의 머리로 향했다.

"야, 너 누구야?"

"……이 병원 원장일세."

다도코로는 앙다문 잇새로 목소리를 쥐어짜냈다.

"원장? 원장이 몸소 병원을 지키러 나섰다 그건가. 아이고, 대단도 하셔라. 그런데 원장이라면 당신도 의사잖아. 그럼 골프채로 사람 머리를 때리면 어떻게 되는지 정도는 알 텐데?"

피에로가 방아쇠에 손가락을 걸었다. 볼살이 늘어진 다도코로의 얼굴이 공포로 일그러졌다.

"죽잖아, 그런 걸로 때리면!"

"안 돼!"

방아쇠에 건 손가락에 힘이 들어가는 것을 보고 슈고는 거의 반사적으로 외쳤다.

피에로는 "또 뭐?" 하고 위협적으로 고함을 지르며 눈길과 총구를 슈고에게 돌렸다.

"이 사람을 살려낸 덕분에 당신은 살인범이 될 위기를 모면했어. 그런데 지금 원장님을 쏘면 말짱 도루묵이잖아."

슈고는 열띤 목소리로 말했다.

"뭣이 어쩌고 어째? 이 자식은 날 죽이려고 했어. 죽여도 뭐냐…… 정당방위인가 그거잖아."

"이런 상황에서는 정당방위가 성립 안 돼. 만약 원장님을 죽이고 체포되면 사형당할 거야."

반쯤 될 대로 되라는 심정으로 슈고는 말을 이어나갔다. 이런 설득이 이 남자에게 통할지 자신이 없었다.

"……그거, 정말이야?"

슈고는 피에로의 기가 한풀 꺾이는 순간을 놓치지 않았다.

"돈이다!"

"응? 야, 갑자기 뭔 소리야?"

피에로는 외마디소리를 지른 슈고를 수상쩍다는 듯이 바라보았다.

"당신은 돈이 필요해서 강도짓을 한 거잖아. 외래에는 돈이 얼마쯤 있을 거야. 돈이 어디 있는지는 원장님밖에 몰라. 그러니까 원장님을 죽이지 마!"

슈고는 속사포처럼 단숨에 말을 내뱉은 후 거친 숨을 몰아쉬며 피에로의 반응을 기다렸다. 몇 초의 침묵이 흐른 후, 피에로 마스크의 구멍으로 드러난 남자의 입술에 천천히 웃음이 맺혔다.

"오오, 뭐야. 제법 되잖아."

피에로는 지폐 열 몇 장을 쥐고 흡족하다는 듯이 말했다.

슈고 일행은 피에로의 재촉을 받으며 수술실에서 외래 대합실로 이동했다. 총알이 가볍게 스쳤을 뿐인지 원장도 다리를 질질 끌면서 그럭저럭 잘 따라왔다. 아까 전까지 어둑어둑했던 대합실에는 이제 형광등이 밝게 켜져 있었다.

몇 분 전, 피에로는 슈고 일행을 대합실 소파에 앉히고 원장에게 돈을 가져오라고 지시했다. 원장은 굳은 표정으로 외래 접수처에서 소형 금고를 들고 와 튼튼해 보이는 맹꽁이자물쇠를 열고 피에로에게 돈을 건넸다.

"하하, 이렇게 많을 줄 알았으면 처음부터 병원을 노릴 걸 그랬네."

피에로는 신이 나서 지폐를 청바지 호주머니에 쑤셔 넣었다.

"돈을 받았으니 이제 됐잖나. 이만 내 병원에서 나가주게."

다도코로는 신음하는 듯한 목소리로 말했다.

"그렇게 닦달하지 않아도 아침이 되면 나갈 테니 걱정 마."

"……아침 5시가 되면 환자들 아침식사 재료를 공급하는 업자와 조리사들이 올 거야. 그 사람들이 이상한 걸 눈치채면 경찰에 신고할 텐데."

한껏 들떠 있던 피에로는 다도코로의 말을 듣고 입가에 힘을 주었다.

"5시라……." 피에로가 작게 중얼거렸다. "좋아, 5시가 되기 전에 나가지. 그러니까 너희도 그때까지는 도망치거나 경찰에 신고할 생각하지 말고 얌전히 있어."

"알았네. 그럼 대신에 우리와 환자들을 해치지 않겠다고 약속해주게."

"아아, 좋아. 나도 쓸데없이 사람을 죽이고 싶지는 않으니까. 돈만 있으면 돼. 하지만……." 피에로가 위협하듯이 슈고 일행을 쏘아보았다. "난 차라리 죽고 말지 교도소에는 안 가. 경찰이 신고를 받고 몰려와서 병원을 둘러싸거나 너희 중 한 명이라도 달아나면, 난 너희와 입원환자들을 몽땅 죽이고 자살할거야."

소파에 앉아 허리를 구부리고 있던 사사키의 입에서 작은 비명이 새어 나왔다.

누군가 슈고의 가운을 잡아당겼다. 고개를 돌리자 옆에 앉은 마나미가 창백한 얼굴로 가운 소매를 잡고 있었다.

"괜찮아요. 걱정하지 말아요."

슈고가 조용히 말하자 마나미는 굳은 표정으로 고개를 끄덕였다.

"당신 요구를 전부 받아들이겠소. 내 소임은 당신을 체포하는 게 아니라 환자와 직원의 안전을 확보하는 거니까. 우리의 이해관계는 일치해. 그러니 안심하게."

피에로에게 딱 부러지게 말하는 다도코로의 모습은 아주 믿음직해 보였다.

"배신하면 안 돼, 원장 아저씨."

피에로는 얼굴 옆으로 권총을 들어 올리고 경박한 투로 말했다. 교섭이 성립되어 당장의 안전이 확보되자 긴장되어 있던 분위기가 약간 느슨해졌다.

앞으로 약 일곱 시간이 채 안 남았다. 그동안 아무 일도 없으면 피에로는 모습을 감추고, 다시 일상으로 돌아갈 수 있다. 슈고는 곁눈질로 사사키를 살폈다. 사사키가 제일 걱정이었다. 이미 정신이 한계에 가까워진 듯한데, 과연 그녀가 앞으로 얼마나 더 버틸 수 있을까.

"부탁이 하나 있네."

다도코로가 느닷없이 입을 열었다.

"뭔데, 원장 아저씨."

피에로가 권총을 든 손을 흔들었다.

"가능하다면 간호사만이라도 위층에 보내주지 않겠나? 우리 병원에는 혼자서는 몸도 뒤척이지 못하는 환자가 많아. 그런 환자들은 몇 시간마다 자세를 바꿔줘야 해. 안 그러면 압력궤양, 그러니까 욕창이 생기거든."

"이봐요, 원장 아저씨. 당신 입장을 좀 생각하시지. 하룻밤 정도는 그냥 놔둬도 상관없잖아."

"욕창은 하룻밤 만에도 생겨. 그냥 놔두면 욕창 때문에 감염증에 걸려서 목숨이 위험해질 수도 있다고."

"에이씨, 귀찮게." 피에로는 크게 혀를 차더니 대합실을 천천히 둘러보았다. "……저건 뭐야?"

피에로는 계단에 설치된 쇠창살문을 가리켰다.

"저건 우리 병원이 옛날에 정신병원이었던 시절에 사용하던 문이야."

"정신병원이라……. 그래서 창문에도 쇠창살이 달린 거로군. 그럼 엘리베이터랑 계단은 저기 있는 게 다야?"

"……아아, 그래."

원장이 대답하자 피에로는 콧김을 내뿜었다.

"좋아, 결정했다. 너희 전부 위층에 올라가서 얌전히 있어."

"뭘 어쩌려는 건가?"

원장이 묻자 피에로는 금고에서 풀어낸 맹꽁이자물쇠를 집어 들었다.

"너희가 위층에 올라가면 이걸로 쇠창살문을 잠글 거야. 그럼 난 엘리베이터만 감시하면 되는 거잖아. 올라가서 뭘 하든 맘대로 해. 난 1층에서 너희들이 내려오지 않는지 감시할 테니까."

"내려오면 어쩌려고?"

"꼭 설명을 해줘야 알겠어?"

슈고가 반사적으로 질문하자 피에로는 보란 듯이 총을 들어 올렸다.

"1층으로 내려오거나 달아나거나, 경찰에 신고하면 입원환자들과 함께 저세상 구경을 시켜줄게."

우쭐했는지 피에로는 나불나불 잘도 지껄였다.

"아침 5시가 되면 너희는 자유야. 난 그 전에 이 병원을 뜰 거니까."

피에로는 연극이라도 하듯이 과장되게 어깨를 으쓱했다.

3

"신고해야 해요."

슈고는 목소리를 죽여 말했다.

다도코로가 슈고를 날카로운 눈으로 노려보았다.

피에로의 지시에 따라 2층에 올라온 슈고 일행 다섯 명은 투석실 한복판에 의자를 놓고 둥그렇게 둘러앉아 앞으로 어떻게 해야 할지 상의하는 중이었다.

"안 돼. 신고하면 우리뿐만 아니라 환자들까지 위험해."

다도코로는 완고한 목소리로 말했다. 히가시노와 사사키가 동의한다는 듯이 고개를 끄덕였다.

"그냥 기다리면 안전하다는 보장이 어디 있습니까. 어쩌면 병원에서 달아나기 전에 우리를 처리하려고 들지도 모른다고요."

슈고는 고개를 설레설레 저으며 말했다.

"왜 그런 짓을 하겠어? 우리를 죽여봤자 저 피에로한테는 아무 이득도 없다고."

역정이 났는지 다도코로의 목소리에 날이 섰다.

"논리적으로 생각하면 그렇지만, 그 남자가 어떻게 움직일지 예상이 불가능하니까 문제죠. 놈은 강도질을 하고 지나가던 여자를 총으로 쏴서 납치해놓고는, 여자가 죽을까 봐 병원에 쳐들어왔어요. 그야말로 앞뒤 가리지 않고 일단 저지르고 보는 놈이라고요."

슈고의 말을 듣고 원장은 떨떠름한 얼굴로 입을 꾹 다물었다. 히가시노, 사사키, 그리고 마나미는 눈싸움을 벌이는 슈고와 다도코로를 불안한 표정으로 바라보았다.

"지금 1층에는 그 남자밖에 없습니다. 경찰 특수부대라면 분명 은밀하게 접근해서 놈을 제압할 수 있을 거예요. 그 편이 안전합니다."

슈고가 다그치듯이 말하자 다도코로는 벗어진 머리를 긁적긁적했다. 형광등 불빛이 반사되는 두피에 빨간 줄이 생겼다.

"하야미즈 선생, 어떻게 보면 자네 의견도 낙관적인 예상에 불과하잖나. 어쩌면 경찰에 포위당했다는 걸 눈치채고 자포자기해서 우리와 환자를 죽이러 돌아다닐지도 몰라."

이번에는 슈고의 말문이 막힐 차례였다.

"하야미즈 선생, 이 병원 원장은 나야. 미안하지만 내 지시에 따라주게."

"지금은 직책이 문제가 아니라……."

"그럼 다수결로 정하지." 다도코로가 슈고의 말을 막듯이 제안했다. "내 의견에 찬성하는 사람?"

잠깐의 침묵 후, 히가시노와 사사키가 머뭇머뭇 손을 들었다. 마나미는 몸을 웅크리고 슈고와 다도코로를 번갈아 쳐다보았다.

"어, 가와사키 씨라고 했죠. 당신은 하야미즈 선생 의견에 찬성입니까?"

다도코로가 부드러운 목소리로 마나미의 의중을 떠보았다.

마나미는 머리를 숙이고 힘없이 고개를 저었다.

"저는…… 모르겠어요. 이런 일에 휘말리다니 도대체 뭐가 뭔지……. 그냥 집에 돌아가고 싶을 뿐이에요……."

마나미는 모기가 앵앵거리는 것처럼 작은 목소리로 중얼거렸다. 다도코로는 동정심을 드러내듯이 천천히 고개를 끄덕인 후 슈고를 보았다.

"찬성 세 명에 반대 한 명, 기권 한 명이군. 민주적인 절차를 거쳐 결정한 사항이니 내 지시에 따라줘요, 하야미즈 선생. 이런 상황에서 한편끼리 분열되는 건 위험해."

도대체 뭐가 민주주의란 말이냐. 슈고는 내심 투덜거렸다. 처음부터 두 간호사가 자기편을 들 줄 알고 다수결을 제안한 거면서.

"그럼 하야미즈 선생, 미안하지만 혹시 모르니까 휴대전화를 맡아둬도 되겠어요?"

"그렇게까지 할 필요가 있습니까?"

슈고는 인상을 찌푸렸다.

"만일에 대비해서 나쁠 거야 없죠. 자네들도 휴대전화 내놓게. 내가 맡아둘 테니까." 다도코로는 간호사들에게 그렇게 말하고 마나미에게 시선을 주었다. "음, 당신은……."

"습격당했을 때 휴대전화가 든 가방을 떨어뜨려서 지금은 없어요……."

마나미는 여전히 고개를 숙인 채 대답했다.

"그런가요. 가와사키 씨, 참 고생 많았어요. 하지만 안심해요. 우리 병원에 있는 한 내가 당신의 안전을 보증하겠습니다. 아침이 되면 분명 집에 돌아갈 수 있어요."

위로하듯이 말하는 다도코로를 보고 슈고는 울컥했다. 이런 상황에서 '보증'은 무슨. 앞으로 사태가 어떻게 바뀔지 아무도 모르는데. 슈고는 고개를 숙인 마나미를 바라보았다. 옆얼굴이라 모양 좋은 코와 부드러워 보이는 입술이 더욱 강조됐다.

"스마트폰을 가져오겠습니다."

슈고는 머리를 가볍게 흔들고 일어섰다. 마나미가 얼굴을 들어 매달리는 듯한 시선을 던졌다.

"……바로 돌아올게요."

슈고는 마나미의 시선에서 달아나듯이 몸을 돌려 당직실로 향했다.

당직실로 들어간 슈고는 숨을 크게 내쉬었다. 이 공간에 들

가면병동 **49**

어오자 자신의 영역에 되돌아온 것 같은 기분이 들었다. 창가로 다가가 젖빛유리가 끼워진 창문을 열자 쇠창살이 눈에 들어왔다. 슈고는 쇠창살을 잡고 앞뒤로 살짝 흔들어보았다. 하지만 꿈쩍도 하지 않았다.

창문으로 도망치기는 불가능한가. 포기하고 창문을 닫은 후 침대 머리맡에 놓아둔 스마트폰을 집었을 때 슈고는 움직임을 멈추었다. 정말로 신고하지 않아도 될까? 여기에는 아무도 없다. 지금 신고하면 되지 않을까?

슈고는 스마트폰 화면을 건드려 전화 모드를 불러내고 재빨리 110번(일본의 범죄 신고전화─옮긴이)을 눌렀다. 이제 '통화' 버튼만 누르면 경찰에 신고할 수 있다. 슈고는 희미하게 떨리는 손가락을 천천히 화면에 가져갔다. 심한 망설임이 가슴속에 소용돌이쳤다. 신고해도 괜찮을까? 다도코로 말처럼 신고하는 바람에 위험에 처할 가능성도 있다.

다음 순간 입이 찢어져라 웃음을 지은 피에로의 얼굴이 머릿속을 스쳤다. 슈고는 어금니를 악물고 '통화' 버튼을 눌렀다. 하지만 스마트폰은 아무 반응도 없었다.

"어?"

얼빠진 목소리를 내며 슈고는 눈을 깜박깜박했다. 왜 전화가 안 걸리지? 슈고는 몇 번이고 '통화' 버튼을 누르다가 전파 세기를 나타내는 화면 위쪽 안테나 막대에 ×표시가 되어 있다는 것을 알아차렸다.

통화권 이탈? 미간에 주름이 잡혔다. 분명 이 병원이 전파 상태가 별로기는 하지만, 통화권에서 이탈될 정도는 아니었다. 도대체 왜? 불길한 예감을 느끼며 슈고는 스마트폰을 흔들었다. 그때 뒤에서 문이 열리는 소리가 들렸다. 슈고는 반사적으로 돌아보았다.

"하야미즈 선생."

다도코로가 문 안쪽에 서서 음울한 목소리로 이름을 불렀다.

"아, 아아…… 원장 선생님. 어쩐 일이세요?"

슈고는 손을 내리며 당황한 목소리로 물었다.

"그게, 하도 안 오니까 걱정이 돼서 와봤어요."

다도코로는 그렇지 않아도 가느다란 외까풀 눈을 의심스럽다는 듯이 가늘게 떴다.

"전화기를 어디에 놔뒀는지 기억이 안 나서 찾느라고요. 가방 깊숙한 곳에 들어가 있더라고요."

"그랬군요. 그럼 미안하지만 나에게 주겠어요?"

다도코로가 손을 내밀었다.

슈고는 한순간 망설인 후 그의 두툼한 손에 스마트폰을 건넸다.

입을 꾹 다문 다도코로는 총알이 스친 다리를 끌며 단단하게 참살이 찐 몸을 돌렸다. 슈고는 무거운 발걸음으로 그 뒤를 따랐다.

다도코로와 함께 투석실로 돌아가자 히가시노와 사사키도

자기 휴대전화를 꺼내서 들고 있었다. 간호사실에서 가져온 모양이다.

"그럼 내가 모두의 휴대전화를 가지고 있겠네. 불만은 없을 테지?"

간호사들이 고개를 끄덕이는 것을 확인한 후 다도코로는 벽시계를 쳐다보았다.

"앞으로 여섯 시간 반만 참으면 돼. 그때까지 그 남자를 자극하지 말고 다들 협력해서 잘해보자고. 그럼 히가시노와 사사키는 각층의 환자들을 확인해주지 않겠나. 혹시 소란이 일어난 걸 눈치채고 불안해하는 환자가 있거든 잘 둘러대고 수면제를 투여하도록 해."

두 간호사는 "예" 하고 대답하고 일어서서 계단으로 향했다.

다도코로는 슈고와 마나미에게 고개를 돌렸다.

"나도 간호사들과 함께 환자들을 보고 올게요. 두 사람은 여기서 기다려요."

"어, 아닙니다. 가실 거면 저도……."

슈고가 엉거주춤 몸을 일으키자 다도코로는 손바닥을 내밀어서 만류했다.

"아니야, 하야미즈 선생은 여기 있어요."

"어째서요? 당직의는 저인데……."

"입원환자의 주치의는 납니다. 환자들에게 무슨 일이 생기면 모든 책임은 나한테 있어요. 물론 내가 없을 때는 당직 선생님의 도움을 받지만, 지금은 주치의인 내가 있는 데다 비상사태예요. 내가 책임을 지고 둘러보겠습니다. 어휴, 진료보수 명세서를 확인하느라 오늘 야근해서 불행 중 다행이었네요."

"아, 예……."

뭔가 찜찜함을 느끼며 슈고는 건성으로 대답했다.

"그리고 하야미즈 선생의 환자는 거기 있잖습니까."

다도코로는 마나미에게 시선을 주었다.

마나미는 자기를 가리키며 "……저요?" 하고 중얼거렸다.

"당신은 하야미즈 선생한테 수술을 받았어요. 즉 하야미즈 선생에게는 당신 상태를 유심히 지켜볼 의무가 있습니다."

분명 일리가 있는 말이었지만, 아무래도 다도코로의 태도에서 왠지 모를 위화감이 느껴졌다. 슈고는 말없이 다도코로를 바라보았다.

"그럼, 부디 그 남자를 자극하지 말고요."

다도코로는 그렇게 말한 후 난간을 두 손으로 잡고 다리를 끌면서 계단을 올라 간호사들을 쫓아갔다.

슈고는 넓은 투석실을 별 생각 없이 둘러보았다. 아까 냉난방 에어컨의 난방기능을 가동해서 실내가 조금 따뜻해졌다. 곳곳에 놓인 석유난로를 켜야 할 만큼 쌀쌀하지는 않았다.

둘만 남은 공간에 침묵이 들어찼다. 어색해진 슈고는 엉덩이를 움찔움찔하여 앉음새를 가다듬은 후, 불안한 듯이 입을 다물고 있는 마나미에게 눈길을 던졌다. 말을 걸어볼까 싶었지만, 마땅한 화제가 없어서 안타까웠다.

"저기……."

마나미가 가녀린 목소리로 말을 꺼냈다.

"어, 예."

허를 찔린 슈고는 당황한 목소리로 대답했다.

"아까는 감사했어요."

"예? 감사하다니요……."

"저를 수술해서 살려주셨잖아요."

마나미는 살짝 웃음을 지었다.

"아니요, 원래 생명에 지장이 있을 만한 상처가 아니었는걸요. 총알은 피부와 근육을 손상시켰을 뿐이에요."

"그런가요. 하지만 저, 몹시 무서웠어요. 피에로가 느닷없이 덮치질 않나, 배에 총을 맞질 않나……. 너무 아프고 피도 많이 나고……. 강제로 차에 태워졌을 때는 이제 죽었구나 싶었다니까요."

그 당시 상황이 떠올랐는지 마나미는 어깨를 부들부들 떨며 다시 고개를 숙였다.

슈고는 뭐라고 위로해야 할지 몰라서 그저 말없이 마나미를 지켜보았다.

"그래서 수술실에서 괜찮을 거라는 말을 들었을 때 정말 마음이 놓였어요."

마나미는 고개를 들어 슈고를 보았다. 마나미가 촉촉한 눈동

54

자로 바라보자 슈고의 심장이 크게 한 번 쿵 뛰었다.

"다시 한 번 감사 말씀 올릴게요. 살려주셔서 정말로 고맙습니다. 어……."

마나미는 슈고와 눈을 마주친 채 고개를 갸웃했다.

"하야미즈. 하야미즈 슈고라고 해요."

"하야미즈 선생님이시군요. 저는 가와사키 마나미…… 그러고 보니, 아까 제 이름은 말씀드렸죠."

마나미는 겸연쩍은 듯이 고개를 움츠렸다.

"선생님은 안 붙여도 괜찮아요."

"그게 편하시다면 슈고 씨라고 부를게요. 저는 마나미라고 불러주세요."

느닷없이 성이 아니라 이름으로 부르는 바람에 슈고는 조금 당혹스러웠다(일본에서는 친한 사이가 아니면 보통 성으로 부른다─옮긴이).

"아, 죄송해요."

"아니요, 괜찮아요."

슈고는 허둥지둥 말했다.

"다행이다."

미소 짓는 마나미를 앞에 두고 슈고는 그저 얼떨떨했다. 이런 상황에서 뭐가 이렇게 발랄한 거지? 아니, 어쩌면 이런 상황이니까 더욱 밝게 행동해서 공포를 몰아내려는 건지도 모른다.

"슈고 씨는 이 병원 의사죠?"

마나미가 허물없는 말투로 질문했다.

"아니요, 원래 이 근처 종합병원에서 일하는데 가끔 여기에 당직을 서러 와요."

"그렇군요. 무슨 과 의사예요?"

"외과. 아직 5년차라 수습이나 마찬가지지만요."

"수습이라니, 무슨 겸손의 말을. 제가 다친 곳을 치료해주셨는데요."

마나미의 얼굴에 한순간 서글픈 그늘이 졌다.

"수술실에서 상처를 봤을 때 흉터가 크게 지면 어쩌지, 라는 생각이 제일 먼저 들더라고요. 웃기죠, 살 수 있을지 없을지도 모르는 상황에서 그런 생각이나 하다니."

"아니, 그렇지는……."

"하지만 슈고 씨가 그렇게 큰 상처를 깔끔하게 치료해줬어요. 정말 고마워요."

마나미는 가마가 보일 만큼 머리를 푹 숙이며 말했다.

슈고는 희미한 죄악감을 느끼며 관자놀이를 긁적였다. 분명 최대한 깔끔하게 봉합한다고 했지만, 흉터는 남을 것이다. 가능하면 상처가 완치된 후 형성외과(인체의 겉면에 나타난 선천적, 후천적인 기형이나 변형을 정상적인 모양으로 회복시키는 외과로 일본에서는 미용성형 분야를 다루는 미용외과와 구분하여 사용한다—옮긴이)에 가서 흉터제거수술을 받는 편이……. 슈고가 이런 생각을 하고 있는데 마나미가 고개를 들고 입을 열었다.

"이제 우리는 안전한 거죠? 아침이 되면 그 피에로는 사라지겠죠?"

마나미의 말투에 다시 불안감이 깃들었다. 역시 무리하고 있는 모양이다.

"아아, 분명 괜찮을 거예요."

슈고는 불안감이 목소리에 묻어나지 않도록 주의해서 대답했다.

마나미는 기운 없이 "그럼 좋겠지만……" 하고 중얼거렸다.

"그런데 마나미 씨는 대학생이야?"

다시 무거워진 분위기를 바꿔보고자 슈고도 허물없는 투로 마나미에게 친근하게 말을 걸었다.

"아, 예, 맞아요. 근처 여대 교육학과에 다녀요."

"그럼 나중에 학교 선생님이 되려고?"

"예. 가능하면 초등학교 선생님이 되고 싶어요."

"그렇구나. 어…… 대학생이라면 지금 스무 살 정도인가?"

왜 소개팅에서나 할 법만 질문밖에 떠오르지 않는 거야. 슈고는 자기혐오로 얼굴이 살짝 굳어졌다.

"실은 아직 열아홉 살이에요."

"아아, 그렇구나."

"왜요? 나이 들어 보여요?"

마나미가 입술을 삐죽 내밀었다.

"아니야, 그런 게 아니라 어른스러워 보여서……."

슈고가 황급히 변명하자 마나미는 짓궂은 미소를 지었다.

"농담이에요. 사실 민낯일 때는 상당히 앳되어 보여서 고등학생으로 오해받을 때도 있는걸요. 그게 싫어서 좀 나이 들어 보이게 화장했어요."

"아무리 그래도 고등학생으로 보이지는 않는데."

"화장의 힘이라니까요. 여자는 화장을 해서 변신할 수 있거든요."

마나미는 장난스럽게 살짝 윙크했다.

그 요염한 동작에 저도 모르게 가슴이 철렁하여 슈고는 마나미로부터 시선을 돌렸다. 그때 슈고의 시야 한구석에 어떤 것이 들어왔다. 저건……. 슈고는 일어서서 투석실 구석으로 걸어갔다. 내선전화가 벽에 달려 있었다.

왜 여기에 생각이 미치지 않았을까. 휴대전화가 불통이라도 이 전화로 외선에 걸면……. 수화기에 손을 뻗었다. 즉시 신고할 생각은 없었다. 그저 여차할 때 사용할 수 있는지 확인해두고 싶었다.

수화기를 든 순간 슈고는 눈이 휘둥그레졌다. 수화기와 본체를 연결하는 코드가 절단되어 아래로 늘어졌다.

"이거 왜 이래?"

슈고는 코드를 끌어당기며 멍하니 중얼거렸다.

"……아까 슈고 씨가 휴대전화를 가지러 갔을 때 원장 선생님이 끊으셨어요."

마나미가 우두커니 선 슈고에게 다가와서 가르쳐주었다.

"왜 그런 짓을?"

무심코 슈고의 목소리가 높아지자, 마나미가 몸을 움찔했다.

"어, 그게. 원장 선생님이 혹시라도 신고할 수 없도록 해야 한다면서……. 저도 그렇게까지 하는 건 이상하다고 생각했지만 말릴 수가 없어서……. 미안해요."

"앗, 아니야. 마나미 씨를 책망할 생각은 없어. 다만……."

이건 너무 지나쳤다. 슈고는 절단된 코드를 응시하다가 고개를 획 들었다. 다도코로와 간호사들이 위층에 올라간 지 10분도 넘었다. 지금쯤 다른 전화들 역시 같은 꼴을 당했을지도 모른다. 도대체 다도코로는 왜 이렇게까지……? 그때 가운을 잡아당기는 힘이 느껴져서 슈고의 생각을 방해했다.

"왜?"

슈고는 가운 소매를 잡은 마나미를 보았다.

"방금…… 들었어요?"

마나미가 떨리는 목소리로 말했다.

"듣다니? 뭘?"

"사람이 신음하는 것 같은 소리요. 계단 쪽에서 들렸어요."

마나미는 계단을 가리켰다.

"아니, 아무것도 못 들었는데……. 기분 탓 아니야?"

"아니에요. 나, 귀는 좋다고요. 그건 분명 남자가 신음하는 소리였어요. 어쩌면 원장 선생님께 무슨 일이 생겼는지도 몰라요."

마나미는 슈고의 손을 잡고 계단 근처로 데려갔다.

분명 바람 소리 같은 것이리라. 슈고는 귀를 기울였다. 그때,
"아, 아아, 아아아……" 하는 목소리가 고막을 살그머니 흔들었
다. 슈고는 숨을 삼켰다.

"내 말이 맞죠? 지금 들었죠?"

"……들었어."

마나미가 열띤 목소리로 묻기에 슈고는 주저하면서도 고개
를 끄덕였다. 확실히 들었다. 분명 남자 신음 소리다. 원장이 습
격당한 걸까? 그 피에로가 벌써 약속을 어긴 걸까? 슈고는 옆
에서 떨고 있는 마나미에게 고개를 돌렸다.

"내가 무슨 일인지 보고 올게. 마나미 씨는 여기서 기다려."

"싫어요!" 마나미는 지체 없이 소리쳤다. "절대로 혼자 있지
는 않을 거예요."

"하지만 위험할지도 모르는데……."

"여기도 위험하긴 마찬가지잖아요! 혼자 두고 가지 말아요!"

마나미는 숨을 씩씩거리며 간절하게 말했다. 가운을 잡은 손
에 혈관이 불거졌다.

"……알았어. 그럼 같이 가자."

망설인 끝에 슈고는 그렇게 말했다. 마나미는 안도의 숨을
크게 내쉬었다.

"대신에 나한테서 떨어지지 않도록 조심해."

마나미가 고개를 끄덕이는 것을 보고 슈고는 어두운 계단을 하나하나 올라갔다. 심장 고동이 빨라졌다. 마나미는 배에 통증이 느껴지는지 얼굴을 조금 찡그린 채 뒤를 따라왔다.

"……히가시노 씨."

3층에 도착하자 슈고는 간호사실을 들여다보며 목소리를 죽여 히가시노의 이름을 불렀다. 하지만 히가시노의 모습은 보이지 않았다. 병실을 순회하고 있는 걸까. 슈고가 그렇게 생각했을 때 다시 신음 소리가 들렸다.

슈고와 마나미는 목소리가 들린 복도 안쪽 방향을 쳐다보았다. 슈고는 침을 꿀꺽 삼키고 걸음을 옮겼다.

"갈 거예요?"

마나미가 잔뜩 겁먹은 얼굴로 물었다.

"만약 원장 선생님이라면 구해야지. 마나미 씨는 여기서 기다리고 있어도……."

슈고의 말이 끝나기도 전에 마나미는 고개를 좌우로 마구 흔들었다.

"혼자 있을 바에야 같이 갈래요."

"그럼, 가자."

복도를 나아갈수록 목소리가 가까워졌다. 다음 순간 몇 미터 앞 병실에서 손이 튀어나왔다. 마나미가 작게 비명을 질렀다. 그 손이 도움을 요청하듯이 허공을 긁는 것과 동시에 또 신음 소리가 들렸다.

저 병실에 누가 쓰러져 있다. 슈고는 찰나의 경직에서 해방되자마자 뛰어갔다.

"자, 잠깐……."

뒤에서 마나미의 발소리가 쫓아왔다.

병실을 들여다본 순간 슈고는 몸에서 힘이 쭉 빠졌다. 병실에는 다도코로가 아니라 입원복을 입은 초로의 남자가 쓰러져 있었다. 남자는 바닥을 기면서 슈고에게 팔을 뻗었다. 그 팔에서 흐르는 피가 어스름한 비상등 불빛에 비쳤다. 분명 링거 바늘을 뽑아서 그런 것이리라.

"이, 이 사람은……."

마나미가 슈고 등 뒤에 몸을 숨기듯이 서서 중얼거렸다. 슈고는 바로 옆의 텅 빈 침대를 가리켰다.

"분명 여기 입원한 환자야. 링거를 뽑고 침대에서 내려온 거겠지."

슈고는 침대에 매달린 이름표를 보았다. 거기에는 '신주쿠11'이라고 적혀 있었다. 슈고는 힘을 주어 입을 꾹 다물었다.

"이 '신주쿠11'은 뭐예요?"

마나미가 고개를 갸우뚱했다.

"……이름이야."

"어? 이름이라니……."

"신원이 불분명한 환자는 이렇게 발견된 장소와 번호로 불러. 신원이 밝혀질 때까지 말이야……. 이 사람은 신주쿠에서 발견되어 이 병원에 입원한 열한 번째 신원불명 환자라는 뜻이지."

설명을 들은 마나미는 동정 어린 눈으로 남자를 보았다. 남자는 도움을 요청하듯이 슈고와 마나미를 향해 계속 손을 뻗었다.

"괜찮으세요? 제 말 알아들으시겠어요?"

마나미가 남자 앞에 무릎을 꿇고 말을 걸었지만 남자 입에서는 의미 없는 목소리가 흘러나올 뿐이었다.

"분명 실어증으로 대화가 불가능한 거야. 뇌졸중 환자겠지. 좌반신에 마비 증세가 있어."

슈고도 마나미를 따라 남자 곁에 무릎을 꿇었다.

"아픈 데가 있으세요?"

슈고가 말을 걸자 남자가 고개를 살짝 끄덕이는 듯한 동작을 했다. 언어기능을 완전히 상실한 것은 아니고, 알아들을 수는 있지만 말을 하지 못하는 운동성 실어증 같았다.

슈고는 고개를 돌려 복도를 보았다.

"간호사는 도대체 어디 간 거야. 이 환자의 정보가 필요한데."

"저기…… 내가 찾아올까요?"

슈고가 조바심을 내며 중얼거리자 마나미가 머뭇머뭇 말했다. 슈고는 한순간 부탁할까 싶었지만 바로 마음을 바꾸었다. 이 병원에는 피에로가 있다. 마나미가 혼자 행동하도록 두지 않는 편이 좋다.

"아니, 괜찮아. 일단 이 환자를 침대에 올려놓고 둘이서 찾으러 가자."

슈고는 여전히 신음하는 남자를 관찰했다. 삐쩍 마르지는 않았지만 몸집이 꽤 작았다. 이 정도면 혼자서도 침대에 올릴 수 있을 것이다.

"일단 침대로 돌아가시죠. 제가 안아 올릴 수 있도록 몸을 돌리겠습니다."

슈고는 엎드린 남자의 몸 아래에 손을 밀어 넣었다. 그 순간 오른손에 미끄덩한 감촉이 전해졌다. 토사물이나 소변일까? 고무장갑을 끼지 않은 것을 후회하면서 슈고는 남자의 몸을 천천히 돌렸다. 남자가 한층 크게 신음을 내질렀다.

똑바로 누운 남자를 보고 마나미가 작게 비명을 질렀다. 남자의 입원복 왼쪽 상복부가 검붉게 얼룩져 있었다. 슈고는 반사적으로 자기 손을 보았다. 어스름한 비상등 불빛 속에서도 알아볼 수 있을 만큼 새빨갛게 물들어 있었다.

피? 슈고는 부랴부랴 남자의 입원복을 풀어헤쳤다. 남자 왼쪽 옆구리에 상처가 크게 벌어져 있었다.

"수술 자국……?"

슈고의 입에서 잠긴 목소리가 새어 나왔다. 비스듬히 일직선으로 난 상처, 분명 메스로 절개한 자국이었다. 아마도 요며칠 사이에 수술을 받은 것으로 보이는 부위가 크게 벌어져 있었다.

슈고는 천천히 피가 배어 나오는 상처를 바라보다가 어떤 사실을 깨달았다.

"봉합실이…… 끊어졌다?" 슈고는 중얼거리면서 상황을 정리하고자 애썼다. "……이 환자는 최근에 수술을 받았어. 그리고 누군가가 수술 부위를 봉합한 실을 끊고 상처에 충격을 가해…… 분명 상처를 때린 거야……."

슈고의 말을 듣고 마나미의 눈이 휘둥그레졌다.

"누가 그런 짓을!"

마나미의 질문에 슈고는 대답할 수 없었다. 피에로가? 하지만 그 남자는 1층에 있을 테고, 입원환자에게 상처를 입힐 이유도 없다.

슈고는 머리를 흔들어 의문을 떨쳐냈다. 지금은 생각할 때가 아니다. 일단 치료부터 해야 한다. 슈고는 일어서서 피가 묻지 않은 손으로 마나미의 손을 잡았다.

"간호사실로 돌아가자."

"이 사람을 내버려두고요?"

"치료하기 위한 도구가 필요해. 도와줄 사람도 있어야 하고. 간호사를 불러야 해."

슈고는 빠르게 말하며 마나미의 손을 잡고 복도를 되돌아가 간호사실에 들어갔다.

"히가시노 씨! 사사키 씨! 원장 선생님!"

슈고는 약품장에서 생리식염수 팩을 꺼내면서 목이 터져라 사람들을 불렀다. 피에로에게 들릴 우려도 있었지만, 지금은 도와줄 사람을 찾는 게 먼저였다.

잠깐 주저하더니 마나미도 "간호사 언니" 하고 소리를 지르기 시작했다.

얼마 후, 슈고가 쟁반에 링거 튜브, 링거 바늘 등을 담고 있을 때 계단에서 발소리가 들렸다. 히가시노와 사사키가 딱딱한 표정으로 계단을 뛰어 내려왔다.

"왜 그렇게 소리를 질러요? 피에로가 들으면 어쩌려고요."

히가시노는 간호사실에 들어오자마자 상기된 얼굴로 신경질을 부렸다.

"두 사람이야말로 어디 있었는데요? 병동을 둘러보겠다고 했으면서 아무 데도 없던데요!"

슈고가 서슬이 시퍼렇게 딱딱거리자 히가시노와 사사키의 얼굴이 굳어졌다.

"그건…… 둘이서 4층부터 둘러봤어요. 사사키가 혼자 둘러보기는 무섭다고 해서. 그렇지?"

히가시노가 눈치를 주자 사사키는 고개를 끄덕끄덕했다. 슈고는 눈살을 찌푸리고 간호사들을 보았다. 아무래도 두 사람의 행동이 연기로 느껴졌다.

"안쪽 병실에 환자가 쓰러져 있었어요. 한시라도 빨리 치료해야 합니다."

슈고의 말에 히가시노는 '뭐야, 그런 거였어'라고 말하듯이 어깨를 움츠렸다.

"환자가 배회하거나 바닥에서 잠드는 일은 그리 드물지 않아요. 애당초⋯⋯."

"⋯⋯신주쿠11."

슈고는 히가시노의 말에 끼어들 듯이 중얼거렸다. 히가시노는 입을 다물고 눈을 몇 번 깜박였다.

"지금⋯⋯ 뭐라고 하셨어요?"

"신주쿠11. 쓰러져 있던 환자입니다. 그것도 그냥 쓰러진 게 아니에요. 배에 상당한 출혈이 있다고요."

히가시노와 사사키의 입에서 소리 없는 신음이 흘러나왔다. 이 두 사람은 뭔가 안다. 간호사들의 태도를 보고 슈고는 그렇게 확신했다.

"도대체 그 환자는 누굽니까? 뭔가 아는 거죠?"

슈고가 힐문하자 히가시노는 머뭇머뭇하며 두툼한 입술을 벌렸다.

"그러니까, 그게 좀⋯⋯ 일단 보러 가죠."

히가시노가 달아나듯이 복도로 나섰다. 슈고는 쟁반을 들고 마나미와 함께 히가시노를 따라갔다.

병실에 도착하자 히가시노는 배에서 피를 흘리며 끙끙 앓는 남자 앞에 우두커니 섰다.

"도대체 뭐가 어떻게 된 겁니까?"

슈고가 재차 묻자 히가시노는 목 관절이 녹슬기라도 한 것처럼 어색하게 뒤를 돌아보았다.

"이 사람은 우리 병원에 입원한 환자인데……."

"그건 압니다. 왜 그 환자가 배에서 피를 흘리며 쓰러져 있는 거냐고요?"

"그걸 제가 어떻게 알아요!"

히가시노는 카랑카랑한 쇳소리를 지르며 고개를 저었다.

"당신은 이 병동을 맡은 간호사잖아요."

"……그런 것보다 일단 링거를 놓죠. 수액(쇼크, 탈수증, 영양 실조 따위에, 혈액과 삼투압이 같은 다량의 액체를 주입하는 일―옮긴이)을 해야 해요."

히가시노는 슈고의 손에서 쟁반을 빼앗더니 남자 옆에 앉아 팔에 구혈대(채혈 등을 할 때 정맥이 부풀어 오르도록 감는 고무줄―옮긴이)를 감았다.

슈고는 히가시노가 링거를 놓으려고 준비하는 모습을 뒤에서 말없이 지켜보았다. 시간을 벌려는 수작인지, 아니면 긴장해서 손이 떨리는 건지 남자의 손등 정맥에 링거 바늘을 꽂으려는 히가시노의 손놀림은 베테랑 간호사치고는 너무나 어설펐다.

히가시노가 간신히 링거 바늘을 꽂고 나자 슈고는 튜브에 생리식염수 팩을 연결하고 밸브를 열었다.

"그럼 설명해주시죠. 이 사람은 왜 이렇게 됐습니까?"

"……몰라요."

히가시노는 노골적으로 시선을 돌렸다.

"오늘 밤 이 병동 담당이었잖아요. 그럼 인수인계 정도는 받았을 텐데요."

"……이 환자에 대해서는 아무 말도 못 들었어요."

"그럴 리 없습니다. 이 사람에게는 수술 자국이 있어요. 그것도 수술을 받은 지 며칠 지나지도 않았다고요. 이 사람, 도대체 무슨 수술을 받은 겁니까?"

히가시노가 제대로 대답하지 않고 자꾸 얼버무리려고 하자 짜증이 나서 슈고는 날선 말투로 다그쳤다.

"장폐색(장, 특히 소장이 부분적으로 또는 완전히 막혀 음식물, 소화액, 가스 등의 장 내용물이 통과하지 못하는 질환을 말한다—옮긴이) 수술."

느닷없이 뒤쪽에서 목소리가 날아들어 슈고는 몸을 휙 돌렸다. 어느 틈엔가 뒤에 다도코로가 서 있었다. 곁에 사사키도 있었다.

사사키가 다도코로를 불러온 건가……. 슈고는 다도코로를 노려보았다.

"그저께 밤에 갑자기 복통을 호소하더군요. 허혈성 장폐색으로 진단하고 긴급 수술을 했습니다. 괴사한 대장을 몇 센티미터 절제하는 것으로 수술은 무사히 성공했는데…… 설마 이런 일이 벌어질 줄이야."

다도코로는 짐짓 고개를 저었다.

"이런 일이라니, 왜 이 사람의 상처가 벌어졌는지 아시는 겁니까?"

슈고의 질문에 다도코로는 조금의 동요도 없이 "물론이죠" 하고 대답했다.

"수술 자체는 성공했지만, 이 환자는 수술 후 섬망(수술 후 의식이 흐려지고 착각과 망상을 일으키는 등 인지기능에 이상이 나타나는 상태를 가리킨다—옮긴이)이 심했습니다. 어젯밤에도 몇 번이나 침대에서 내려오려고 해서 난리가 났었죠. 일단 진정은 시켰습니다만……." 다도코로는 쓴웃음을 지으며 말을 이었다. "분명 오늘 밤도 섬망 증상이 나타나서 침대에서 굴러떨어졌을 겁니다. 그리고 그때 어딘가에 수술 부위를 부딪친 것 아닐까 싶은데."

아니다, 그렇지 않다. 수술 부위를 봉합한 실이 전부 절단됐다. 누가 고의로 상처를 벌린 것이다. 슈고는 그의 말을 믿을 수 없었다.

"하야미즈 선생, 고맙습니다."

슈고가 반박하려고 하자 다도코로는 고개를 깊이 숙였다. 벗어진 정수리에 비상등 불빛이 둔중하게 반사됐다.

"환자를 보고 급히 대처해줘서 고마워요. 덕분에 큰일이 생기기 전에 응급처치를 할 수 있었네요. 이번 일은 주치의인 나와 이 병동 담당인 히가시노의 책임이니 우리가 확실하게 치료하겠습니다."

다도코로의 과도하게 정중한 태도가 눈에 거슬려 슈고는 입을 굳게 다문 채 그와 간호사들을 쏘아보았다. 원장은 단호한 말과 태도로 '더 이상 관여하지 마라'라는 뜻을 에둘러 전한 것 같았다. 그런데 슈고가 항의하려 했을 때 어디선가 작은 발소리가 들렸다.

　발소리? 슈고는 눈살을 모았다. 여기에 다섯 명 모두 모여 있다. 도대체 누가? 고개를 돌린 슈고는 얼굴 근육이 뻣뻣해졌다. 다른 사람들도 슈고와 비슷한 표정을 지었다.

　엘리베이터가 있는 복도 끄트머리에서 피에로가 총을 쥔 손을 앞뒤로 크게 흔들면서 다가왔다. 공기가 팽팽하게 긴장됐다.

　피에로는 슈고 일행에게서 2~3미터쯤 떨어진 곳에서 걸음을 멈추고 총을 겨누었다.

　"야, 이것들아. 아까부터 왜 이렇게 시끄러워? 1층까지 다 들리더라."

　"……시끄럽게 해서 미안하네. 별일 아니야."

　다도코로가 딱딱한 목소리로 변명했다.

　"별일 아니라고? 별일도 아닌데 이 요란을 떤 거야? 아주 여유만만이시로군."

　"입원환자 중 한 명이 침대에서 떨어져 다쳤어. 치료를 하다 보니 좀 시끄럽게 굴었나 보군. 정말로 미안하네."

　피에로는 머리를 숙이는 다도코로를 바라보았다. 가면 안의 눈이 가늘어졌다.

"떨어져서 다친 아저씨 하나 치료하는데 모두 모여 있을 필요가 있어?"

"그게, 하야미즈 선생의 책임감이 너무 강해서 말이야. 나랑 간호사들이 알아서 하겠다고 했는데 자기도 돕겠다며 고집을 부리더군. 그래서 말다툼을 좀……."

다도코로의 말을 듣고 슈고는 입술을 일그러뜨렸다. 이 상황을 이용하다니…….

피에로는 차가운 시선과 총구를 슈고에게 돌렸다.

"어이, 젊은 의사 양반. 선배가 하는 말은 들어야지. 여기는 이 빛나리한테 맡겨두고 얌전히 찌그러져 있으라고. 이 몸이 굳이 여기까지 납셔야겠어?"

"……미안해."

슈고는 악문 잇새로 말을 쥐어짜냈다. 총구를 앞에 두고 말대꾸를 할 수는 없었다.

"알았으면 썩 꺼져."

피에로가 턱짓을 했다. 슈고는 이를 악문 채 복도를 되돌아갔다. 마나미도 슈고를 따라왔다.

간호사실 앞에서 돌아보자 피에로는 복도 끝의 엘리베이터에 타는 참이었다. 병실에 있는 다도코로와 간호사들의 모습은 여기에서 보이지 않았다. 피에로가 엘리베이터 안으로 사라지는 것을 확인하자 슈고는 마나미의 손을 잡고 간호사실로 뛰어들었다.

"슈고 씨, 왜요?"

눈이 동그래진 마나미에게 "잠깐 기다려"라고 말하고 슈고는 안쪽에 위치한 책장으로 급히 다가갔다. 거기에는 진료차트 수십 부가 꽂혀 있었다. 슈고는 눈을 부릅뜨고 목표물을 찾았다. 그리고 그것은 금방 눈에 띄었다.

진료차트 한 부를 뽑아냈다.

신주쿠11

진료차트 표지에는 큼지막한 글자가 적혀 있었다.

제2장 최초의 희생자

1

"저기…… 슈고 씨."

마나미의 목소리에 슈고는 고개를 들었다. 20분쯤 전에 2층
으로 돌아온 슈고는 계단에서는 시선이 닿지 않는 투석장치 뒤
편의 파이프의자에 앉아 '신주쿠11'이라고 적힌 진료차트를 읽
고 있었다.

"뭐 좀 알아냈어요?"

"흠, 여러 가지로……."

슈고는 진료차트를 덮고 숨을 크게 내쉬었다. 분명 이 진료
차트 덕분에 여러 가지 사실을 알았다. 하지만 그만큼 의문도
늘었다.

"이 진료차트에 따르면 그 남자는 재작년 7월, 신주쿠 역 구내에서 쓰러져 의식불명 상태에 빠졌어. 근처 종합병원으로 옮겨서 검사한 결과 시상(視床) 출혈이었지. 그리고 그 후유증으로 좌반신 마비와 실어증이 나타났고 인지능력도 현저하게 저하됐나 봐."

거기까지 말했을 때 슈고는 마나미가 미묘한 표정을 짓고 있음을 알아차렸다.

"아아, 미안, 미안. 전문용어만 늘어놔서 이해하기 힘들겠네. 간단히 말하자면 뇌졸중으로 쓰러져서 심한 후유증이 남았다는 뜻이야."

마나미는 "아, 그렇군요, 이해했어요" 하며 고개를 끄덕였다.

"원래 신주쿠 역 주변에 살던 노숙자였던 모양인데, 신분을 증명할 만한 물건은 없었고 후유증 때문에 자기 이름을 알려줄 수도 없었어. 그래서 신원불명 상태로 한 달쯤 치료를 받은 후 어느 정도 증상이 안정되자 이 병원으로 이송된 거야."

"그럼 이 병원에서 2년 넘게 지낸 셈인가요?"

"그렇지."

슈고는 진료차트를 펄럭펄럭 넘기면서 고개를 끄덕였다. 거기까지의 경과에는 별다른 의문이 없었다.

"후유증이 심각하기는 하지만 곁에서 도와주면 식사도 할 수 있고, 건강상태에도 큰 문제는 없었던 모양이야. 얼마 전까지는……"

"최근에 수술을 받았죠?"

"그저께 밤에 갑자기 복통을 호소해서 긴급 수술을 한 걸로 돼 있어. 진단명은 교액성 일레우스. 장폐색이라고 불리는 병이야. 이 진료차트에 따르면 말이야……."

슈고는 관자놀이를 북북 긁었다.

"진료차트에 따르면이라니, 뭔가 이상한 점이 있나요?"

마나미의 질문에 슈고는 무겁게 고개를 끄덕였다.

"응, 이상한 점 천지지."

진료차트에 딱히 누락된 사항은 없었다. 하지만 외과의사인 슈고가 보기에는 이상한 점이 수두룩했다.

"일단 이 병원에서 수술을 한 것 자체가 이상해. 여기는 요양형 병원, 즉 만성적인 증상을 보이는 환자를 장기간 치료하는 병원이지. 수술을 한다고 해도 국소마취가 가능한 소규모 수술이 한계야. 장폐색처럼 전신마취 수술이 필요한 환자가 발생했다면 보통 종합병원으로 이송하겠지."

말하면서 슈고는 1층 수술실을 떠올렸다. 이 허름한 병원에서 거기만 대형병원 못지않은 설비를 자랑했다. 게다가 어째서인지 수술실에는 수술대와 마취기가 두 세트였다.

슈고는 미간에 주름을 잡았다. 구조가 비슷한 수술실을 본 것 같은 기분이었다. 하지만 거기가 어디였는지 기억이 나지 않았다.

"그밖에도 이상한 점이 있나요……?"

슈고가 입을 다물자 마나미가 다시 물었다.

"응, 증상이 나타나고 나서 수술을 하기까지 걸린 시간이 너무 짧아. 진료차트에 따르면 환자가 복통을 호소하기 시작한 것이 오후 10시 30분, 그리고 11시에 집도를 개시했어. 고작 30분 만에 진단을 내리고, 수술을 결단하고, 집도한 거야."

"그게 빠른 거예요?"

마나미가 고개를 갸웃했다.

"너무 빠르지. 의료 스태프가 충실한 종합병원에서도 이 두 배는 걸릴걸. 이래서야 마치……."

마치 처음부터 수술을 예정해둔 것 같다. 슈고의 미간 주름이 깊어졌다.

"……슈고 씨?"

마나미가 입을 다문 슈고의 얼굴을 불안하다는 듯 들여다보았다.

"아니, 아무것도 아니야. ……그리고 마음에 걸리는 점이 하나 더 있어."

슈고는 무릎 위에 진료차트를 펼치고 거기에 끼워진 수술기록에 시선을 떨어뜨렸다. 수술기록에는 집도의와 수술을 보조한 간호사 이름이 적혀 있었다.

"기록에 따르면 수술을 집도한 사람은 원장, 그리고 소독간호사(집도의에게 수술기구를 건네주는 등 수술과정을 직접적으로 보조하는 간호사—옮긴이)는 히가시노 료코, 순환간호사(수술이 원활하게 진행되도록 물품을 준비하는 등 수술 전체를 간접적으로 보조하는 간호사—옮긴이)는 사사키 가오루라고 돼 있어."

"그건……."

보기 좋게 정리된 마나미의 눈썹이 여덟 팔 자를 그렸다.

"맞아, 오늘 밤 이 병원에 갇힌 사람들이야."

조금 전 수술 부위가 벌어진 채 3층 병동에 쓰러져 있던 남자. 그를 수술한 세 사람이 지금 현재 병원에 감금돼 있다. 이건 단순한 우연일까? 아니면…….

"이거…… 어떻게 된 걸까요?"

마나미가 목소리를 낮춰 묻자 슈고는 고개를 저으면서 대답했다.

"모르겠어. 뭐가 뭔지 전혀."

"저기…… 나한테도 그거 보여주면 안 돼요?"

마나미가 쭈뼛쭈뼛 손을 내밀었다.

"응? 진료차트를? 그야 상관없지만, 아마 뭐라고 적혀 있는지 못 알아볼 텐데."

슈고는 진료차트를 철한 파일을 마나미에게 건넸다. 진료차트에는 전문용어가 영어로, 그것도 대부분이 뭉개진 필기체로 쓰여 있다. 의료관계자가 아니면 봐도 이해하기가 힘들 것이다.

마나미는 진료차트를 펼치고 진지한 얼굴로 읽어나갔다. 하지만 예상대로 금방 표정이 구겨졌다.

슈고는 투석장치 뒤편에서 얼굴을 내밀어 계단을 살폈다. 다도코로와 간호사들이 내려오는 낌새는 느껴지지 않았다. 아직도 그 남자를 치료하고 있는 걸까? 상처의 상태로 보건대 다시 봉합해야 할 테니 그럴 가능성이 높다.

"······어?"

마나미가 갑자기 의아함이 깃든 목소리를 냈다.

"왜?"

슈고가 시선을 되돌리자 마나미는 종이 한 장을 건넸다.

"이게 뭘까요?"

마나미는 그 종이를 신기하다는 듯이 바라보며 고개를 갸웃거렸다.

"종이? 뭐라고 적혀 있는데?"

"무슨 이름이랑, 그다음은 뭔지 잘······."

슈고는 마나미가 내민 종이를 받아들고 거기 적힌 글씨를 읽은 후 눈을 몇 번 깜박깜박했다.

3층 간자키 고이치, 야마모토 신노스케, 신주쿠11, 아카시 요코
4층 이케부쿠로8, 가와사키13, 미나미 야스오
조사하라

"이건······."

종이에 적힌 글씨를 눈으로 좇으며 슈고는 나지막한 목소리로 중얼거렸다.

"저기, 이런 것도 진료차트에 흔히 끼워놔요?"

"아니, 보통 이런 건 없어. 간호사가 그냥 메모를 끼워놓은 걸 수도 있고…….."

마지막 '조사하라'라는 한마디가 마음에 걸렸다. 혹시 우리가 이 진료차트를 읽으리라고 예상한 것 아닐까? 그렇다면 여기 적힌 사람들은…….

슈고는 천천히 일어섰다.

"어디 가려고요?"

"위층에 다시 가서 이 메모에 적힌 사람들의 진료차트를 찾아올게."

"예? 어째서……?"

"이건 방금 전 남자의 상처를 벌려놓은 녀석이 전하는 말일 거야. 메모에 적힌 사람들의 진료차트를 조사하면 뭔가 알아낼 수 있을지도 몰라."

"하지만…… 위험하지 않을까요? 굳이 그럴 필요가 있어요?"

마나미의 얼굴에 불안한 표정이 떠올랐다.

그럴 필요가 있는지 없는지는 슈고도 모른다. 다만 지금 이 병원에서 일어나고 있는 일은 단순한 점검 및 감금 사건이 아니라는 확신이 들었다. 슈고는 얼굴 근육을 억지로 움직여 미소를 지었다.

"걱정 마. 위층에 갔다 올 뿐인데 뭐."

슈고는 계단을 곁눈질했다. 그래, 진료차트를 찾으러 가도

1층에 있는 피에로에게 습격당할 가능성은 낮다. 그보다 경계해야 할 사람은……. 머릿속에 다도코로와 두 간호사의 얼굴이 떠올랐다. 그 세 사람은 뭔가를 숨기고자 한다. 조금 전 다도코로와 간호사들의 태도, 그리고 '신주쿠11'의 진료차트를 보고 슈고는 그렇게 확신했다.

"그렇지만……."

마나미는 여전히 불안한 표정으로 말끝을 흐렸다.

"괜찮다니까. 나 혼자 재빨리 갔다가 금방 돌아오면……."

거기까지 말했을 때 마나미가 양손으로 슈고의 가운 소맷자락을 붙잡고 고개를 설레설레 저었다. 불안과 공포에 가득 찬 표정이었다.

"……알았어. 그럼 같이 가는 수밖에."

슈고가 쓴웃음을 지으며 중얼거리자 마나미는 힘있게 고개를 끄덕였다.

발소리를 죽이고 계단을 올라간 슈고는 벽에 몸을 붙이고 3층 병동의 동향을 살폈다. 복도 안쪽에 비상등보다 밝은 불빛이 보였다. 아까 남자가 쓰러져 있던 병실 언저리다. 분명 지금도 안에서 치료를 계속하고 있는 것이리라. 간호사실에는 아무도 없다.

슈고는 뒤에 있는 마나미에게 손짓한 후 몸을 낮추고 간호사실에 숨어들어 안쪽 책장 앞까지 이동했다. 마나미도 바짝 붙어서 따라왔다. 슈고는 메모와 책장에 꽂힌 진료차트 파일의 책등을 비교했다. 예상대로 메모에 있던 이름이 적힌 진료차트가 눈에 띄었다. 슈고는 진료차트들을 뽑아서 옆구리에 끼고 마나미와 함께 다시 4층으로 향했다. 여기서도 필요한 파일을 금방 찾아낼 수 있었다.

슈고가 마지막 진료차트를 책장에서 뽑으려고 했을 때 뒤에서 희미한 발소리가 들렸다. 슈고와 마나미는 몸을 움찔하며 동시에 돌아보았다. 발소리는 틀림없이 계단 쪽에서 들려왔다.

"이쪽이야."

슈고는 마나미의 손을 잡고 약품장 옆에 숨어서 계단을 살폈다. 다음 순간 계단을 내려온 사람의 모습이 시야에 들어오자 슈고는 숨을 삼켰다. 원장실이 있는 5층에서 내려왔으므로 분명 다도코로일 줄 알았다. 하지만 모습을 드러낸 인물은 머리에 고무 가면을 쓰고 있었다.

피에로? 그 남자가 왜 5층에서?

슈고는 혼란에 빠졌다. 4층에 도착한 피에로는 간호사실은 거들떠보지도 않고 복도 안쪽으로 걸어갔다. 슈고는 발소리가 멀어지기를 기다렸다가 조심조심 복도를 살폈다. 복도 끝의 엘리베이터 문이 열린 상태였고, 입구에 박스가 놓여 있었다. 아무래도 문이 닫히지 않도록 박스로 막아둔 모양이다.

복도 끝까지 이동한 피에로는 박스를 엘리베이터 안으로 뻥 걷어차고 자신도 올라탔다. 문이 천천히 닫혔다.

"저 피에로, 도대체 뭘……?"

슈고와 함께 복도를 바라보던 마나미가 중얼거렸다.

"……5층에서 뭔가 했나 봐. 엘리베이터로 4층까지 올라와서 계단으로 5층에 갔겠지. 엘리베이터가 4층까지밖에 운행되지 않아서 그랬을 거야."

슈고는 머릿속을 정리하며 말을 끄집어냈다. 마나미는 수상하다는 듯이 눈살을 모았다.

"5층에 뭐가 있는데요?"

"분명 원장실이랑 창고가 있을 텐데……."

슈고와 마나미는 어둠으로 뒤덮인 계단 위쪽을 향해 시선을 던졌다.

"……피에로가 이 병원에 온 건…… 우연일까요?"

마나미가 혼잣말처럼 중얼거렸다.

갑작스런 말에 놀라 슈고는 "뭐?" 하고 목소리를 높이며 마나미의 옆얼굴을 보았다.

"그렇잖아요, 지금 이 상황에서 피에로가 5층에 갈 필요가 있어요?"

"뭐, 확실히……."

"그러고 보니, 좀 이상했다 싶네요……."

"이상했다?"

슈고는 미나미가 나지막하게 중얼거린 말을 되뇌었다.

"예, 그래요. 지금 생각해보니 그 남자, 나를 총으로 쏘고 차에 태운 후에 거의 망설이지 않고 이 병원으로 향한 것 같아요."

"……즉, 처음부터 이 병원에 올 생각이었다는 거야?"

"확실하지는 않지만, 그런 기분이……."

마나미는 머뭇거리면서도 고개를 끄덕였다.

슈고는 코뿌리에 주름을 잡았다. 만약 마나미의 말이 옳다면 이야기가 근본부터 달라진다.

슈고는 바로 옆에 있던, 간호사가 기재를 옮길 때 사용하는 에코백에 진료차트를 넣었다.

"저기, 뭘 어쩌려고……?"

말없이 계속 손을 움직이는 슈고에게 마나미가 불안한 듯이 물었다.

"5층에 가자."

"어, 5층에? 왜요?"

"네 말처럼 만약 피에로가 뭔가 목적을 가지고 이 병원에 들이닥친 거라면, 그 목적이 뭔지 알아보는 게 좋을 것 같아."

슈고의 말에 한순간 마나미의 눈동자가 흔들렸다. 마나미는 딱딱한 표정이었지만 그래도 "알았어요" 하고 고개를 끄덕였다.

에코백을 어깨에 멘 슈고는 경계하며 간호사실을 나서서 마나미와 함께 계단을 뛰어 올라갔다.

5층에 도착하자 슈고는 긴장을 유지하며 주변을 둘러보았다. 고작 5미터쯤 되는 복도 끝에 '비품창고'라는 팻말이 걸린 묵직한 철문이 보였다. 그리고 오른편에 있는 문에는 '원장실'

이라는 팻말이 걸려 있었다.

슈고는 자세를 낮추고 복도를 나아가 비품창고 문에 손을 댔다. 문손잡이를 밀자 철컥 소리와 함께 강한 저항감이 느껴졌다. 아무래도 잠긴 모양이다. 슈고가 두세 번 밀고 당겼지만 문은 열릴 낌새가 없었다.

"안 열려요?"

"응, 잠겼어."

뒤에 있는 마나미에게 대답한 후 슈고는 원장실 문으로 시선을 옮겼다. 비품창고 문이 열리지 않는다면, 피에로는 원장실에 들어간 걸까? 천천히 원장실 앞으로 이동한 슈고는 심호흡을 크게 한 번 하고 나서 문에 손을 댔다. 거의 저항 없이 문이 열렸다.

문 안쪽에 펼쳐진 광경을 보고 슈고는 자기 눈을 의심했다. 다다미 열다섯 장 정도 크기의 방은 마치 회오리바람에 휩쓸린 것처럼 난장판이었다. 책장의 책은 대부분 바닥에 내팽개쳐졌고, 책상 서랍은 모조리 빠져나왔다. 카펫은 들춰졌고 소파는 뒤집어졌다.

피에로가 이 방에서 뭔가를 찾았나? 그런데 도대체 뭘?

"슈고 씨." 마나미가 초조함이 섞인 목소리로 문에 손을 댄 채 우두커니 서 있는 슈고의 귀에 속삭였다. "누가 올라와요."

"뭐?"

슈고는 허둥지둥 귀를 기울였다. 마나미의 말대로 계단에서 희미하게 발소리가 들려왔다.

피에로가 돌아온 걸까? 슈고는 표정이 일그러졌지만, 바로 자신의 예상이 빗나갔음을 알았다. 발소리가 점차 커지면서 남녀가 이야기를 나누는 목소리도 들려왔다. 다도코로와 히가시노의 목소리였다. 3층에서 치료를 마치고 올라오는 것이다. 지금 계단을 뛰어 내려가도 도중에 두 사람과 마주칠 게 뻔했다. 슈고는 다급히 주변을 둘러보았다. 하지만 몸을 숨길 만한 곳이 아무데도 없었다. 발소리가 점점 가까워졌다.

하는 수 없다! 슈고는 복도에 놓아둔 에코백을 집어 들었다. 그리고 마나미의 손을 잡고 원장실로 뛰어들어 문을 닫았다. 그러고는 책상 뒤편에 몸을 숨겼다.

"여기 있으면 안 들킬까요?"

마나미가 불안한 듯 묻자 슈고는 말문이 탁 막혔다. 안 들킬 리 만무하다. 이런 궁여지책이 통할 리 없다.

문이 열리는 소리가 들렸다. 슈고는 에라, 모르겠다 싶어 눈을 감았다.

"……슈고 씨."

마나미가 속삭이는 소리에 슈고는 눈을 떴다. 마나미는 집게손가락을 입술에 대고 눈짓으로 입구를 가리켰다. 슈고는 책상 뒤편에서 얼굴을 내밀었다. 원장실 문은 여전히 닫힌 상태였다. 슈고가 눈썹을 찡그리자 이번에는 쾅, 하는 묵직한 소리가 들렸다. 슈고는 재빨리 상황을 파악했다.

두 사람은 원장실 앞을 지나 비품창고로 들어갔다. 마나미와 마주 보고 고개를 끄덕인 후, 슈고는 입구로 다가가 문을 살짝 열고 복도를 살폈다. 복도에는 아무도 없었다. 기회다. 슈고와 마나미는 원장실을 나서서 살금살금 계단으로 향했다.

그러나 계단을 한 단 내려갔을 때 슈고는 돌연 걸음을 멈추고 뒤를 돌아보았다.

다도코로와 히가시노는 왜 원장실이 아니라 비품창고에 갔을까? 철문 안쪽에 뭐가 있는 걸까?

"슈고 씨, 뭐해요? 빨리 가요."

"어, 아아. 미안."

마나미의 재촉에 슈고는 다시 계단을 내려갔다. 가슴속에서 찜찜하고 어두운 의혹이 소용돌이쳤다.

2

"어때요?"

슈고가 마지막 진료차트를 침대에 내려놓자 마나미가 물었다. 침대에 걸터앉은 슈고는 숨을 크게 내쉬며 머리를 숙이고 고개를 절레절레 흔들었다.

"뭐가 뭔지……."

30분쯤 전, 원장실에서 2층으로 돌아온 슈고와 마나미는 투석실에서 진료차트를 살펴보다 들킬 것이 염려되어 당직실로 자리를 옮겼다.

"뭐 좀 알아냈어요?"

의자에 앉은 마나미가 몸을 내밀었다. 슈고는 얼굴을 약간 들어 마나미를 힐끗 쳐다본 후, 가운 호주머니에서 메모지를 꺼냈다.

"이걸 쓴 사람이 왜 이 진료차트들을 찾으라고 지시했는지 알았어. 이 일곱 환자에게는 공통점이 있어."

"공통점?"

"일단 모두 이 병원에서 수술을 받았어. 그것도 전신마취가 필요한 대수술을. '신주쿠11'과 마찬가지로 말이야."

"그게 이상한 일인가요?"

마나미는 고개를 갸우뚱했다.

"응, 아주 이상하지. 아까 말했듯이 이런 요양형 병원에서 큰 수술을 하는 것 자체가 이상해. 게다가 전부 긴급수술이야. 장폐색, 충수염, 담낭염 등등의."

"아, 네……."

마나미는 모호하게 고개를 끄덕였다. 마나미는 의료관계자가 아니니까 이것이 얼마나 이상한 일인지 실감이 나지 않는 것도 당연했다. 하지만 진료차트에는 마나미라도 금방 이해가

갈 만큼 이상한 공통점도 기재되어 있었다.

슈고는 가져온 진료차트에 끼워져 있던 수술기록 일곱 장을 마나미에게 내밀었다.

"용지 제일 아래쪽에 있는 '집도의'와 '간호사' 칸을 봐봐."

마나미는 슈고가 시키는 대로 기록용지를 넘기며 천천히 확인했다. 세 장쯤 넘겼을 때 아이섀도를 칠한 마나미의 눈이 휘둥그레졌다. 마나미는 모든 수술기록을 급히 훑어보았다.

"이거……."

마지막 기록을 확인하고 마나미가 떨리는 목소리로 중얼거리자 슈고는 고개를 무겁게 끄덕였다.

"응, 집도의가 전부 원장 다도코로야. 뭐, 그건 이상한 일이 아니지. 이 병원에 상근하는 의사는 다도코로밖에 없으니까. 하지만 간호사는 아니지. 그런데 수술을 보조한 간호사가 히가시노와 사사키뿐이라니, 그건 너무 이상하잖아."

수술기록 일곱 장의 '집도의'와 '간호사' 칸에는 전부 같은 이름이 적혀 있었다.

"수술기록에 오류가 없다면, 이 환자들은 모두 밤중에 복통을 호소해서 긴급수술을 받은 셈이야. 그리고 마침 그때 병동을 담당하던 히가시노와 사사키가 소독간호사와 순환간호사로 호출됐지."

방 안의 분위기가 무거워졌다.

"이거 우연…… 아니죠? 도대체 어떻게 된 일일까요?"

"모르겠어."

슈고는 머리를 벅벅 긁었다.

"다만 다도코로와 두 간호사가 뭔가 숨기고 있는 건 확실해. 그리고 누가 그 사실을 우리에게 전하려 했지. 분명 그 사람이 '신주쿠11'의 수술 부위에 손을 댔고, 진료차트에 이 메모지를 끼워놨을 거야."

슈고는 손에 든 메모지를 팔랑팔랑 흔들었다.

"그 누군가가 혹시 피에로⋯⋯?"

"그럴 수도 있고, 아닐 수도 있지."

슈고는 눈이 뻑뻑하니 아파서 눈머리 쪽을 문질렀다. 다시 방에 침묵이 찾아왔다.

"⋯⋯우리, 무사히 풀려날까요?"

모기가 앵앵대는 듯한 목소리로 마나미가 말했다.

슈고는 잠깐 주저하다 "걱정 마" 하고 중얼거렸다. 스스로도 우습게 느껴질 만큼 침착하지 못한 목소리로.

단순히 강도가 인질을 붙잡고 병원에 틀어박혀 시간을 보내는 것이라 여겼던 사건의 전모가 요 한 시간 동안 크게 달라졌다. 피에로는 원래부터 이 병원에 침입할 생각이었을까? 다도코로와 두 간호사는 이 병원에서 뭘 한 걸까? 누가 '신주쿠11'의 수술 부위에 손을 대고 진료차트에 메모지를 끼워놓았을까? 생각하면 생각할수록 혼란스러웠다.

"⋯⋯슈고 씨는 참 상냥하네요."

마나미가 느닷없이 그렇게 말하고 미소를 지었다. 나이에 어울리지 않게 요염한 웃음을 보자 슈고는 심장이 콩닥콩닥 뛰었다.

"응? 상냥하다니……."

"이런 상황에서도 절 안심시키려고 애쓰잖아요. 그리고 절 계속 지켜줬고요. 아직도 정말 무섭지만, 슈고 씨 덕분에 견딜 만해요."

부끄러운지 마나미의 뺨이 살짝 붉어졌다.

"아니, 그건 나만 그런 게 아니라 서로……."

슈고가 그렇게 말했을 때 마나미가 갑자기 인상을 쓰는 것과 동시에 "으윽" 하고 신음하며 배를 눌렀다.

슈고는 황급히 일어섰다.

"다친 데가 아파?"

"아니요, 좀 따끔했을 뿐이에요. 괜찮아요."

마나미는 딱딱한 웃음을 지었다. 무리하는 것이 분명한 그 모습을 보고 슈고는 침대에 놓아둔 진료차트를 책상으로 옮겼다.

"여기 누워."

"예?"

슈고가 침대를 가리키자 마나미의 얼굴에 당혹스러운 표정이 떠올랐다.

"상처가 벌어지지 않았는지 확인해야 해. 몸 상태도 안 좋은데 그렇게 계단을 오르내렸으니. 다 내 탓이야, 미안해."

"아니요, 그게 무슨……. 사과하지 말아요. 내가 억지로 따라온 거잖아요."

마나미는 머뭇머뭇 침대에 누웠다.

"입원복을 좀 벌릴게."

슈고의 말에 마나미는 발그스름하게 물든 얼굴을 돌리고 고개를 살짝 끄덕였다. 슈고는 머리를 가볍게 흔든 후 입원복 끈을 풀고 앞섶을 벌렸다. 눈처럼 뽀얀 살결과 분홍색 브래지어가 드러났다. 슈고는 마나미의 가슴에서 시선을 끌어내리고 상복부의 거즈에 의식을 집중했다.

"거즈 뗄게. 좀 아프겠지만 참아."

슈고는 테이프를 떼어내고 거즈를 들추었다. 그 아래에 있는 상처를 보고 슈고는 안도의 한숨을 작게 내쉬었다. 거즈에 피가 살짝 묻어 있었지만, 봉합 상태에는 이상이 없었다.

"……어때요?"

마나미가 가냘픈 목소리로 물었다.

"괜찮아. 잘 꿰매져 있어. 너무 돌아다닌 탓에 통증을 느낀 모양이야."

슈고가 다시 거즈를 고정하며 대답하자 마나미의 표정이 누그러졌다.

"고마워요. 그리고…… 그……."

마나미는 슈고를 외면한 채 말을 얼버무렸다.

"응? 뭔데?"

"이제 옷 입어도 돼요? ……부끄러워서."

"아, 그래. 물론이지."

슈고는 허둥지둥 마나미의 입원복 앞섶을 여며주었다. 마나미는 침대에 누워 수줍은 표정으로 입원복 끈을 묶었다.

마나미는 끈을 단단히 묶고 상체를 일으키다가 얼굴을 찌푸렸다. 슈고는 마나미 등에 손을 대고 몸을 천천히 일으켜주었다.

"누워 있다가 일어날 때는 복근을 사용하거든. 그래서 아픈 거야."

"고마워요. 저기, 이제 괜찮아요."

침대 가장자리에 걸터앉은 마나미는 고개를 들어 슈고를 보았다. 연분홍색으로 칠한 입술이 살짝 벌어지더니 "……아" 하고 목소리가 새어 나왔다. 슈고와 마나미의 시선이 아주 가까이에서 얽혔다.

서로의 숨결이 느껴질 정도의 거리에서 마나미가 촉촉한 눈으로 바라보자 슈고는 숨을 삼켰다.

"슈고…… 씨."

달콤한 속삭임이 실린 숨결이 슈고의 귀를 간질였다. 마나미는 눈을 감고 얼굴을 천천히 기울였다. 젖은 입술에 끌려가듯이 슈고는 얼굴을 가까이 댔다. 두 사람의 입술이 살짝 닿았다. 솜사탕처럼 부드럽고 감미로운 감촉이 머릿속을 마비시켰다.

다음 순간 멀리서 "하야미즈 선생!" 하고 굵직한 음성으로 부르는 소리가 울려 퍼졌다. 눈을 뜬 슈고는 불에 덴 것처럼 화들

짝 놀라 마나미에게서 몸을 뗐다.

"미, 미안해!"

슈고는 눈을 내리깔고 즉시 사과의 말을 꺼냈다. 도대체 이게 무슨 짓이람. 분위기에 취해서 나이가 열 살도 넘게 차이 나는 여자한테 엉큼한 짓을 하다니. 그것도 이런 상황에서. 자기혐오가 마음을 갉아먹었다.

"아니요…… 그, 너무 마음에 두지 말아요. 나도 그만 아무 생각 없이……."

복숭앗빛 치크를 바른 마나미의 뺨이 더욱 붉어졌다.

"하야미즈 선생, 어디 있나!"

다시 탁한 목소리가 들렸다.

"어, 저거 원장 선생님 목소리네요. 빨리 그걸 숨겨야죠."

마나미가 책상에 놓아둔 진료차트를 가리켰다.

"아! 그래……."

그 말이 맞다. 슈고는 서랍을 열고 서둘러 진료차트를 쑤셔 넣었다. 슈고가 서랍을 닫는 것과 거의 동시에 당직실 문이 열렸다.

"하야미즈 선생, 이런 데 있었나요?"

당직실로 들어온 다도코로가 슈고에게 날카로운 시선을 던졌다. 그 뒤에 히가시노와 사사키의 모습도 보였다.

"원장 선생님. 무슨 일이십니까?"

슈고는 마음속의 동요를 감추려고 애를 쓰며 물었다.

"아까부터 계속 불렀는데 왜 안 나온 건가요?"

"예? 부르셨어요? 죄송합니다, 목소리는 들렸는데 저를 부르시는 줄은 몰라서."

다도코로는 태연하게 대답하는 슈고를 의심스럽다는 듯이 쏘아보다가 마나미에게 시선을 돌리더니 굵은 눈썹을 찡그렸다.

"둘이서 뭘 하고 있었습니까?"

"……상처를 진찰했습니다. 피가 나지는 않는지 확인했어요. 투석실처럼 탁 트인 곳에서는 환자가 마음이 불편할 것 같아서요."

잠깐 말문이 막혔지만, 슈고는 바로 둘러댔다.

"……그런가요."

수긍한 것처럼 보이지는 않았지만 다도코로는 더 이상 추궁하지 않았다.

"그런데 아까 전 환자는 치료를 마치셨습니까? 출혈이 꽤 심해 보였는데요."

"아아, 마쳤습니다. 아무 문제도 없어요."

"그거 다행이군요."

슈고는 긴장의 끈을 놓지 않고 말했다.

다도코로가 그 사실을 알리고자 일부러 여기까지 온 것이 아님은 험악한 눈빛만 보아도 알 수 있었다.

"……하야미즈 선생." 다도코로의 목소리가 낮아졌다. "내 방에 들어가지 않았어요?"

"예? 선생님 방에요?"

슈고는 부자연스럽게 보이지 않도록 조심하며 눈을 깜박거렸다.

"음, 원장 선생님 방은 분명…… 5층이었던가요?"

"예, 맞아요. 요 몇 십 분 사이에 거기 가지 않았어요?"

다도코로는 슈고의 눈을 빤히 들여다보며 거듭 물었다.

"아니요, 설마요. 선생님이 방금 전 남자 환자의 치료를 맡으신 뒤로 계속 2층에 있었습니다만. 그렇지?"

슈고는 고개를 돌려 마나미에게 동의를 구했다.

마나미는 "예" 하고 고개를 끄덕였다.

"정말입니까?"

다도코로가 외까풀 눈을 부릅뜨고 몸을 내밀었다. 슈고는 그 시선을 피하지 않고 똑바로 받아냈다.

"예, 정말입니다. 그런데 저희가 원장 선생님 방에 갔는지는 왜 물어보시는 건가요?"

질문으로 되받아치자 다도코로의 늘어진 뺨이 움찔 떨렸다. 그 반응을 보고 슈고는 확신했다. 이 남자는 역시 뭔가 숨기고 있다. 그도 그럴 것이 여기에 너무 늦게 왔다. 슈고와 마나미가 2층으로 돌아온 지 벌써 30분도 넘게 지났다. 즉 다도코로는 '비품창고'라고 적힌 방에서 꽤 많은 시간을 보냈을 가능성이 높다. 도대체 그 방에 뭐가 있는 거지? 슈고는 턱을 당기고 다도코로를 노려보았다.

"원장실에 무슨 일이 있었습니까?"

슈고는 입을 다문 다도코로를 다그치듯이 재차 질문했다.

"······누가 원장실을 들쑤셔놨어."

다도코로는 앓는 소리를 내듯이 말했다.

"원장실을요? 누가요?"

"그걸 모르니까 여기 온 거 아닙니까."

슈고가 놀란 표정을 짓자 다도코로는 불쾌하다는 듯이 말을 툭 내뱉었다. 슈고는 눈을 가늘게 떴다.

"원장 선생님, 혹시 제가 선생님 방을 뒤졌다고 의심하시는 겁니까?"

"아니, 딱히 그런 건······."

"도대체 제가 왜 선생님 방을 뒤지겠어요?"

슈고가 한 발짝 앞으로 나서자 다도코로는 말문을 닫고 입을 삐죽거렸다.

"제일 먼저 의심해야 할 사람은 제가 아니라 피에로겠죠."

슈고가 지적하자 다도코로는 의아하다는 듯이 "피에로?" 하고 중얼거렸다.

"예. 피에로가 이 병원에 침입한 것도 어쩌면 우연이 아닐 수도 있잖습니까."

슈고의 말에 다도코로는 눈에 띄게 동요했다.

"도대체 무슨 소리를······ 왜 그 남자가 우리 병원을······."

갈피를 못 잡고 헤매는 다도코로에게 슈고는 차가운 시선을 퍼부었다.

"그걸 제가 어떻게 압니까. 저는 아르바이트로 당직을 서러 왔을 뿐이라고요. 이 병원에 관한 일은 하나도 모릅니다."

"정말이야? 정말 하나도……."

다도코로가 냉정함을 완전히 상실하고 닦달하려 하자, 히가시노가 다도코로의 어깨에 손을 얹었다. 다도코로는 "……아" 하고 중얼거리더니 벌레를 씹은 듯한 표정을 지었다.

"……그럼 하야미즈 선생은 내 방에 가지 않았다는 거군."

다도코로의 말투가 갑자기 약해졌다.

"아까부터 몇 번이나 말씀드렸잖습니까. 저는 선생님 방에 안 갔습니다. 그런 짓을 할 만한 사람은 분명 그 피에로밖에 없다니까요."

"내가 뭐 어쨌다고?"

슈고가 어깨를 들먹이며 말한 순간, 나지막한 목소리가 울려 퍼졌다. 모두의 눈길이 목소리가 들린 쪽을 향했다.

문밖에 있던 사사키 뒤에 어느 틈엔가 피에로가 서 있었다. 사사키가 찢어지는 듯한 비명을 지르며 방 안으로 도망쳐 들어왔다. 히가시노도 허둥지둥 그 뒤를 따랐다.

피에로는 여전히 권총을 든 채, 좁은 당직실에 들어찬 사람들을 차례로 바라보았다.

슈고는 마나미를 등 뒤에 숨기듯이 서서 피에로를 쏘아보았다.

"야야, 너희들 뭐냐. 왜 다들 꿀 먹은 벙어리처럼 이래. 질문에는 대답해라. 그렇게 안 배웠어?"

피에로가 천천히 총을 들어올렸다. 총구가 다도코로를 향했다.

"누가 원장실을 뒤졌대."

슈고가 딱딱한 목소리로 말했다.

"아아, 원장실?"

피에로가 총구를 슈고에게 돌렸다. 자신을 향한 시커먼 총구를 보자 등골에 식은땀이 흘러내렸다.

"그래. 방금 전에 누가 5층에 있는 원장 선생님 방을 뒤진 모양이야. 내 짓이라고 의심해서 말다툼을 하는 중이었지."

슈고는 바싹 마른 입 안을 핥으며 말을 이어나갔다. 피에로는 눈을 몇 번 깜박이더니 흐릿한 웃음소리를 큭큭 흘려냈다.

"그거 나야. 내가 원장실을 뒤졌어."

피에로가 원장실에 침입했다고 순순히 인정해서 슈고는 놀랐다. 분명 자기 짓이 아니라고 우길 줄 알았다.

"뭐냐, 너희들. 그딴 일로 야단을 떨고 있었냐, 이런 등신들. 전부 내 짓이야. 내가 그랬어."

"당신이…… 왜 내 방을?"

다도코로가 불안감이 짙게 배어나는 목소리로 물었다.

"왜냐고? 당연히 돈 때문이지."

"돈?"

다도코로는 의심스럽다는 듯이 중얼거렸다.

"그래, 돈. 그것 말고 또 무슨 이유가 있다는 거냐? 아침까지 시간이 있으니까 용돈이 나올 구석이 또 없나 싶어 병원을 돌아다녔지. 그랬더니 제일 위층에 그야말로 돈을 숨겨놨을 것 같은 방이 있더라고. 그래서 잠깐 보물찾기를 했을 뿐이야. 현금은 없었지만 책상 서랍에 고액 상품권이 들었더군. 성과가 꽤 괜찮았어."

피에로는 주눅 드는 기색도 없이 당장이라도 콧노래를 부를 것 같은 태도로 말했다.

"그럼 어디까지나 돈을 찾으려고 내 방을 뒤졌다는 건가?"

"이 아저씨가 왜 말귀를 못 알아먹지? 그렇다고 했잖아!"

피에로가 고개를 설설 흔들었다. 그와 동시에 다도코로가 안도의 한숨을 작게 내쉬는 모습을 슈고는 놓치지 않았다.

"아직 숨겨둔 돈이 있거든 냉큼 내놔. 주머니를 두둑하게 채워주면 당장이라도 나갈 테니까."

피에로는 그렇게 말하고 몸을 돌렸다.

"잠깐만!"

다도코로가 피에로의 등에다 고함을 질렀다. 피에로는 뒤돌아서서 총으로 다도코로를 겨누었다. 다도코로는 당황하여 양손을 쳐들었다.

"……사람 식겁하게 하지 마라. 나도 모르게 쏠 뻔했잖아."

"미안하네, 그냥……."

다도코로는 양손을 든 채 빠른 어조로 말했다.

"물어보고 싶은 게 있으시다?"

피에로가 마스크 속의 눈을 가늘게 떴다.

"아아, 그래. 다만 그 전에 확인을 좀 하겠네. 충분한 돈이 손에 들어오면 정말로 당장 나가줄 텐가? 예를 들어 한 시간 이내에……."

"아무렴, 내가 만족할 만한 액수의 돈을 준다면야 그렇게 못 할 것도 없지."

돈 냄새를 맡았는지 피에로의 목소리가 낮아졌다.

"얼마나 있으면 되겠나?"

다도코로는 양손을 내리고 턱을 당기더니 치뜬 눈으로 피에로를 보았다.

"……1,000만 엔. 만약 1,000만 엔 이상의 돈을 준다면 당장이라도 나갈게."

다도코로는 입을 꾹 다물고 조용히 고개를 숙인 채 생각에 잠겼다. 피에로는 재촉하지 않고 다도코로가 말을 꺼내길 기다렸다. 마침내 다도코로가 두툼한 입술을 벌렸다.

"원장실로 가지."

원장실에 도착하자 다도코로는 총알이 스친 다리를 끌면서 방 안쪽으로 걸어갔다. 다도코로가 "원장실로 가지"라고 말한 후 다도코로뿐만 아니라 다른 사람들도 총을 든 피에로에게 몰이를 당하듯이 함께 계단으로 5층까지 올라왔다. 다도코로에 이어 사사키, 히가시노, 마나미, 그리고 슈고도 방으로 들어갔다. 피에로는 입구에 멈춰 섰다.

다도코로는 서랍이 전부 빠져나온 책상 옆까지 걸어갔다.

"너희 말대로 방금 전에 뒤져봤다고. 그런데 여기에 또 뭐가 있다는 거야?"

피에로가 느릿느릿하게 말했다.

"그 전에 한 번만 더 확인하겠네. 돈을…… 돈을 1,000만 엔 이상 주면 당장 나가는 거지?"

"그래…….'

피에로는 턱을 당겨 고개를 끄덕했다.

"알았네."

다도코로는 원장실 제일 안쪽 구석까지 가서 무릎을 꿇었다. 총알이 스친 다리가 아픈지 다도코로는 인상을 찌푸리며 별다를 것도 없어 보이는 평범한 마룻바닥을 손가락으로 눌렀다. 동시에 찰칵 소리가 나며 작은 손잡이 두 개가 바닥에서 튀어나왔다. 다도코로는 손잡이를 잡고 힘을 주어, 사방 50센티미터 크기의 마루청을 떼어냈다. 그러자 아래쪽 공간에 감춰진 작은 금고가 보였다. 다도코로는 바지 호주머니에서 열쇠다발을 꺼내 그중 하나를 금고 열쇠구멍에 꽂았다. 자물쇠 풀리는 소리가 유난히 크게 들렸다.

다도코로는 열린 금고 속에 천천히 두 손을 집어넣어 자그마한 보스턴백을 꺼낸 뒤 지퍼를 열었다. 내용물이 무엇일지 반쯤 예상하고 있었음에도 슈고는 숨을 삼키지 않을 수 없었다. 가방에는 돈다발이 잔뜩 들어 있었다. 다도코로는 가방 아가리를 크게 벌려서 피에로에게 보여주었다.

"자, 여기 3,000만 엔. 이걸 줄 테니 당장 여기서 나가주게!"

다도코로는 얼굴을 찡그리며 목소리를 높였다.

피에로는 아무 말도 없이 권총으로 나머지 사람들을 위협하면서 느긋하게 방구석으로 나아갔다. 그리고 알랑거림과 울먹임이 뒤섞인 표정을 지은 다도코로를 내려다보다가 불쑥 "저리가" 하고 말했다. 다도코로는 가방에서 손을 떼고 허둥지둥 뒤로 물러났다.

"이건 무슨 돈이야?"

피에로는 금고를 들여다보며 단조로운 목소리로 다도코로에게 물었다. 큰돈을 손에 넣었다는 기쁨은 조금도 느껴지지 않는 목소리였다.

"그건, 그러니까…… 내 개인적인 돈이라고나 할까……."

다도코로는 말을 얼버무렸다.

"개인적인 돈이라. 개인적인 돈을 내게 주겠다고? 이야, 통한번 크시네."

피에로는 놀리듯이 말하며 느닷없이 총구를 다도코로에게 향했다. 다도코로는 양손을 얼굴 앞으로 들어올렸다.

"이, 이러지 마. 돈은 줬잖나. 그걸 가지고 나가주게."

"그렇게 겁먹지 마. 칭찬받을 만한 일을 했잖아. 자기 돈을 내놓으면서까지 다른 사람들의 안전을 지키려고 하다니."

"아, 할 일을 했을 뿐이야. 난 이 병원 원장이니까. 우리 병원에 있는 사람들의 안전을 지킬 책임이 있어."

다도코로는 몸을 작게 웅크리고 말했다.

그 순간, 피에로가 총 손잡이로 벽을 힘껏 후려쳤다. 묵직한 소리가 방 안에 울려 퍼졌다.

"개소리 좀 작작해! 병원에 있는 사람들의 안전이 어쩌고 어째? 넌 그딴 건 눈곱만큼도 생각 안 하잖아!"

피에로가 별안간 고래고래 소리를 지르는 바람에 슈고는 놀라서 눈이 휘둥그레졌다.

"아니야. 난 정말로 모두가 걱정돼서……."

다도코로가 겁에 질린 목소리로 중얼거리자 피에로는 다시 총 손잡이로 벽을 때렸다. 다도코로는 자신이 얻어맞기라도 한 것처럼 몸을 떨었다.

"같잖은 변명은 집어치워. 잔말 말고 솔직히 대답해. 이 금고에 돈 말고 다른 것도 들어 있었지!"

"돈뿐이야. 정말로 돈밖에 없어. 믿어주게."

"이게 어디서 개수작이야! 이 금고에 들었던 걸 어디다 감췄어! 말해! 빨리 말하라고!"

피에로가 마스크 입 부분에서 침을 튀기며 고함을 지르는 모습은 마치 정신이 나간 것처럼 보일 정도였다. 눈에 핏발이 선 피에로가 다도코로에게 성큼성큼 다가가서 이마에 총을 들이 댔다.

"주둥이가 막혔냐! 말해, 저 금고에 들었던 걸 어디에 감췄어. 말 안 하면……."

피에로가 집게손가락을 방아쇠에 걸었다.

발포한다! 슈고는 그렇게 확신하고 저도 모르게 눈을 감았다.

"안 돼!"

피에로를 제지하는 목소리가 방에 쩌렁쩌렁 울려 퍼졌다.

슈고는 눈을 뜨고 소리를 지른 사람을 멍하니 바라보았다. 바로 옆에서 피에로를 노려보는 마나미를.

"……뭐라고?"

피에로는 다도코로에게 총을 들이댄 채 짐승이 으르렁대는 듯한 목소리로 말하며 마나미를 째려보았다. 마나미는 새하얗게 질린 얼굴로 어깨를 바들바들 떨면서도 눈을 돌리지는 않았다.

"뭐, 뭐가 있었는지는 모르지만, 쏘면 안 돼요. 부탁이에요."

마나미는 숨을 헐떡이며 띄엄띄엄 말했다.

"뭐가 있었는지 모르면 그냥 찌그러져 있어. 네년하고는 상관없잖아."

피에로가 위협하듯이 말했다. 하지만 태도에 냉정함이 조금씩 되돌아오는 것처럼 보였다.

"하, 하지만 아까 당신이 그랬잖아요. 사람을 죽이면 사형당할 테니까 아무도 죽이고 싶지 않다고. 그러니까 아무도 죽이지 말아요. 뭐든지 시키는 대로 할게요……."

마나미는 핏기가 가신 얼굴로 말을 이어나갔다. 피에로는 방아쇠에 손가락을 건 채 마나미를 주시했다.

건드리면 끊어질 만큼 팽팽하게 긴장된 분위기였다. 슈고는 너무 조마조마한 탓인지 시야에서 원근감이 사라져 추악한 웃음을 띤 피에로의 얼굴이 확 다가오는 것 같은 기분이 들었다.

피에로는 크게 혀를 차더니 총을 든 손을 내렸다. 동시에 팽팽하던 긴장감이 단숨에 풀렸다. 숨 쉬는 것도 잊었던 슈고는 폐에 고인 공기를 내뱉었다. 다도코로가 제자리에서 스르르 무너져내렸다.

피에로는 다시 한 번 크게 혀를 차더니 돈이 든 가방을 들고 성큼성큼 방에서 나갔다.

"원장 선생님!"

피에로가 방에서 나가자마자 히가시노가 쓰러진 다도코로에게 달려갔다. 사사키도 허겁지겁 그 뒤를 따랐다.

"……다행이다."

힘없이 중얼거린 마나미가 몸을 휘청했다. 슈고는 재빨리 마나미의 어깨에 팔을 둘러 부축해주었다.

"괜찮아?"

"괜찮아요. 그냥 맥이 탁 풀려서. 미안해요, 부끄러운 꼴을 보였네요."

마나미는 가냘픈 미소를 지었다.

"아니야. 대단했어."

슈고는 진심으로 칭찬했다. 위기일발의 순간에 슈고는 옴짝달싹도 하지 못했다. 그런데 몇 시간 전에 그 남자의 총에 맞아 죽음의 공포를 맛본 마나미가 최악의 사태를 막았다. 겉모습에 어울리지 않게 강심장인 것을 알고 슈고는 놀랐다.

"원장 선생님! 원장 선생님!"

히가시노가 부르짖는 소리를 듣고 슈고는 마나미를 부축하며 방 안쪽을 보았다. 총에 맞아 죽을 뻔했다는 정신적인 충격 때문인지 다도코로는 여전히 연체동물처럼 축 늘어져 있었다.

"일단 마나미 씨와 원장 선생님은 침대에서 휴식을 취하게 합시다. 어디 남는 침대 없습니까?"

슈고는 뭘 어찌해야 할지 몰라 그저 원장 옆에서 우물쭈물하는 히가시노와 사사키에게 물었다. 두 간호사는 얼굴을 마주 보고 속닥속닥 이야기를 나누었다.

"……그게, 응급처치용 침대는 1층 외래에밖에 없어요. 하지만 1층에는 그 피에로가……. 3층과 4층의 간호사 휴게실에 소파가 있긴 해요."

히가시노가 굵은 목을 움츠리며 말했다.

"그럼 2층으로 데려가서 투석용 침대에 눕힙시다."

가능하면 피에로가 있는 1층에는 가까이 가고 싶지 않았지만, 그 남자는 엘리베이터를 타고 1층뿐만 아니라 병원 전체를 돌아다닐 수 있다. 어디 있든지 위험하기는 마찬가지다.

히가시노는 잠깐 주저하다가 "알겠어요" 하고 고개를 끄덕이더니 사사키와 함께 힘없이 축 늘어진 다도코로를 부축해서 일으켜 세웠다.

"갈까. 걸을 수 있겠어?"

슈고는 부드러운 목소리로 마나미에게 물었다.

"예…… 슈고 씨가 어깨를 빌려준다면요."

마나미는 수줍어하면서 말했다.

3

슈고는 마나미가 누운 침대 옆의 파이프의자에 앉으며 콧등을 긁적였다. 침대에 드러누운 다도코로와 그 옆에 불안한 표정으로 서 있는 두 간호사의 모습이 눈에 들어왔다. 투석실 안쪽에 자리한 슈고는 계단 근처 다도코로가 누운 침대와 약 15미터쯤 떨어져 있었다. 간호사들이 덩치가 큰 다도코로를 안간힘을 다해 부축하여 침대에 눕히는 것을 보고 슈고와 마나미는 제일 안쪽 침대에 진을 치기로 했다.

다도코로와 두 간호사는 뭔가 숨기고 있다. 그리고 피에로가 이 병원에 침입한 것은 그 '비밀'과 관계가 있다. 슈고는 그렇게 확신했다.

정신적인 충격이 많이 회복됐는지 다도코로는 침대에 누워 간호사들과 뭔가 이야기를 나누었다. 소곤거리는 목소리라 무슨 내용인지는 슈고의 귀에 들리지 않았다. 그러나 어째서인지 가끔 사사키가 이쪽을 힐끔거리는 것이 마음에 걸렸다.

"슈고 씨."

마나미가 부르기에 슈고는 침대에 누운 마나미에게 눈을 돌렸다.

"왜? 배가 아파?"

"아니요, 괜찮아요. 그것보다 피에로가 원장실에서 왜 그렇게 화를 냈을까요?"

마나미는 목소리를 낮춰 말했다.

"모르겠어. 하지만 피에로가 우연히 이 병원에 침입한 게 아니라는 건 확실해."

"그 피에로…… 뭔가 찾고 있어요. 돈 말고 다른 걸."

마나미가 다도코로와 두 간호사를 쳐다보았다. 이쪽을 보고 있던 사사키가 황급히 얼굴을 돌렸다.

"그래. 그리고 원장은 분명 피에로가 뭘 찾는지 알고 있을 거야."

"우리가 찾아낸 진료차트에 적힌 내용과 관계가 있을까요?"

마나미의 말을 듣고 슈고는 일곱 환자의 수술내용을 떠올렸다.

"아마도."

슈고는 이 병원에서 일어나고 있는 일을 정리하고자 두뇌에 채찍질을 했다. 피에로 가면을 쓴 남자, 일곱 환자, 문이 잠긴 창고, 비밀 금고……. 다양한 조각들이 머릿속을 맴돌았지만 그 조각들을 연결할 결정적인 요소가 없었다.

다도코로는 히가시노와 이마를 맞대다시피 가까이 붙어 대화를 나눴다. 한 걸음 물러서 있는 사사키가 또 이쪽을 곁눈질 했다. 슈고는 사사키와 눈이 마주쳤다. 사사키는 고개를 휙 숙이더니 다도코로가 누워 있는 침대에서 슬그머니 물러나서 천천히 이쪽으로 다가왔다. 이야기에 몰두했는지 다도코로와 히가시노는 사사키에게 눈길 한번 주지 않았다.

"원장 선생님은 좀 어떠세요?"

사사키가 바로 옆까지 오자 슈고는 기선을 제압하듯이 무난한 질문을 던졌다.

"걱정 많이 하셨죠? 이제 괜찮으신 것 같아요."

슈고는 쭈뼛거리는 태도로 말하는 사사키를 위아래로 훑어보았다. 이 박복해 보이는 간호사가 무슨 목적으로 온 건지 짐작이 가지 않았다.

"그런데 무슨 용건이라도 있으세요?"

"아니요, 그냥 그쪽 여자분 몸 상태는 괜찮은가 싶어서……."

슈고의 물음에 사사키는 고개를 푹 숙이고 알아듣기 힘든 목소리로 대답했다.

"저요? 예, 아직 조금 아프지만 괜찮아요. 걱정해주셔서 감사해요."

마나미는 자기 자신을 가리키면서 목을 움츠렸다. 사사키가 그런 마나미를 응시했다.

"저기, 저한테 무슨 하실 말씀이라도?"

마나미는 목을 움츠린 채 의아하다는 듯이 말했다.

"아니요, 아무것도 아니에요……. 죄송합니다."

사사키는 침대에서 멀어지려고 하다가 마음을 바꾼 것처럼 마나미의 귓가에 입을 가까이 대고 뭐라고 속삭였다.

"예? 저기…… 무슨 말씀이신지?"

마나미는 이해할 수 없는 말을 들은 것처럼 눈살을 찌푸렸다.

"아니요, 아무것도 아니에요. 신경 쓰실 것 없어요. 이상한 말씀을 드려서 죄송해요."

사사키는 정수리가 보일 만큼 머리를 깊이 숙이고 종종걸음으로 돌아갔다. 그 뒷모습을 바라보며 슈고는 고개를 갸웃거렸다.

"뭐래?"

슈고가 몸을 돌려서 묻자 마나미도 고개를 갸웃했다.

"그게, 잘 모르겠어요. '한 명 더 있다'느니 '원장을 조심하라'느니 했는데."

'한 명 더 있다?', '원장을 조심하라?' 도대체 무슨 소리지?

사사키는 다도코로가 누운 침대 가까이로 갔지만, 진지한 표정으로 이야기를 나누는 두 사람에게 말을 붙일 수가 없어서인지 그냥 멀거니 서 있었다. 그리고 한동안 그렇게 우두커니 서 있던 사사키는 곧 슬렁슬렁 계단으로 올라갔다.

도대체 어디로 가는 걸까. 상황이 조금 진정됐으니 입원환자들의 상태라도 살피러 가는 걸까? 침대가 삐걱거리는 소리가 나서 슈고는 고개를 돌렸다. 어느 틈엔가 마나미가 침대에서 내려오려 하고 있었다.

"뭐하려고?"

슈고가 묻자 마나미는 "아니요, 그냥 좀……" 하고 말끝을 흐리며 신발을 신었다.

"왜? 어디 가는데?"

"저기…… 금방 돌아올게요…….

마나미가 확실히 대답하지 않자 슈고는 불안해졌다.

"혼자서는 위험해. 나도 같이 갈게."

"아니요, 그럴 수는…….

"갑자기 왜 그래? 아까 전까지만 해도 혼자 행동하는 걸 그렇게 무서워했잖아. 혹시 아까 전에 간호사가 무슨 언질이라도 준 거야?"

설마 마나미는 사사키의 뒤를 쫓으려는 걸까?

"아니요, 간호사 언니하고는 상관없어요. 다만 슈고 씨가 따라오는 건 좀 문제가 있어서…….

"어디 가는지만이라도 가르쳐줘. 아니면……."

"화장실……."

마나미의 기어들어가는 목소리가 언성이 높아진 슈고의 말을 막았다. 슈고의 목에서 "응?" 하고 얼빠진 목소리가 새어 나왔다.

"화장실에 가고 싶다고요! 창피하니까 따라오지 말아요. 금방 갔다 올게요."

마나미는 벌게진 얼굴로 말했다.

"그, 그래…… 그럼 천천히 다녀와."

"몰라요!"

마나미는 뺨을 잔뜩 부풀리고 발을 쿵쿵 내디디며 몇 미터 앞에 있는 문으로 들어갔다. 그 안쪽에는 당직실과 화장실밖에 없으니 위험하지는 않을 것이다.

화가 많이 났을까?

슈고는 겸연쩍은 미소를 지으며 다도코로와 히가시노를 보았다. 사사키가 속삭였다는 말이 떠올랐다.

'한 명 더 있다' 그리고 '원장을 조심하라'.

어쩌면 사사키는 뭔가를 경고하려 했던 것이 아닐까. 그리고 이야기를 꺼냈지만 곧 마음이 바뀌어 입을 다물어버린 것인지도 모른다. 그렇게 생각하자 방금 전 사사키가 왜 그렇게 행동했는지도 설명이 되는 것 같았다.

슈고는 거의 무의식적으로 의자에서 일어나 다도코로가 누운 침대로 걸어갔다. 가까이 가자 다도코로와 히가시노는 대화를 멈추고 슈고를 올려다보았다.

"하야미즈 선생, 왜 그러죠?"

다도코로는 한눈에도 억지임을 알 수 있는 웃음을 지었다. 슈고는 그 표정을 보자 마음이 울컥했다.

"뭘 숨기고 계신 겁니까?"

슈고는 뜬금없이 직설적으로 질문을 던졌다. 다도코로와 히가시노가 동시에 얼굴 근육을 움찔했다.

"숨기다니, 그게 무슨 말인가요?"

다도코로는 웃음을 지우지 않고 말했다. 하지만 뺨은 눈에 띄게 굳었다.

"뭔지 묻고 싶은 건 접니다. 그 피에로는 돈 말고 다른 뭔가를 찾고 있었어요. 놈이 도대체 뭘 찾는 겁니까? 놈의 목적은 도대체 뭐예요?"

슈고가 따져 묻자 다도코로의 얼굴에서 썰물이 빠지듯 웃음기가 사라졌다.

"이상한 소리 말게. 내가 그 정신 나간 놈의 목적을 어떻게 알겠나?"

"아닐 텐데요, 원장 선생님. 당신은 분명 그 피에로의 목적을 알고 있을 겁니다."

슈고는 다도코로에게 얼굴을 바싹 갖다 댔다. 침대 위에서 다도코로가 몸을 살짝 뒤로 물렸다.

"그 피에로는 정신이 나가지 않았어요. 강도짓을 하다가 실수로 사람을 쏘는 바람에 이 병원으로 왔다는 것도 분명 거짓말일 겁니다. 놈은 계획적으로 이 병원에 침입한 거예요. 당신이 아까 전부터 전전긍긍하며 숨기려고 애쓰는 '뭔가'를 찾아내려고요."

슈고는 다도코로와 히가시노를 번갈아 바라보았다. 두 사람은 입을 굳게 다물었다. 그 태도에서 무슨 일이 있어도 '비밀'을 털어놓을 생각은 없다는 강한 의지가 전해져왔다. 슈고는 울화가 치미는 것을 느끼며 다시 말을 꺼냈다.

"아까 3층에 쓰러져 있던 남자, 혹시 그 환자가 관계된 것 아닙니까?"

다도코로와 히가시노의 얼굴에 한순간 동요가 일었다.

슈고는 다음 수를 생각했다. '신주쿠11'을 비롯한 환자 일곱 명이 수상한 수술을 받았다는 사실을 지적해야 할까? 그 정도까지는 몰아붙이지 않는 편이 좋을 것 같기도 했다. 방금 전에 다도코로는 총에 맞을 위기에 처했는데도 '비밀'을 말하지 않았다. 만약 일곱 환자의 진료차트를 읽었다는 것을 알면 어떤 행동에 나설지 예상할 수 없다. 적어도 현시점에서는 다도코로 일당과 결정적으로 척이 지는 걸 피하고 싶었다. 지금은 '비밀'을 밝히는 것이 아니라 모두가 무사히 아침을 맞이하는 것을 최우선으로 해야 한다.

슈고와 두 사람은 꼼짝도 하지 않고 눈싸움을 벌였다. 애가 바작바작 타는 교착 상태가 계속됐다.

"슈고 씨?"

갑자기 누가 어깨를 두드려서 슈고는 소리 없는 비명을 지르며 돌아보았다. 등 뒤에 선 마나미가 고개를 갸웃했다.

"가, 간 떨어지는 줄 알았네……."

슈고는 오른손을 가슴에 대고 쿵쿵 뛰는 심장을 진정시키면서 말했다. 다도코로와 히가시노에게 너무 집중한 나머지 마나미가 다가오는 줄도 몰랐다.

"놀라게 할 생각으로 그런 건 아닌데……."

마나미는 불만스러운 듯이 입을 삐죽 내밀었다.

"탓하는 게 아니야. 미안해, 좀 놀라서."

슈고는 급히 얼버무리고 넘어갔다. 마나미가 나타나자 경직됐던 분위기가 누그러졌다. 다도코로와 히가시노도 독기가 빠져나간 듯한 표정을 지었다.

"저쪽으로 돌아가죠."

마나미가 슈고를 재촉했다.

"저기, 으음…… 가와사키 씨랬나?"

다도코로가 망설이는 모습으로 마나미에게 말을 걸었다.

"예, 왜 그러세요?"

마나미가 걸음을 멈추자 다도코로는 갑자기 머리를 깊이 숙였다. 벗어진 정수리가 슈고와 마나미를 향했다.

"아까는 구해줘서 고마웠네."

예상치 못한 다도코로의 행동에 슈고는 눈만 끔뻑거렸다.

마나미는 가슴 앞에서 양손을 내저으며 "아니요, 무슨 말씀을……" 하고 중얼거렸다.

"자네 덕분에 총에 맞지 않았어. 자네는 내 생명의 은인이야. 정말로 고마워. 아까부터 말해야겠다고 마음먹었는데, 적당한 기회가 없어서."

다도코로는 머리를 숙인 채 감사의 마음을 전했다.

"아니에요. 저도 모르게 소리를 질렀을 뿐인걸요. 그렇게 고마워하실 것 없는데……. 어서 고개 드세요."

어쩔 줄 몰라 하는 마나미에게 히가시노까지 머리를 숙였다.

"저도 감사드릴게요. 원장 선생님을 구해주셔서 고맙습니다."

"아유…… 정말로 그게……."

마나미는 도움을 요청하듯이 슈고를 쳐다보았다. 슈고는 어깨를 으쓱하며 쓴웃음을 지었다. 그때 계단에서 발소리가 들렸다. 사사키가 돌아온 것이리라. 별 생각 없이 계단으로 눈을 돌린 슈고의 표정이 얼어붙었다.

마나미가 작게 비명을 질렀고, 다도코로와 히가시노는 숨을 크게 들이마셨다. 계단을 올라온 피에로를 보고서.

1층과 2층을 잇는 계단은 쇠창살문으로 봉쇄했다. 일부러 그 문을 열고 올라온 걸까.

"무슨 일이지?"

마나미를 등 뒤에 숨기며 슈고는 차분하게 물었다.

하지만 피에로는 지금까지처럼 경박하게 대답하지 않았다. 명백하게 분위기가 달라진 피에로를 앞에 두고 슈고는 심장박동이 빨라졌다.

"아아, 심심풀이 삼아 좀 놀고 싶어서. 아침까지는 아직 시간이 있잖아."

피에로의 눈이 슥 가늘어졌다. 불길한 예감이 슈고의 등을 스치고 지나갔다.

"심심풀이 삼아 놀고 싶다니, 그게 무슨 뜻이야?"

"너랑은 상관없어."

피에로는 나지막한 목소리로 말하고 권총으로 슈고를 겨누었다.

"비켜, 볼일은 네 뒤쪽 여자한테 있으니까."

피에로는 권총을 겨눈 채 천천히 다가왔다. 슈고는 이를 앙다물고 마나미 앞에서 버텼다.

"이 여자한테 무슨 볼일인데."

"너랑 상관없다고 했을 텐데. 빨리 비켜. 안 비키면 쏜다."

피에로가 방아쇠에 손가락을 걸었다. 슈고의 온몸에 긴장이 번졌다. 그때 뒤에 있던 마나미가 슈고 앞으로 쑥 나섰다. 슈고는 당황하여 다시 마나미 앞에 서려고 했다. 하지만 총구가 그 움직임을 제지했다.

"저, 저한테 무슨 볼일인데요?"

목소리가 잠겼지만 마나미는 당차게 말했다.

피에로는 권총으로 슈고의 움직임을 제지하며 다가오더니 얼굴을 들이밀고 마나미를 핥듯이 훑어보았다.

"아까 전에 기특한 소리를 했겠다. 뭐라고 그랬더라? '뭐든지 시키는 대로' 하겠다고 했던가? 훌륭한 마음가짐이야."

피에로가 골리는 듯한 어조로 말하자 마나미는 입술을 깨물고 고개를 숙였다.

"뭐든지 하겠다고 했잖아. 그래서 잠깐 생각해봤는데 부탁할 일이 있더라고."

피에로는 왼손을 뻗어 마나미의 긴 흑발을 어루만졌다.

"뭔데요?"

마나미는 얼굴을 돌리고 가냘픈 목소리로 물었다.

"아침까지 날 상대해줘."

"상대라니……."

마나미의 얼굴이 공포로 일그러진 순간, 피에로가 왼손으로 마나미의 손목을 잡았다.

"나이도 먹을 만큼 먹었으면서 순진한 척은. 같이 1층에 가서 아침이 될 때까지 날 만족시키란 말이야!"

"싫어! 이거 놔!"

마나미가 몸부림을 쳤지만 다부진 체격의 피에로는 그러한 저항까지도 즐기는 것처럼 보였다.

"좋아, 마음껏 발버둥 쳐보라고. 그게 더 흥분되니까."

피에로의 말이 끝나자마자 슈고는 냅다 덤벼들었다. 머릿속

깊은 곳에서 뿜어져 나온 분노가 이성을 완전히 날려보냈다. 눈앞의 피에로를 때려눕히고 마나미를 구해야 한다. 그 생각밖에 없었다.

격정 때문에 좁아진 시야 한가운데에서 피에로가 고개를 돌리고 눈을 크게 뜨는 것이 보였다. 슈고는 단단히 움켜쥔 주먹을 피에로의 뺨에 꽂았다. 그 순간 왼쪽 관자놀이에 충격이 전해졌고, 시야가 하얗게 물들었다.

무슨 일이 일어난 건지 알 수가 없었다. 어딘가 멀리서 "슈고 씨!" 하고 마나미가 부르는 소리가 들렸다.

안개가 낀 것처럼 흐릿한 시야 속에 신발이 보였다. 슈고는 시선을 신발에서 천천히 들어올렸다. 피에로가 얼굴을 들여다보고 있었다. 그제야 슈고는 자신이 바닥에 고꾸라졌다는 사실을 깨달았다. 피에로를 때린 순간 권총 손잡이에 옆머리를 가격당한 것이리라. 슈고는 양손으로 바닥을 짚고 몸을 일으키려고 했다. 하지만 뇌와 몸을 연결하는 신경이 끊어지기라도 한 것처럼 힘이 들어가지 않았다.

뇌진탕이다. 당분간 마음대로 움직일 수 없다. 의사로 일하며 얻은 경험을 바탕으로 슈고는 재빨리 자신의 상태를 파악했다. 절망이 마음을 파고들었다.

이제 마나미를 구하기는 글렀다. 이대로는 마나미가 피에로의 장난감이 되고 만다.

"이 새끼가, 어디서 까불어."

피에로가 슈고를 내려다보며 총을 겨누었다. 그 순간 슈고의 시선과 의식은 총구에 못 박혔다.

"그러지 마세요!"

방아쇠가 서서히 당겨지는 것과 동시에 어디선가 마나미의 목소리가 들렸다. 슈고는 유일하게 말을 듣는 눈을 움직여 마나미를 보려고 애썼지만 그녀를 찾지 못했다.

"시키는 대로 할 테니까 그 사람을 죽이지 마세요."

마나미는 감정을 억눌러 무미건조해진 목소리로 말했다.

슈고는 "안 돼!" 하고 외치려고 했다. 하지만 혀가 굳어서 목소리가 나오지 않았다. 이를 드러내고 길길이 화를 내던 피에로의 입가에 웃음이 맺혔다.

"야, 들었냐. 이 여자가 자진해서 내 상대를 해줄 마음이 생겼나 봐."

피에로의 말에서 비웃음이 묻어났다.

슈고는 떨리는 손을 피에로의 다리로 뻗었다. 분노가 끊어진 뇌와 몸을 잠시나마 연결시킨 것 같았다.

그 손에서 달아나듯이 피에로의 다리가 뒤로 멀찍이 물러났다.

"넌 자빠져서 잠이나 자."

그 말과 함께 물러났던 신발이 벼락같이 슈고의 얼굴로 달겨들었다. 슈고는 눈도 깜짝 못 하고 그저 그 광경을 바라만 보았다.

둔탁한 소리와 함께 슈고의 의식은 어둠 속으로 떨어져 내렸다.

목소리가 들린다. 여자 목소리가.

마나미 목소리? 아니, 그렇지 않다. 중년 여자의 목소리다.

"……선생님. 하야미즈 선생님."

의식이 천천히 되돌아왔다. 슈고가 눈을 뜨자 새하얀 빛을 뿜어내는 형광등이 시야에 들어왔다. 눈이 부셔서 슈고는 눈꺼풀을 오므렸다.

"여기는……?"

중얼거린 순간 머리에 둔중한 통증이 느껴졌다. 슈고는 얼굴을 찡그리며 상황을 파악하고자 했다. 시야 구석에 히가시노의 얼굴이 보였다. 슈고는 자신이 바닥에 쓰러져 있음을 깨달았다.

"정신이 드셨어요? 여기가 어딘지 아시겠어요?"

히가시노가 물었다.

"어디냐고요? 여기는 다도코로 병원인데……."

거기까지 말했을 때 이번에는 다도코로의 얼굴이 시야에 들어왔다. 아무래도 두 사람이 바닥에 쓰러진 슈고를 내려다보고 있는 모양이었다.

"소재식(시간, 장소, 주변 사람, 상황 등에 대해서 정확히 인식하는 기능—옮긴이)에는 이상이 없는 것 같네요. 그럼 무슨 일이 있었는지는 기억나세요?"

히가시노는 거듭 질문했다.

무슨 일이 있었느냐고? 분명 피에로가 병원에 침입했고, 놈이 데려온 다친 여자를…… 마나미를…… 마나미?

슈고는 눈을 부릅뜨고 상체를 벌떡 일으켰다. 현기증과 두통이 몰려왔지만, 그런 데 신경 쓸 겨를이 없었다.

"마나미 씨는요? 마나미 씨는 어디 있습니까!"

슈고가 목이 쉬어라 소리치자 히가시노와 다도코로는 동시에 눈을 내리깔았다. 그 태도로 충분했다. 마나미는 피에로에게 끌려간 것이다. 머리에 끼었던 안개가 단숨에 걷혔다.

"제가 정신을 잃은 지 얼마나 됐죠?"

슈고는 히가시노의 팔을 잡고 외쳤다.

"……5분쯤요."

히가시노는 눈을 돌린 채 중얼거렸다. 5분. 5분이라면 아직 늦지 않았을 수도 있다. 슈고는 일어섰다. 그 순간 시야가 기우뚱 흔들리더니 무릎에서 힘이 빠졌다. 털썩 주저앉으려는 슈고를 히가시노와 다도코로가 서둘러 부축했다.

"안 돼요, 뇌진탕을 일으켰어요. 좀 더 쉬셔야 해요."

히가시노가 어린아이를 타이르는 어머니 같은 투로 말했다.

"쉬라고요? 마나미 씨가 그놈한테 끌려갔단 말입니다!"

슈고가 고함을 지르자 히가시노는 입을 꾹 다물었다.

"도우러 가야 해……."

슈고는 두 사람의 손을 뿌리치고 바로 옆에 있는 계단으로 향하려고 했다. 하지만 구름 위라도 걷는 것처럼 발걸음이 불안정했다. 답답해서 속이 끓었다.

"어쩔 수 없잖아요."

히가시노가 혼잣말을 하듯이 불쑥 중얼거렸다. 그 말을 듣자 슈고는 입술이 일그러졌다.

"어쩔 수 없다니, 무슨 뜻입니까!"

"말 그대로의 의미예요. 그야 저도 안됐다고는 생각해요. 하지만 상대는 권총을 가지고 있는데다 끌려갔다고 죽는 것도 아니고……."

슈고는 거의 무의식적으로 히가시노의 간호사복 옷깃을 움켜잡았다.

"죽지만 않으면 된다 그겁니까! 마나미 씨는 내 환자야. 반드시 구해내겠어!"

히가시노가 슈고의 손을 툭 떨쳐냈다.

"그러니까 어떻게요? 구할 수만 있다면 저희도 그러고 싶다고요! 저희라고 마음이 편하겠어요? 선생님 혼자만 정의의 사도인 양 굴지 마세요."

히가시노의 말에 슈고는 입술을 꽉 깨물었다. 송곳니가 파고들어 입술이 약간 찢어졌다. 입 안에 피 맛이 도는 것과 동시에 날카로운 통증이 느껴졌다. 그 통증이 분노로 펄펄 끓던 머리를 약간 식혀주었다.

지금은 히가시노와 말싸움이나 하고 있을 때가 아니다. 어떻게 마나미를 구할 것인가. 그 방법만 생각해야 한다. 그 남자는 권총을 소지하고 있고 힘도 좋다. 뇌진탕의 영향이 남은 상태에서는 당해낼 수 없을 것이다. 뭔가 무기로 쓸 만한 물건을 찾을까? 하지만 권총에 대항할 수 있는 무기가……. 생각해! 어떻게 하면 마나미를 구할 수 있을지 생각하라고!

"하야미즈 선생, 안타깝지만 지금은……."

다도코로가 조심조심 말을 걸었다.

시끄러워! 방해하지 마! 다도코로를 노려본 슈고의 머릿속에 어떤 물건이 번뜩 떠올랐다.

"……스마트폰."

슈고는 나직이 중얼거렸다.

"뭐?"

슈고는 의심스럽다는 듯이 눈을 가늘게 뜬 다도코로의 양쪽 옷깃을 잡았다. 다도코로의 얼굴에 공포가 서렸다.

"무, 무슨 짓이야!"

"스마트폰! 제 스마트폰을 돌려주십시오!"

슈고는 침을 튀기며 언성을 높였다.

"스마트폰? 그걸 왜?"

"설명할 틈 없습니다! 빨리요!"

슈고는 다도코로의 몸을 앞뒤로 흔들었다. 다도코로의 머리가 덜렁덜렁 흔들렸다.

"아, 알았네. 알았으니까 좀 놔줘……."

다도코로의 대답을 듣고서야 슈고는 손을 놓았다. 다도코로는 숨을 크게 내쉬고 흐트러진 가운의 매무새를 가다듬으려고 했다.

"빨리 달라고요!"

슈고가 악을 쓰자 다도코로는 몸을 부르르 떨더니, 허둥지둥 가운 호주머니에 손을 넣어 슈고의 스마트폰을 꺼냈다. 슈고는 다도코로에게 손을 내밀었다. 하지만 다도코로는 스마트폰을 건네려고 하지 않았다.

"이걸로 도대체 뭘 어쩌려고 그러죠?"

"시시콜콜 설명할 시간 없으니까 빨리 주십시오."

슈고가 다그쳤지만 다도코로는 스마트폰을 쥔 손을 등 뒤로 감추었다.

"설마 경찰에 신고할 생각은 아니겠지?"

"잔말 말고 빨리요!"

슈고의 목소리가 공기를 진동시켰다. 하지만 다도코로는 기죽지 않았다.

"신고할 생각이라면 못 주네. 이걸로 뭘 할 생각인지 말하게."

"어차피 신고는 못 합니다! 아까 전부터 계속 불통이라고요!"

슈고의 대답에 다도코로는 눈을 크게 뜨고 스마트폰을 얼굴 앞으로 들어올렸다. 그 순간 슈고는 다도코로의 손에서 스마트폰을 낚아챘다.

슈고는 전파 상태를 확인했다. 액정화면의 안테나 막대에는 여전히 '×'가 표시되어 있었다. 이래서는 쓸모가 없다. 하지만 시도해보는 수밖에 없다.

슈고는 결심을 굳히고 계단으로 걸어갔다. 휘청거리던 다리에도 어느 정도 힘이 돌아왔다. 발을 헛디디지 않도록 조심해서 계단을 내려갔다. 층계참에서 방향을 틀자 계단 어귀의 쇠창살문이 닫혀 있는 모습이 보였다. 외래 대합실의 불은 꺼져 있었다.

"이리 나와!"

계단을 내려간 슈고는 쇠창살을 붙잡고 온 힘을 다해 소리를 질렀다. 쇠창살 너머로 보이는 범위에는 피에로와 마나미가 없었다. 쇠창살문을 힘껏 흔들었다. 덜컥덜컥, 하고 귀에 거슬리는 소리가 주위에 울려 퍼졌다.

"얼른 나오라고! 안 나오면 큰일 날 줄 알아!"

슈고는 목이 터져라 고함을 질렀다. 예상할 수 있는 최악의 사태를 머릿속에서 떨쳐내려고 애쓰면서 계속 소리쳤다.

1분쯤 지났을 때 작은 발소리가 고막을 흔들었다. 슈고는 입을 다물고 쇠창살문에서 떨어져 계단을 한 단 올라갔다. 쇠창살문 앞에 피에로가 나타났다.

"뭔데 이렇게 시끄러워. 재미 좀 보려는데 집중을 못 하겠잖아."

피에로는 헐렁하게 늦춘 벨트를 권총을 쥔 손으로 고쳐 맸다. 온몸의 피가 거꾸로 솟는 듯한 감각이 슈고를 덮쳤다.

"그녀는…… 무사해?"

슈고가 목구멍에서 목소리를 쥐어짜내서 묻자 피에로는 작게 웃었다.

"이제 막 시작하려던 참이었어. 네 놈을 쫓아 보내고 둘이서 오붓한 시간을 보낼 거야."

"……그녀는 어디 있어?"

"안쪽에 있는 침대에서 내가 돌아오기를 기다리고 있지. 그곳을 흥건하게 적시면서 말이야. 그러니까 귀찮게 굴지 말고 위층에 얌전히 있어. 그럼 아무도 죽지 않고 끝나. 그 여자는 내가 정성을 다해 귀여워해줄 테니까 걱정 말고."

피에로는 놀리듯이 말했다.

슈고는 다시 이성의 끈을 놓아버리고 덤벼들고 싶은 기분이었지만 이를 악물고 참아냈다.

"그녀를 여기로 데려와."

슈고는 피에로를 노려보며 침착하게 말했다. 피에로의 입에서 흘러나오던 흐릿한 웃음소리가 멎었다.

"야, 지금 뭐라고 했어?"

"그녀를 데려오라고 했다. 지금 당장."

슈고가 말을 끝맺자마자 피에로가 총구를 슈고에게 향했다.

"어디에 대고 명령이야. 명령은 내가 한다! 너희는 얌전하게 내 명령에 따르기만 하면 돼!"

"그녀를 데려와."

슈고는 같은 말을 되풀이했다. 피에로의 입에서 이를 가는 소리가 들렸다.

"어지간히 좀 해라, 이 새끼야. 총 맞고 싶냐."

피에로가 방아쇠에 손가락을 걸었다. 슈고는 필사적으로 공포심을 억누르며 스마트폰을 들어올렸다. 피에로의 시선이 스마트폰에 쏠렸다.

"뭐야 그건."

"보면 알잖아. 경찰관으로 일하는 고등학교 동창생한테 문자를 썼지. 강도가 이 병원에 있다고."

"뭐라고!"

피에로가 눈을 희번덕거렸다.

"안심해, 아직 보내지는 않았어. 하지만 내가 버튼만 누르면 즉시 송신돼. 그럼 경찰들이 우르르 몰려와서 여길 포위하겠지. 그런 꼴을 보기 싫다면 지금 당장 그녀를 데려와."

슈고는 스마트폰 화면을 힐끔했다. 거기에는 대기화면이 떠 있었다. 문자를 썼다는 것도, 경찰관 동창생이 있다는 것도 거짓말이었다. 애당초 전파가 닿지 않는 상태에서는 문자 자체를 못 보낸다.

슈고는 침을 삼키고 피에로의 반응을 기다렸다. 만약 전파를 차단한 것이 피에로라면 이런 허세가 통할 리 없다. 하지만 지금은 허세를 부리며 연기를 하는 것밖에 방법이 없었다.

한동안 숨이 막힐 듯한 침묵이 흐른 후, 피에로가 천천히 입을 열었다.

"……네가 버튼을 누르기 전에 쏴 죽일 수도 있어."

걸렸다! 피에로의 대답을 듣고 슈고는 내심 쾌재를 불렀다.

"총에 맞아도 죽기 전에 송신 버튼 정도는 누를 수 있겠지. 시험해볼까?"

슈고가 도발적으로 말하자 피에로는 혀를 쯧 찼다.

"까불지 마! 처음에 말했을 텐데. 만약 신고하면 너희들 모두 다 죽여버릴 거라고. 한번 죽어보자 이거냐."

피에로가 내뿜는 날카로운 눈빛을 슈고는 정면으로 받아냈다.

"할 수 있으면 해보든가. 그럼 저세상에서 재회하겠네. 네가 여기서 사살당할지, 몇 년이나 구치소에서 썩다가 목이 매달릴지는 모르겠지만."

"야, 너 제정신이냐?"

기가 눌렸는지 피에로의 목소리에서 망설임이 배어났다.

"제정신이든 아니든 그건 상관없어. 그녀를 여기로 데려오지 않으면 난 신고할 거야. 그럼 저세상에서 만나는 거지. 자, 그녀를 풀어주든가 아니면 신고를 당하든가, 원하는 쪽을 선택해!"

단숨에 소리친 후 슈고는 흐트러진 호흡을 가다듬으면서 피에로가 반응하기를 기다렸다. 밉살스럽다는 듯이 슈고를 노려보던 피에로가 비아냥거리는 것처럼 입술을 일그러뜨렸다.

"……야, 반했냐?"

"무슨 소리야?"

슈고는 어쩐지 허를 찔린 기분이라 미간을 찌푸렸다.

"그 여자한테 반했지? 아니면 오늘 처음 만난 여자를 위해서 죽을 각오를 하고 나설 리 없어."

마나미에게 반했다? 슈고는 자기 마음을 살펴보았다. 나는 왜 이렇게까지 안간힘을 다해 마나미를 구하려 하는 걸까. 가냘픈 여성이 욕을 보는 것을 보고만 있을 수는 없어서일까? 내가 치료한 환자라서? 아니면…… 대답은 나오지 않았다.

"큭큭, 확실히 상판대기는 제법 괜찮은 편이다만 특별한 구석은 하나도 없어. 사방팔방에 잔뜩 널려 있는 여자 중 하나일 뿐이라고. 길을 가다 그 여자와 스쳐지나가도 넌 뒤도 돌아보지 않을걸."

"……그래서 뭐 어쩌라고."

"네가 목숨을 걸면서까지 구해줄 가치가 그 여자한테 없다는 거야. 넌 특이한 상황에서 그 여자와 만났어. 그래서 운명 같은 걸 느끼고 그 여자한테 푹 빠진 거지. 네가 그 여자에게 품은 감정은 환상에 불과해."

거기까지 말하고 피에로는 입술 한쪽을 끌어올렸다.

"그러니까 위로 돌아가서 얌전하게 있어. 그 여자가 무슨 짓을 당하든 너한테는 아무 책임도 없으니까."

스마트폰을 든 채 슈고는 피에로를 계속 쏘아보았다.

"하고 싶은 말은 그게 다야?"

슈고의 입에서 감정이 섞이지 않은 건조한 목소리가 흘러나왔다.

피에로는 어깨를 움츠리더니 "응, 그게 다인데" 하고 대답했다.

"그럼, 1분 안에 그녀를 여기로 데려와. 아니면 문자를 보내겠어. 진심이야. 1분이다."

웃음을 짓고 있던 피에로의 입술이, 잇몸이 보일 만큼 젖혀 올라갔다.

"이런 빌어처먹을!"

피에로는 욕을 퍼붓더니 몸을 돌려 사라졌다. 슈고는 방심하지 않고 제자리에서 기다렸다. 시간이 몹시 더디게 흐르는 것처럼 느껴졌다.

슬슬 시간이 다 되어간다고 생각했을 때 조금 떨어진 곳에서 총총히 다가오는 발소리가 들렸다. 슈고는 다시 쇠창살을 잡았다.

"슈고 씨!"

마나미가 이름을 부르며 쇠창살문 앞에 나타났다. 마나미의 얼굴을 본 슈고의 표정이 구겨졌다. 마나미의 왼쪽 뺨이 벌겋게 조금 부었다. 분명 얻어맞은 흔적이었다.

"마나미!"

슈고가 저도 모르게 씨를 떼고 이름만 부르자, 마나미는 쇠창살 틈새로 두 팔을 뻗어 슈고를 끌어안았다. 마나미의 체온, 숨결, 뺨에 닿는 머리카락의 감촉. 그 모든 것이 사랑스럽게 느껴졌다.

"괜찮아?"

마나미는 슈고를 끌어안은 채 몇 번이고 고개를 끄덕였다.

"하지만, 그 얼굴은……."

슈고는 몸을 조금 뒤로 물리고 빨갛게 부은 마나미의 뺨에 손을 댔다.

"그 남자가 침대에 눕히기에 죽어라 저항했더니 때렸어요. 하지만 괜찮아요, 슈고 씨가 왔으니까."

"야, 언제까지 애정행각을 벌일 작정이야."

나지막한 목소리에 슈고와 마나미는 몸이 뻣뻣하게 굳었다. 어느 틈엔가 마나미의 3미터쯤 뒤에 피에로가 서 있었다.

"약속대로 여자를 데려왔다. 이제 신고하지 않을 거지?"

"아직이야. 그녀의 안전이 확보돼야 해."

슈고는 마나미에게서 몸을 떼고 다시 스마트폰을 들어올렸다.

"도대체 뭘 어쩌라는 거냐?"

피에로는 포기했다는 듯이 고개를 절레절레 흔들었다. 슈고는 마나미와 눈을 맞추었다.

"안쪽 엘리베이터를 타고 2층으로 올라가. 그리고 계단으로 여기에 내려와."

마나미는 고개를 끄덕이더니 아쉬운 듯이 슈고의 목에서 팔을 풀고 뛰어갔다. 마나미의 모습이 사라지고, 멀어지는 발소리를 들으면서 슈고는 피에로에게 찌르는 듯한 시선을 던졌다.

"넌 그녀가 여기에 올 때까지 꼼짝 말고 거기 서 있어. 만약 수상한 행동을 하면…….”

“신고하겠다는 거잖아. 알았으니까 자꾸 똑같은 말 하지 마.”

피에로는 마스크 위로 머리를 긁적였다.

숨 막히는 시간이 흘러갔다. 아무 말도 없는 피에로와 대치하던 슈고는 천천히 입을 열었다.

“……목적이 뭐야?”

“응? 뭐라고?”

개운하지 않은 듯 계속 머리를 긁던 피에로가 손을 멈췄다.

“네 목적 말이야. 왜 이 병원에 왔어? 우연히 여기를 발견했다는 건 거짓말이잖아.”

슈고의 질문에 피에로는 아무 대답도 하지 않았다.

“네 목적은 돈이 아니야. 이 병원의 ‘비밀’을 파헤치기 위해 여기 침입한 거지. 그렇지 않아?”

슈고는 단숨에 말을 늘어놓고 숨을 크게 한 번 들이마셨다가 내쉰 후 피에로의 대답을 기다렸다. 피에로의 입에서 흐릿한 웃음소리가 흘러나왔다.

“야, 무슨 헛소리야? 목적이야 당연히 돈이지. 아니면 뭣 하러 편의점을 털고 실수로 그 여자를 쐈겠냐. 아무래도 시시한 서스펜스 영화를 너무 많이 본 모양이군.”

피에로가 비웃는 투로 대답하는 말을 듣고 슈고는 입가에 힘을 주었다. 확실히 다도코로 일당이 꼭꼭 숨기고 있는 ‘비밀’이 피에로의 목적이라면 편의점을 털거나 마나미를 총으로 쏠 이

유가 없다. 본인 말처럼 이 남자는 멍청한 실수를 한 강도상해
범일까? 아니면…….

"슈고 씨!"

슈고가 생각에 잠겨 있는 사이 위쪽에서 목소리가 들렸다.
돌아보자 마나미가 층계참에 서 있었다.

"어서 가."

피에로가 억누른 목소리로 나지막하게 말했다.

"빨리 가서 아침까지 얌전히 있어. 아침까지는 끝날 테니까.
……전부 다."

피에로는 그 말을 남기고 잰 걸음으로 슈고의 시야에서 사라
졌다. '아침까지는 끝난다'는 피에로의 마지막 말이 어째서인지
몹시 불안하게 느껴졌다.

슈고는 쇠창살문 너머에 시선을 고정한 채 천천히 계단을 올
라갔다. 층계참에 다다르자 기다리고 있던 마나미가 목을 끌어
안았다. 긴 흑발에서 장미 향기가 풍겼다. 슈고는 몸을 바들바
들 떠는 마나미를 토닥여주었다.

"괜찮아, 이제 괜찮아."

슈고는 비단결 같은 마나미의 머리칼을 쓰다듬으면서 말했
다. 마나미는 고개를 끄덕이더니 슈고의 품에 얼굴을 묻고 어
깨를 떨었다.

"……무서웠어요. 정말 무서웠지만…… 슈고 씨가 분명 구해
줄 거라고……."

"걱정 마, 넌…… 내가 지킬 거니까."

슈고는 마나미의 가녀린 몸을 두 팔로 꼭 끌어안았다.

한동안 꼭 끌어안고 있다가 누가 먼저랄 것도 없이 몸을 뗀 두 사람은 시선이 마주치자마자 동시에 눈을 내리깔았다.

"……어쩐지 부끄럽네요."

마나미는 뺨을 붉히며 말했다.

"어…… 그럼, 위층으로 돌아갈까."

슈고의 말에 마나미는 웃는 얼굴로 고개를 끄덕였다. 두 사람은 바짝 붙어서 계단을 올라갔다.

2층에 도착하자 다도코로와 히가시노가 다가왔다. 슈고와 마나미는 부리나케 서로에게서 떨어졌다.

"괜찮으세요?"

"예, 괜찮아요."

히가시노가 묻자 마나미는 무뚝뚝한 말투로 대답했다. 자신이 끌려갔을 때 아무 도움도 주려 하지 않은 다도코로와 히가시노에게 복잡한 감정을 품었는지도 모른다. 그리고 그것은 슈고도 마찬가지였다.

"어, 어쨌든 무사해서 다행이에요."

분위기를 수습하듯이 히가시노가 말했다.

슈고와 마나미는 아무 대답도 하지 않았다. 침울한 공기가 주변을 가득 채웠다.

"아, 그러고 보니 사사키는 어디에 갔담?"

히가시노는 신에게 배례할 때처럼 가슴 앞에서 손뼉을 짝 치더니 주변을 둘러보며 노골적으로 화제를 바꾸었다.

"아까 위층에 가던데요. 쓰러진 환자의 상태라도 보러 간 것 아닐까요?"

아무래도 사사키가 계단을 올라간 줄 몰랐던 모양이다. 그만큼 집중해서 다도코로와 이야기를 나눈 것이리라.

"음, 그러면…… 저는 사사키를 좀 찾아보고 올게요."

히가시노는 살집이 두둑한 몸을 흔들며 도망치듯이 계단으로 향했다. 히가시노의 뒷모습이 계단 위로 사라지는 모습을 보고 나서 슈고는 다도코로와 마주 섰다.

다도코로가 고개를 들어 슈고를 보았다. 그 표정은 전에 없이 딱딱했다.

"신고는 안 했겠지?"

다도코로는 나지막한 목소리로 물었다.

"안 했습니다. 아까 불통이라고 말씀드렸을 텐데요. 피에로에게는 신고하겠다고 으름장을 놓았을 뿐입니다."

슈고의 말을 듣자 다도코로의 표정이 단숨에 누그러졌다. 반대로 슈고의 표정은 대번에 굳어졌다.

"왜 그렇게 신고하는 걸 겁내시는 겁니까?"

"그건…… 만약 신고하면 직원들과 환자들이 위험한 상황에 처해서……."

"거짓말이야!"

슈고는 한마디 소리를 질러 같은 주장을 반복하는 다도코로의 말을 끊고서 마나미를 가리켰다.

"당신은 마나미 씨가 끌려갔을 때도, 도움을 주기보다 신고하지 않는 걸 우선했어. 당신은 인질의 안전을 위해서가 아니라 자기 자신을 위해 신고를 방해하는 거라고!"

슈고의 말에 반박하려는 것처럼 다도코로가 입을 벌렸다. 하지만 그 입에서는 아무 말도 흘러나오지 않았다. 슈고는 더욱 몰아붙였다.

"그 피에로의 목적은 확실치 않지만, 제 생각에는 당신이 꼭꼭 숨기려고 애쓰는 일과 관계가 있을 것 같군요. 즉 저와 마나미 씨는 아무 상관도 없는데 당신네들의 말썽에 휘말린 셈이죠."

슈고는 빠르게 내뱉듯이 말하며 생각했다. 다도코로도 피에로도 휴대전화가 불통이 된 줄 몰랐다. 그렇다면 도대체 왜 전파가 닿지 않는 걸까? 분명 둘 중 한 명이 전파 방해 장치라도 사용한 줄 알았는데…….

그 순간 생각에 잠긴 슈고의 귓가에 비명이 울렸다. 아마도 히가시노의 목소리인 듯했다. 슈고, 마나미, 그리고 다도코로 세 사람은 동시에 계단을 보았다.

"히가시노!"

다도코로가 제일 먼저 움직였다. 다리를 끌면서 계단으로 가서 난간을 잡고 올라갔다. 다도코로를 눈으로 좇던 슈고와 마나미는 얼굴을 마주 보았다.

슈고는 바로 행동에 나설 엄두가 나지 않았다. 피에로가 위층에 있었던 걸까? 그렇다면 위층에 가는 것은 위험하다. 이대로 여기에 있어야 할까? 아니면 도우러…….

"슈고 씨, 가죠!"

마나미가 주저하는 슈고에게 힘차게 말했다.

"하지만 어쩌면 피에로가…….."

"만약 그렇다면 빨리 도우러 가야죠!"

마나미의 한 점 거리낌도 없는 눈을 보고 슈고는 놀랐다. 자신이 위기에 처했을 때 못 본 척 외면한 사람을 조금도 주저하지 않고 도우러 갈 수 있다니…….

"알았어, 가자."

슈고는 각오를 단단히 하고 마나미와 함께 계단으로 향했다.

3층에는 아무도 보이지 않았다. 두 사람은 계단을 더 올라갔다. 3층과 4층 사이 층계참에서 방향을 꺾자 히가시노와 다도코로의 모습이 눈에 들어왔다. 간호사실 앞에 주저앉은 히가시노 옆에 다도코로가 바싹 붙어 있었다. 얼핏 보기에 히가시노가 크게 다친 것 같지는 않았다.

"어떻게 된 겁니까?"

슈고가 다가가서 물었지만 다도코로와 히가시노는 대답하지 않았다. 두 사람은 마치 넋이라도 나간 듯 멍한 표정으로 같은

방향을 보고 있었다. 슈고는 자석에 이끌리는 것처럼 초점이
맞지 않는 두 사람의 시선이 향한 곳으로 눈을 돌렸다.

시간이 멈춘 기분이었다. 눈에 들어온 것이 무엇인지 바로 이
해가 되지 않았다. 슈고는 허수아비처럼 제자리에 못 박혔다.

"⋯⋯맙소사."

옆에 선 마나미가 작게 중얼거렸다.

표백된 형광등 불빛으로 가득한 간호사실 한복판에 사사키
가 똑바로 쓰러져 있었다. 왼쪽 가슴에 작은 칼이 깊숙이 꽂힌
채로.

제3장 열리는 문

1

점도 높은 시간이 몸에 엉겨 붙으며 느릿느릿 흘러갔다. 3층 간호사실에 있는 사람들은 모두 아무 말도 없이 고개만 숙이고 있었다.

도대체 얼마나 오랫동안 여기서 이러고 있었을까? 슈고는 곁눈질로 벽시계를 확인했다. 오전 2시 반이 조금 지났다. 분명 2시경에 사사키의 시신을 발견했다. 고작 30분밖에 지나지 않았나.

"……명이 동원되어 수사를 진행 중이지만 권총을 발포하고 달아난 괴한의 행방은 여전히 묘연합니다. 불안한 밤이…….."

간호사실 옆에 붙은 간호사 휴게실에 틀어놓은 텔레비전에서 뉴스 캐스터의 목소리가 흘러나왔다. 몇 분 전, 슈고가 조금이나마 기분전환이 될까 싶어 켠 것이지만 분위기는 오히려 더 무거워질 뿐이었다. 슈고는 들고 있던 리모컨으로 텔레비전을 껐다.

눈 안쪽이 쿡쿡 찌르는 듯이 아파서 슈고는 눈머리를 지압했다. 사사키의 시신을 발견한 지 벌써 며칠이나 지난 것 같은 기분이 들었다. 그만큼 가슴에 칼이 박힌 사사키의 모습은 충격적이었다.

30분 전, 슈고는 얼마간 망연자실한 상태에 빠졌다가 퍼뜩 정신을 차리고 사사키에게 달려가 심폐소생술을 실시하려고 했다. 하지만 사사키의 동공은 이미 크게 확장됐고, 왼쪽 가슴에 깊숙이 꽂힌 칼은 분명 심장을 꿰뚫었으므로 심폐소생술을 해봤자 허사라고 바로 판단을 내렸다. 슈고가 그 사실을 알리자 히가시노는 공황상태에 빠져 제자리에 푹 엎드려서 엉엉 울었고, 다도코로는 머리를 감싸 안고 몸을 부들부들 떨었다.

결국 슈고가 복도 끄트머리 병실에서 찾아낸 빈 침대에서 시트를 가져와서 사사키의 시신을 덮은 후 모두를 재촉하여 일단 3층으로 내려왔다.

슈고는 고개를 들고 간호사실을 둘러보았다. 안쪽 의자에는 다도코로와 히가시노가 초췌한 얼굴로 앉아 있었다. 슈고와 마나미는 의자를 가져와서 입구 근처에 자리를 잡았다.

요 30분간 슈고는 쉴 새 없이 머리를 굴렸다. 결국 희생자가 나왔다. 강도가 인질을 잡고 병원에 틀어박힌 와중에 발생한 사망자. 얼핏 보면 단순한 사건으로 느껴진다. 하지만 사사키의 시신을 발견한 후로 강한 위화감이 가슴속에서 계속 솟구쳤다.

"……경찰."

힘없이 고개를 늘어뜨리고 있던 히가시노가 불쑥 중얼거렸다. 시선이 히가시노에게 모였다.

"경찰에 신고하죠! 사사키가 살해당했다고요. 우리는 얌전히 있었잖아요, 그런데 왜 사사키를? 그 피에로는 우리 모두를 죽일 생각이에요. 지금 당장 경찰에게 구해달라고 해요!"

히가시노는 얼굴을 홱 쳐들더니 일그러진 표정으로 비통하게 소리쳤다.

"안 돼!"

다도코로가 날카로운 목소리로 말했다. 하지만 히가시노의 기세는 꺾이지 않았다.

"무슨 말씀이세요! 사람이 죽었다고요!"

"맞아, 그 남자는 이미 한 명을 죽였어. 만약 지금 경찰이 병원을 포위하면 그 남자는 분명 아무 거리낌도 없이 우리를 죽일 걸세. 그 남자가 우리 병원에서 나가기를 기다리는 게 최선이야."

"하지만 나가기 전에 우리까지 죽이려고 할 수도 있잖아요!"

"그렇다면 벌써 죽였겠지. 우리를 아직 죽이지 않은 걸로 보아 몰살시킬 생각은 없는 거야. 지금은 그 남자를 자극하지 말고 얌전히 기다리는 게 제일 좋은 방법이야."

"그야 모를 일이죠. 경찰이라면 분명 우리를 구해줄 거예요. 제 휴대전화 돌려주세요!"

히가시노가 쑥대강이가 된 머리를 흔들며 소리쳤다. 다도코로는 그런 히가시노를 차가운 눈으로 노려보다가 가운에서 휴대전화를 꺼내 던져주었다. 히가시노는 폴더식 휴대전화를 두 손으로 잡고 바쁘게 버튼을 눌렀다.

"소용없어. 여전히 불통일세."

"왜요? 평소에는 전파가 잘 수신됐는데."

히가시노가 새된 소리를 내질렀다.

"분명 피에로 짓이야. 그 피에로가 방해전파를 발생시키는 장치를 가지고 있는 것 아닐까. 그래서 우리 휴대전화를 빼앗으려고 하지 않은 거겠지."

"그, 그렇다면 병원 전화로 걸죠. 원장실 전화는 아직 사용할 수 있을 거예요."

히가시노가 헐떡이듯이 말했다.

2층부터 4층의 전화는 사용할 수 없게 만들었지만, 만일에 대비해 원장실 전화는 남겨놓은 모양이다. 하지만 다도코로는 고개를 저었다.

"그것도 아까 확인해봤어. 원장실 전화도 안 되더군. 분명 전화선을 1층에서 끊은 거야."

"그런……." 히가시노는 말문이 막혔는지 몇 초 가만히 있다가 돌연 눈을 동그랗게 떴다. "그럼 화재 경보 장치를 작동시키죠. 그러면 소방서에 연락이 갈 거예요."

그건 좋은 방법일지도 모른다. 슈고는 가운 호주머니에 손을 슬쩍 집어넣었다. 손끝에 딱딱한 감촉이 느껴졌다. 애용하는 라이터다. 이걸로 천장의 감지기를 가열하면…….

하지만 다도코로는 또다시 느릿느릿 고개를 저었다.

"그것도 소용없어. 소방서에도 전화선을 통해서 자동 통보가 될 거니까. 전화선이 끊겼다면 통보는 안 돼. 소방 장치가 이 층 전체에 소화 분말을 잔뜩 뿌리는 게 다겠지."

히가시노의 얼굴이 한순간 절망으로 물들었지만, 바로 부석부석한 눈이 반짝 빛났다.

"1층이에요! 1층 수술실에 있는 전화로 걸죠. 그 전화는 분명 다른 회선을 쓸 테니까요."

"……1층에는 그 남자가 있어. 어떻게 수술실까지 가겠다는 건가."

다도코로는 나지막하게 말하더니 슈고를 힐끗 곁눈질했다. 슈고는 그 시선이 무슨 뜻인지 짐작이 가지 않아서 대화를 나누는 두 사람을 그저 말없이 바라보았다.

"수술실이라면 위에서……."

"히가시노!"

뭐라고 말을 꺼낸 히가시노에게 다도코로가 매섭게 소리쳤다. 히가시노가 몸을 움찔 떨었다.

"설령 갈 수 있다고 해도 신고는 안 해. 신고했다가는 우리뿐만 아니라 입원환자들도 위험해질 우려가 있어. 소중한 환자를 끌어들이는 것만은 어떻게 해서든 피해야 해."

다도코로는 잘 알아듣도록 타이르듯이 한마디 한마디 또박또박 말했다.

"어쨌거나 이대로는 위험합니다. 그 남자는 사사키 씨를 죽였어요. 우리도 죽이지 않는다는 보장은 없죠. 습격당했을 때를 대비해서 일단 무기가 될 만한 물건을 찾아놓는 게 좋지 않겠습니까?"

그때까지 잠자코 있던 슈고가 제안했다. 다도코로는 잠시 생각에 잠겼다가 고개를 힘있게 끄덕여서 동의했다.

"뭔가 무기로 쓸 만한 것 없습니까? 골프채 같은 건 가지고 있으면 너무 눈에 띄어요. 좀 더 작은 것, 가능하면 메스 같은 게 좋겠군요."

슈고의 말에 다도코로는 쓸쓸한 표정을 지었다.

"안타깝지만 메스는 수술실에만 있는데."

"그렇습니까. 그럼 분담해서 무기로 쓸 만한 걸 찾아보죠. 그 남자가 무슨 짓을 할지 모르니까 서두르는 편이 좋겠습니다."

슈고는 의자에서 몸을 일으켰다.

"나는 잠시 히가시노를 돌보겠네."

"알겠습니다. 그러면 히가시노 씨를 잘 부탁드립니다, 마나미 씨."

슈고가 갑자기 이름을 불러서 놀랐는지 마나미는 당황한 목소리로 "예!" 하고 대답했다.

"나랑 같이 무기로 쓸 만한 걸 찾으러 가자."

슈고는 마나미의 손을 잡고 반쯤 강제로 일으켜 세워서 간호사실을 나섰다. 마나미는 어리둥절해하면서도 얌전하게 슈고를 따라왔다.

마나미와 함께 계단을 내려와 2층에 다다르자 슈고는 곧장 투석실을 가로질러 당직실로 향했다. 당직실에 들어가자 슈고는 문을 잠갔다. 마음만 먹으면 발길질로도 간단히 부술 수 있을 만큼 허술해 보여서 전혀 미덥지 못했지만, 활짝 열어두는 것보다는 나으리라.

"저기, 슈고 씨?"

마나미는 불안한 듯이 슈고의 얼굴을 보았다. 슈고는 마나미의 두 어깨에 손을 얹었다.

"끌려간 후에 그 피에로가 모습을 감추지 않았어?"

"예? 그게 무슨 말이에요?"

슈고가 뜬금없이 묻자 마나미는 몸을 뒤로 살짝 젖히고 되물었다.

"그러니까 아까 피에로한테 1층으로 끌려가고 나서 내가 구하러 갈 때까지 피에로가 몇 분 자리를 비운 적 없었느냐고."

슈고는 다시 질문했다. 마음이 급해서 혀가 잘 돌아가지 않왔다.

"아까 전에요? ……아니요, 슈고 씨가 고함치는 소리가 들릴 때까지 난 그 남자랑 계속 함께……."

그때 일이 떠올랐는지 마나미는 고개를 숙이고 착 가라앉은 목소리로 말했다. 그 모습을 보자 슈고의 가슴속에 죄악감이 샘솟았다.

"좋지도 않은 일을 떠올리게 해서 미안해. 하지만 중요한 일이야."

"중요한 일?"

마나미가 의아하다는 듯이 눈을 가늘게 떴다. 슈고는 고개를 끄덕거렸다.

"4층에 쓰러져 있던 사사키 씨는 이미 동공이 확장됐고, 심장도 완전히 정지했어. 게다가 흘러나온 피도 조금 응고된 상태였지. 그렇게 되려면 칼에 찔리고 적어도 10분 정도는 지나야 해."

"그렇다면……."

마나미는 눈을 깜박깜박했다.

"그래, 사사키 씨가 찔린 시간에 피에로는 나나 마나미 씨 둘 중 하나와 같이 있었어."

안 그래도 큰 마나미의 눈이 더 커졌다.

"그런…… 하지만 내가 끌려가기 전에 찔렸을지도……."

마나미는 떨리는 목소리로 말했다.

슈고는 턱을 당겼다. 확실히 그럴 가능성도 있다. 사사키가 계단을 올라가고 몇 분인가 지난 후에 피에로가 나타나서 마나미를 끌고 갔다. 하지만…….

"하지만 사사키 씨는 가슴을 정면에서 똑바로 찔렸어. 척 보기에도 몸싸움을 벌인 흔적은 없었지. 만약 피에로에게 공격당했다면 사사키 씨는 크게 비명을 지르며 달아났을 거야. 그랬다면 정면이 아니라 뒤에서 찔렸겠지."

"그래서요?"

"사사키 씨는 피에로에게 죽은 게 아니야. 1층에서 나와 피에로가 대치하는 사이에 다른 사람이 4층에서 사사키 씨를 찔렀어."

"다른 사람이라니, 도대체 누가……?"

"가까이 다가가도 사사키 씨가 경계심을 품지 않을 만한 인물. 그 자가 무방비한 사사키 씨에게 접근해서 칼로 가슴을 찌른 거지."

"그게 가능한 사람은……."

슈고가 하고 싶은 말을 알아차렸는지 마나미는 양손을 입에 갖다 댔다.

"그래, 다도코로나 히가시노. 혹은 두 사람이 협력해서 사사키 씨를 죽였을 거야."

슈고는 몇 십 분 동안 궁리하여 도출한 해답을 차분하게 입에 담았다. 마나미는 손을 입에 댄 채 잠시 아무 말도 하지 못했다.

"왜 그런 짓을……."

"모르겠어. 다만 살해당하기 전에 사사키 씨는 우리에게 뭔가 알리려고 했어."

"알리려고…… '원장을 조심하라'는 둥 '한 명 더 있다'는 둥 속삭인 거요?"

"응, 그거. 사사키 씨는 이 극한상황을 더 이상 견딜 수가 없어서 원장과 히가시노가 어떻게든 숨기려고 하는 '비밀'을 우리에게 알리려고 한 것 아닐까. 원장과 히가시노가 그걸 눈치채고 피에로의 짓으로 위장해 사사키 씨를 입막음했다면……."

"그럼, 그렇다면…… 사사키 씨를 죽인 사람은 원장 선생님인가요……?"

마나미는 창백해진 얼굴로 작게 중얼거렸다.

"확실히 다도코로일 가능성이 높긴 하지만, 히가시노일 가능성도 배제할 수는 없어. 둘 다 '비밀'을 지키려고 필사적이니까."

"하지만 여자가 칼로 사람을 죽일 수 있을까요?"

마나미가 의심스럽다는 듯이 말하자 슈고는 고개를 끄덕였다.

"여자에게 찔려서 다 죽어가는 남자를 응급실에서 본 적이 있어. 칼만 날카롭다면 힘이 없어도 갈비뼈 틈새로 충분히 찔러 넣을 수 있지. 경계심을 유발하지 않고 자연스럽게 다가갈 수 있느냐, 그리고 망설임 없이 찌를 수 있느냐. 중요한 건 그

두 가지야.”

마나미는 슈고의 말을 듣고 낯빛이 더 핼쑥해지더니 양손으로 얼굴을 덮으며 침대에 앉았다.

“이제…… 뭐가 뭔지 모르겠어요.”

마나미는 기어들어가는 목소리로 말했다. 지금까지 씩씩하게 행동해왔지만 마나미도 이제 정신이 한계에 가까워진 것이리라. 그 모습이 너무나 안쓰러웠지만 슈고는 뭐라 위로해야 할지 몰랐다.

“……한 명 더.”

마나미가 얼굴을 덮은 채 조용히 말했다.

“응? 뭐라고 했어?”

슈고가 묻자 마나미는 느릿느릿 얼굴을 들었다.

“사사키 씨가 한 말이요. ‘한 명 더 있다’고 했잖아요. ‘원장을 조심하라’는 건 대충 이해가 가는데, ‘한 명 더 있다’는 건 무슨 뜻일까요?”

슈고는 입을 꾹 다물고 인상을 썼다. 슈고도 그 말이 마음에 걸렸다.

“사사키 씨가 ‘한 명 더 있다’고 한 거 확실해? 목소리가 작아서 어쩌면 잘못 들었을 수도…….”

“아니요, 분명히 그렇게 말했어요. 무슨 뜻인지는 모르지만 똑똑히 들었다고요.”

마나미는 확신에 찬 목소리로 말했다.

그렇게까지 단언하는 것으로 보아 틀림없으리라. 슈고는 팔짱을 끼고 생각에 잠겼다.

"저기, 어쩌면 이 병원 관계자가 한 명 더 숨어 있다든가……."

마나미는 태도가 싹 바뀌어 자신 없는 투로 말을 꺼냈다.

"우리 말고 다른 직원이 숨어 있다는 거야? 하지만 야간 당직 인원은 기본적으로 의사 한 명에 간호사 두 명인데……."

"원장 선생님도 남아 있었잖아요."

마나미가 지적하자 슈고는 할 말이 없었다. 확실히 일이 끝나지 않았다는 등의 이유로 직원이 남아 있었을 가능성이 아예 없지는 않다.

"하지만 그렇다면 왜 아직도 숨어 있는 건데? 피에로에게서 몸을 숨기는 건 그렇다 치더라도, 우리를 피할 필요는 없잖아."

"이유는 모르겠지만, 어쩌면 이 병원의 '비밀'과 관계가 있을 수도……. 그래서 지금도 몸을 숨기고 있는 게……."

병원의 '비밀'에 관련된 직원이 숨어 있다. 마나미의 말을 듣고 슈고의 머릿속에 새로운 의문이 떠올랐다. 다도코로는 진료 보수 명세서를 확인하기 위해 오늘 밤 병원에 남아 있었다고 했는데, 과연 정말일까. 하필이면 그런 날에 피에로가 침입하다니. 아니, 어쩌면 원장이 남아 있었기 때문에 피에로가 병원에 침입했는지도 모른다. 그렇지만…….

슈고는 엄지손가락으로 양쪽 관자놀이를 꾹꾹 눌렀다. 너무나 이해가 되지 않는 사태에 직면하자 두통이 났다.

"설령 직원이 더 남아 있었다고 해도, 숨을 곳이 어디 있다는 거지……."

슈고는 거기서 말을 멈췄다. 마나미가 슈고를 향해 고개를 살짝 끄덕였다.

"예, 5층 창고가 아닐까 싶어요."

"하지만 왜 그런 곳에……."

"그것까지는 모르겠어요. 나도 숨을 곳이 있다면 거기뿐이라는 생각이 들었을 뿐이라서요."

마나미는 연분홍색으로 칠한 입술을 뾰로통히 내밀었다.

사사키가 말한 사람은 정말로 병원 직원이고, 그 창고에 숨어 있는 걸까. 그밖에 다른 가능성은…….

"피에로……."

슈고는 거의 무의식중에 중얼거렸다. 마나미가 물음표가 떠오른 얼굴로 "어, 뭐라고요?"라고 물었다.

"아니, 아무것도 아니야. 그럴 리 없지."

슈고는 고개를 획획 저었다. 머릿속에 떠오른 상상을 두려워하며.

"뭔가 생각난 거죠? 틀려도 괜찮으니까 말해줘요. 궁금하잖아요."

"그게, 정말 너무나 생뚱맞은 생각이라……. 어쩌면 '한 명 더 있다'는 사람이 피에로일지도 모른다 싶어서."

마나미가 보채자 슈고는 못 이기는 척 머뭇머뭇 말을 꺼냈다.

"피에로가 '한 명 더 있다', 그게 무슨 뜻이에요?"

마나미는 불안한 듯한 표정으로 고개를 갸웃했다.

"사실 피에로의 행동에 일관성이 없다는 생각이 계속 들었어. 돈을 노리고 되는대로 행동하는 멍청이인 것 같으면서도, 뭔가 목적을 가지고 이 병원을 탐색하고 있는 것처럼 보이기도 한단 말이야. 만약 피에로가 두 명이라면 그런 것도 설명이 되지 않을까. 똑같은 마스크를 쓰고, 똑같은 옷을 입으면 누가 누군지 모르잖아. 한 명인 것처럼 굴지만 실은 동료가 하나 더 있는 거지. 그 사람이 병원을 뒤지고 사사키 씨를 죽였다면?"

이야기하는 동안 슈고는 등골이 오싹해졌다. 거의 즉흥적으로 꺼낸 이야기지만, 그럴 가능성도 있을 것 같았다.

"하, 하지만. 내가 납치당했을 때 피에로는 틀림없이 한 명이었는데……."

"나중에 합류했든지, 아니면 이 병원에서 기다렸을지도 모르지."

마나미가 반박하자 슈고는 반쯤 억지로 설명을 갖다 붙였다.

돈이 목적인 단순 무식한 남자와, 무슨 사연이 있어 이 병원의 '비밀'을 폭로하고자 하는 냉정한 남자. 냉정한 남자가 단순 무식한 남자를 조종하고 있다고 치면 앞뒤가 안 맞을 것도 없다.

그렇다면 사사키를 죽인 건 역시 피에로일까? 한 명이 마나미를 데려간 사이에 다른 한 명이 사사키를 죽인 걸까? 아니면 피에로가 두 명이라는 생각은 어처구니없는 망상이고, 다도코로나 히가시노가 범인? 아니, 만약 창고에 직원이 숨어 있다면 그 사람이 범인일 가능성도…….

두통이 더 심해졌다. 슈고는 작게 끙끙대며 머리를 감싸 안았다. 뇌신경이 불타는 것 같았다. 정보가 늘어날 때마다 사태의 전모를 뒤덮은 안개가 더 짙어졌다.

"이제 어떻게 되는 걸까요?"

마나미가 불안한 듯이 중얼거렸다.

슈고는 머리에 얹은 손을 천천히 마나미의 어깨로 옮겼다.

"걱정 마, 분명 무사히 나갈 수 있을 거야."

슈고는 마나미에게 기운을 북돋아주기 위해, 그리고 자신의 마음을 다잡기 위해 그렇게 말했다. 하지만 마나미의 표정은 밝아지지 않았다.

"하지만 어떻게 해야……."

고개를 숙이는 마나미를 보며 슈고는 입을 열었다.

"신고하자."

마나미는 "예?" 하고 말하며 고개를 들었다.

"경찰에 신고하자고. 이 병원에서 실제로 무슨 일이 벌어지고 있는지 아무리 생각해봐도 모르겠어. 게다가 사람까지 죽었잖아. 아침까지 기다리는 건 너무 위험해. 이제 신고하는 수밖에 없어."

슈고는 바짝 마른 입 안을 혀로 핥으며 말했다.

"하지만 만약 신고하면 우리를 죽이겠다고……."

"인질을 한 명이라도 죽이는 순간 경찰이 진압 작전에 나서리라는 것 정도는 놈도 알아. 그 말은 단순한 협박이야. 그리고 경찰이라면 피에로가 눈치채기 전에 돌입해서 사태를 마무리 지을 수 있을 거야."

슈고는 마나미를 최대한 안심시키고자 말을 자꾸 늘어놓았다. 하지만 스스로도 웃길 만큼 목소리가 침착하지 못했다. 신고해도 안전이 확보된다는 보장은 없다. 다만 이대로 기다리기보다는 경찰이 개입해야 살아서 이 병원을 나갈 가능성이 더 높을 것 같았다.

"알았어요." 마나미는 숨을 크게 내쉰 후 불안이 가시지 않은 목소리로 말했다. "하지만 어떻게 신고할 건데요? 휴대전화도 병원 전화도 불통이잖아요."

"아까 히가시노 씨가 말한 수술실의 전화를 쓰자."

"수술실? 거기까지 어떻게 가려고요? 1층에는 피에로가 있잖아요."

마나미가 반듯한 미간에 주름을 잡았다.

"그 피에로는 계단 어귀를 쇠창살문으로 막아놨으니까 우리가 1층에는 못 내려올 거라고 생각해. 하지만 쇠창살문을 잠가놓은 건 작은 맹꽁이자물쇠야. 그 정도는 도구가 있으면 부술 수 있을 거야."

슈고는 마음을 진정시키며 계획을 설명했다.

"일단 위층에서 소란을 피워. 놈은 무슨 일인지 확인하려고 엘리베이터를 타고 위층으로 올라가겠지. 그 틈을 타서 맹꽁이 자물쇠를 벗기고 1층 수술실에 가서 경찰에 신고하는 거야."

슈고는 단숨에 말을 마치고 마나미의 반응을 기다렸다. 마나미의 미간에 잡힌 주름이 한층 깊어졌다.

"피에로가 확실하게 엘리베이터를 탈지 말지 모르잖아요. 아까는 계단으로 올라왔다고요."

"2층에는 계단으로 왔지만, 다른 층에 갈 때는 엘리베이터를 탔잖아. 그리고 1층에는 엘리베이터가 움직이는 걸 확인하고 나서 갈 거야. 그러면 딱 마주칠 가능성은 낮아."

"그럴지도 모르지만 피에로가 1층으로 돌아가기 전에 자물쇠를 부술 수 있을지도 확실치 않잖아요. 그 외에도 여러모로 계획이 너무 엉성해요."

마나미는 슈고에게 깐깐한 눈빛을 던졌다.

"알아, 이 계획이 엉성하다는 건 나도 잘 안다고. 하지만 이 방법 말고는 생각이 안 나는 데다, 이대로 아침을 기다리기보다는 이 엉성한 계획이라도 실행해야 살아날 가능성이 높을 것 같아."

슈고는 마나미와 눈을 맞추고 말했다.

사사키가 살해당했고 범인은 누구인지 모른다. 지금 상황에서는 언제 누구에게 습격당해도 이상하지 않다. 그렇다면 위험하더라도 신고해야 한다.

"진심이에요?"

"응, 진심이야."

마나미가 묻자 슈고는 고개를 끄덕였다. 마나미는 떨떠름한 표정으로 입을 다물고 수십 초쯤 생각하다가 무겁게 고개를 끄덕였다.

"알았어요. 신고하죠."

"고마워."

슈고는 가슴을 쓸어내렸다. 만약 마나미가 반대했다면 계획을 실행할 결심이 서지 않았을지도 모른다. 지금 유일하게 믿을 수 있는 사람이 계획을 받아들여주어서 마음이 든든했다.

"좋아, 그럼 맹꽁이자물쇠를 부술 수 있는 도구를 빨리 찾자. 그렇게 크지 않으니까 쇠막대 같은 게 있으면 지레의 원리를 이용해서……."

"그런 건 필요 없어요."

마나미가 슈고의 말허리를 잘랐다.

"필요 없다고?"

"예, 아까 슈고 씨가 그 남자를 불렀을 때 침대 옆 테이블에 열쇠 케이스를 두고 갔거든요. 혹시나 1층에 내려갈 일이 있을까 싶어서 이걸 빼서 가지고 있었죠."

슈고가 고개를 갸우뚱하자 마나미는 입원복 호주머니에서 금속으로 된 작은 물건을 꺼냈다. 그 물건을 보고 슈고는 눈이 휘둥그레졌다.

"그거 설마……."

"예, 그 맹꽁이자물쇠의 열쇠랍니다."

마나미는 의기양양하게 가슴을 펴며 작은 열쇠를 슈고 눈앞으로 들어올렸다.

2

"그럼 간다."

슈고는 가늘게 숨을 내쉬어 두근대는 가슴을 진정시키고 나서 말했다. 옆에 선 마나미가 긴장된 표정으로 고개를 끄덕였다. 두 사람은 3층 간호사실을 나섰다.

계획을 실행에 옮기기로 결정한 두 사람은 3층 간호사실을 피에로를 유인할 장소로 정하고 30분쯤 전에 3층으로 왔다. 시간을 벌기 위해서는 4층이 나을지도 모르지만, 1층과 너무 멀리 떨어져 있으면 소란을 피워도 피에로가 눈치채지 못할 우려가 있는 데다, 굳이 사사키의 시신이 있는 4층에 가고 싶지는 않았다.

두 사람이 간호사실에 돌아왔을 때 다도코로와 히가시노의 모습은 보이지 않았다. 그 두 사람이 어디로 갔는지 신경 쓰였지만, 슈고와 마나미는 두 사람의 행방을 찾기보다는 작전 실행을 우선하기로 했다. 작전을 성공시키기 위해서는 오히려 두 사람이 없는 편이 여러모로 편했다.

슈고는 테이블에 올려놓은 텔레비전을 보았다. 간호사 휴게실에서 들고 나온 것이었다. 액정화면에는 처음 보는 서부영화가 나오고 있었다. 슈고는 가슴에 손을 얹었다. 이 계획이 성공하면 분명 아침이 되기 전에 경찰이 구출해줄 것이다. 그리고 설령 실패하더라도 또 다른 계획이……. 슈고는 옆에 서서 굳은 표정을 짓고 있는 마나미를 곁눈질했다. 무슨 일이 있어도 마나미만은 무사히 병원에서 내보낸다. 결의를 다진 후 슈고는 텔레비전 리모컨을 집어서 음량을 올렸다. 텔레비전 화면에 나오는 배우들의 목소리가 고막이 아플 정도로 커졌다.

이 정도면 되겠지. 슈고는 리모컨을 내던지고 마나미와 함께 계단을 뛰어 내려갔다. 2층에 도착한 두 사람은 엘리베이터에서는 보이지 않는 계단 옆 벽 뒤편에 몸을 숨기고 얼굴을 살짝 내밀어 투석실 안쪽에 위치한 엘리베이터를 살폈다.

위층에서 울려 퍼지는 영어로 된 고함 소리와 총소리를 들으며 슈고는 주먹을 꽉 움켜쥐었다. 와라, 빨리 와. 속으로 그렇게 되뇌면서 슈고는 불로 지지는 듯한 긴장감을 견뎠다.

5분쯤 지나서 갑자기 엘리베이터 문이 열렸다. 슈고는 양손으로 입을 막고, 턱까지 밀려올라온 환호성을 꿀꺽 삼켰다. 피에로는 엘리베이터에서 고개를 내밀어 투석실을 두리번거리더니 바로 고개를 집어넣었다. 엘리베이터 문이 닫혔다. 그와 동시에 슈고와 마나미는 계단을 달려 1층으로 내려갔다. 피에로는 3층 간호사실에서 텔레비전을 발견하고 즉시 돌아올 것이다. 그 전에 경찰 신고와 또 다른 작전을 완수해야 한다.

쇠창살문 앞에 다다르자 슈고는 마나미가 준 열쇠를 맹꽁이 자물쇠의 열쇠구멍에 꽂으려고 했다. 하지만 긴장한 탓에 손이 떨려서 좀처럼 들어가지 않았다.

"내가 할게요."

옆에 있던 마나미가 슈고의 손에서 열쇠를 빼앗아 재빨리 자물쇠를 열었다. 슈고는 자신이 너무나 한심하게 느껴져 오만상을 지으며 쇠창살문을 밀었다. 슈고와 마나미는 삐걱거리며 열린 쇠창살문 틈새로 빠져나갔다.

"가죠."

마나미가 쇠창살문을 닫는 슈고에게 빠르게 말했다. 몸을 돌린 슈고는 마나미에게 다가가 두 어깨를 힘주어 잡았다.

"뭐, 뭔데요?"

두려움이 마나미의 얼굴을 스치고 지나갔다.

"넌 도망가."

슈고는 마나미의 눈을 들여다보면서 말했다.

"예?"

마나미는 눈을 몇 번이나 깜박였다.

"앞쪽 현관에는 셔터가 내려져 있지만 뒷문은 안에서 열려.

당장 거기로 나가서 근처 아무 집으로 도망쳐."

"그, 그게 무슨 말이에요? 수술실에 가서 경찰에 신고하기로 했잖아요."

"그건 나 혼자 해도 돼. 넌 당장 달아나."

"그럼 둘이 같이 도망쳐요. 같이 밖으로 도망쳐서 신고하면 되잖아요."

"안 돼. 만약 나까지 달아나면 그 남자가 정말로 이 병원 환자들을 죽일지도 몰라."

"나만 도망쳐도 결과는 똑같잖아요. 도망치는 사람이 있으면 모두 다 죽일 거라고 했으니까!"

마나미는 떼를 쓰는 아이처럼 머리를 세차게 저었다.

"경찰이 출동할 때까지 내가 어떻게든 잘 둘러댈게. 걱정 마, 잘될 거야."

슈고는 웃음을 지었다. 얼굴 근육이 약간 경직됐지만 예상보다 더 밝은 웃음이 지어졌다. 슈고와 대조적으로 마나미는 울상을 지었다.

"왜…… 왜 슈고 씨만 그렇게 위험한 일을 해야 하는데요?"

"난 의사니까. 의사는 모든 환자의 안전이 확보된 뒤에야 제 몸의 안전을 도모해야 하는 법이야."

슈고는 어깨를 움츠리며 쓴웃음을 짓고는 "참 손해 보는 장사라니까" 하고 우스갯소리를 했다. 마나미는 눈을 꼭 감고 입술을 깨물었다.

"그리고 내게 가장 소중한 환자는 너야. 그러니까 네 안전을 먼저 확보하고 싶어. 내 마음 이해하지?"

"하지만…… 하지만……."

마나미가 울음 섞인 목소리로 뭔가 이야기하려고 했지만, 말이 자꾸 끊겼다.

"달아나서 도움을 요청하고 바로 경찰에 신고해줘. 그러면 수술실에서 신고하지 못하더라도 경찰이 구하러 오겠지. 네가 달아나야 내가 살아날 가능성도 높아져……. 내 부탁 들어줄 거지?"

슈고는 마나미를 차근차근 타일렀다. 마나미는 주저하는 기색으로 고개를 살짝 끄덕였다. 마나미의 감긴 눈에서 눈물이 흘러내렸다.

"울지 마. 금방 다시 만날 수 있어. ……그럼, 가."

슈고는 마나미의 몸을 가볍게 밀었다. 마나미는 눈물이 넘쳐흐르는 눈으로 슈고를 보더니, 뭔가를 떨쳐내기라도 하듯이 몸을 휙 돌려 뒷문으로 달려갔다.

마나미의 뒷모습이 뒷문 쪽으로 향하는 것을 보고 나서 슈고는 수술실로 뛰어갔다. 아직 피에로가 돌아오기까지 시간이 있을 것이다. 아까 떠올랐던 '피에로가 한 명 더 있을 수도 있다'라는 가설이 머리 한구석을 스쳤다. 만약 그렇다면 1층에 다른 피에로가 남아 있을지도 모른다. 하지만 이제 와서 그런 걱정을 해본들 아무 소용없다.

슈고는 육중한 문을 밀고 안으로 들어가서 박스가 수두룩하게 쌓인 복도를 달려 수술실로 뛰어들었다. 수술실에는 마나미의 상처를 치료했을 때 사용한 도구가 그대로 방치되어 있었다.

수술실 한가운데에 나란히 놓인 수술대를 보고 슈고는 인상을 찡그렸다. 수술실 하나에 수술대가 두 개. 마치 벌레가 뇌표면을 기어 다니는 듯 불쾌한 감각이 다시 덮쳐왔다. 수술실 입구에 우뚝 서 있던 슈고는 머리를 세차게 내저었다. 지금은 느긋하게 생각에 잠겨 있을 때가 아니다.

안쪽 벽에 설치된 전화가 슈고의 눈에 들어왔다. 재빨리 수술실을 가로질러 수화기를 귀에 대고 '110'을 눌렀다. 하지만 수화기에서는 아무 소리도 들리지 않았다.

"왜 안 되는 거야!"

화가 나서 버럭 소리를 지르며 시선을 내렸을 때 슈고는 몸을 움찔했다. 전화 본체와 수화기를 연결하는 코드가 절단된 상태였다. 심한 동요가 몰려왔다.

피에로가 이랬나? 한순간 그런 생각이 들었지만 슈고의 감이 즉시 그 생각을 부정했다. 이건 다도코로가 투석실 전화기에 써먹은 방법과 똑같다.

다도코로가 신고를 막고자 이 전화기의 코드도 잘랐다? 하지만 언제?

혼란에 빠진 슈고는 한 손으로 이마를 짚고 생각에 잠겼다.

다도코로가 골프채를 들고 수술실에 왔을 때? 그러나 그때 다도코로는 이 전화에 가까이 간 적이 없다. 그럼 감금된 후에 다도코로가 여기에 와서 코드를 잘랐을까? 하지만 피에로에게 들키지 않고 수술실에 오기는 불가능할 것이다. 그런데 어떻게? 설마 다도코로와 피에로가 처음부터 한통속이었다거나?

슈고는 수화기를 든 채 끝없는 사고의 늪 속으로 빠져들다가 뒤쪽에서 들린 소리에 놀라 몸을 돌렸다. 복도 저편에서 발소리가 다가왔다.

피에로가 벌써 돌아온 걸까? 너무 빠르다.

슈고는 잔뜩 긴장한 얼굴로 부랴부랴 마취기 뒤편에 몸을 숨겼다. 다음 순간 문이 열렸다.

"슈고 씨!"

수술실에 울려 퍼진 목소리를 듣고 슈고는 눈꼬리가 찢어질 만큼 눈을 크게 떴다.

"마나미?"

슈고는 재빨리 마취기 앞으로 나와서 수술실 입구에 선 마나미를 멍하니 바라보았다. 왜 마나미가 여기에? 간신히 내보냈는데. 충격이 잦아들자 분노와 절망이 가슴을 채웠다.

"왜 돌아왔어!"

슈고는 주먹을 움켜쥐며 고함을 질렀다. 혹시 피에로에게 들리면 어쩌나 싶었지만 목소리를 줄일 수가 없었다. 마나미가 목을 움츠렸다.

"간신히…… 간신히 내보냈는데. 이제야 안전해졌다고……."

혀가 꼬여서 말이 잘 나오지 않았다. 슈고는 양손으로 머리를 쥐어뜯었다.

"막혔더라고요."

마나미는 낙담한 표정으로 고개를 숙였다.

"막혔다니 뭐가?"

"뒷문요. 열리지 않도록 문짝을 철사로 단단히 고정해놨어요. 그래서 어쩔 수 없이……."

마나미의 말을 듣고 슈고는 현기증을 느꼈다. 뒷문이 봉쇄……. 생각해보면 당연한 일이다. 밖으로 도망치든, 누가 침입하든 거기를 사용할 수밖에 없으니까. 그럴 가능성을 생각하지 못하다니…….

계획은 전부 실패로 끝났다. 빨리 위층으로 돌아가야 한다. 피에로가 돌아오기 전에 빨리.

"소리 질러서 미안해. 빨리 위층으로 돌아가자."

슈고는 사과하면서 마나미에게 다가갔다.

"저기, 신고는요?"

"못 했어. 투석실 전화기와 똑같이 코드가 끊어졌더라고."

"예? 피에로가 전화기를 망가뜨린 건가요?"

"모르겠어. 그것보다 일단 위층으로 돌아가야 해."

슈고는 마나미의 손을 잡고 수술실을 나섰다.

"잠깐!"

복도를 반 넘게 나아갔을 때 마나미가 갑자기 걸음을 멈췄다. 당황하여 슈고도 제자리에 멈춰섰다.

"왜 그러는데? 서둘러야 해."

"지금, 소리가 들렸어요……. 아마도…… 엘리베이터 소리."

마나미가 천천히 정면에 있는 철문을 가리켰다.

"틀림없어?"

슈고는 입술을 일그러뜨리며 목소리를 낮추었다.

"장담은 못 하지만, 들린 것 같아요."

마나미는 당장이라도 울음을 터뜨릴 것 같은 표정으로 대답했다. 슈고는 발소리가 나지 않도록 최대한 조심해서 문으로 다가갔다. 그리고 문을 천천히 몇 센티미터만 열고 그 틈으로 밖을 살폈다. 목이 꽉 멘 것처럼 답답한 소리가 목구멍에서 새어 나왔다.

권총을 든 피에로가 외래 대합실을 돌아다니며 누가 숨어 있지 않은지 소파 밑을 확인하고 있었다.

조만간 여기도 살펴보려 할 것이다. 슈고는 소리가 나지 않도록 신중하게 문을 닫고 양손으로 얼굴을 덮었다. 마나미가 묻는 듯한 시선을 던졌다.

"피에로…… 있죠?"

"응, 조만간 여기도 살펴보러 올 거야."

"어쩌죠?"

마나미의 질문에 슈고는 바로 대답하지 못했다. 이 복도는 수술실로만 이어진다. 달리 달아날 곳은 없었다.

"어디 숨을 곳을 찾자."

슈고는 잠긴 목소리로 말했다.

이제 그 방법뿐이었다. 이 복도에는 물건이 어수선하게 놓여 있어서 사각지대가 많다. 피에로가 모르고 지나가게 잘 숨는다면…….

어른 두 명이 몸을 숨길 만한 공간이 없다는 것을 알면서도 슈고는 그 희망에 매달렸다. 마나미는 불안한 듯한 표정으로 고개를 끄덕이고 복도에 놓여 있는 기재를 옮기기 시작했다.

어떻게든 마나미만이라도 숨길 만한 곳을 찾아야 한다. 남자인 자신은 몰라도 몸집이 작은 마나미라면 숨을 만한 공간이 있을 것이다. 슈고는 박스 더미를 마구 뒤졌다. 하지만 사람이 들어갈 수 있을 만큼 커다란 박스는 없었다.

수술실에 돌아가서 마취기 뒤에 숨을까? 아니, 안 된다. 대번에 들킬 것이 뻔하다. 그렇다면 나 혼자만이라도 얌전하게 나갈까? 그러면 피에로가 수술실까지는 살펴보지 않을지도 모른다. 하지만 꼭 그렇다는 보장은 없다. 마지막 방법은 피에로가 문으로 들어온 순간 덮치는 것이다. 하지만 허를 찌른다고 해도 체격이 좋고 권총까지 든 남자에게 이길 가능성은 그리 높지 않다.

"슈고 씨……."

마나미가 머리를 감싸 안고 고민하는 슈고에게 작게 말을 걸었다. 슈고가 고개를 돌리자 마나미는 복도 안쪽 수술실 문 정면에 놓인, 오래된 이동식 화이트보드 앞에서 손짓했다.

"왜?"

슈고가 다가가자 마나미는 쪼그리고 앉아 화이트보드 아래쪽에 뚫린 공간으로 뒤편을 들여다보며 약간 위쪽을 가리켰다.

"여기 벽, 좀 이상하지 않아요?"

그 말을 듣고 슈고도 새하얀 벽을 자세히 들여다보았다. 바로 눈에 확 들어오지는 않았지만 화이트보드에 가려진 부분에 분명 옴폭 파인 자국이 있었다. 마치 손가락을 걸기 위한 듯한 자국이.

"어쩌면 벽 뒤에 창고가 있는 것 아닐까요?"

슈고는 허리를 구부렸다. 그때 화이트보드 펜받이에 어깨가 닿아 매직펜이 떨어졌다. 슈고는 잽싸게 허공에서 매직펜을 잡아서 가운 호주머니에 넣었다.

슈고는 다시 손을 뻗어 손가락을 파인 곳에 걸고 옆으로 당겼다. 벽으로밖에 보이지 않았던 부분이 작은 소리와 함께 살짝 움직였다. 틀림없다, 이 뒤쪽에 뭔가 있다. 슈고는 팔에 힘을 주었다. 손끝에 아픔이 느껴지는 것과 동시에 벽이 옆으로 힘차게 이동했다.

"이거……."

마나미가 멍하니 중얼거렸다. 슈고도 엉거주춤한 자세로 굳어버렸다.

"엘리베이터?"

슈고의 입에서 그런 말이 새어 나왔다. 화이트보드 뒤쪽에 나타난 것은 엘리베이터 문이었다. 무슨 상황인지 바로 이해가 가지 않아 슈고는 미간을 찡그렸다.

창고라도 있나 싶어 열었더니 엘리베이터가 나타났다. 도대체 이건 뭘까. 이 병원에 엘리베이터는 1층부터 4층을 오갈 수 있는 엘리베이터 한 대뿐이다.

그렇다면 눈앞에 있는 이건…….

머릿속에 절단된 전화기 코드가 떠올랐다. 슈고는 반쯤 벌린 입으로 "아!" 하고 감탄사를 발했다.

"왜요? 이거 엘리베이터 맞죠?"

마나미가 얼떨떨한 표정으로 말했다.

"이거다. 원장은 이걸로 여기에 온 거야."

"예?"

"이건 분명 5층 비품창고에 연결되어 있을 거야. 그래서 다도코로가 피에로에게 들키지 않고 수술실 전화기를 망가뜨릴 수 있었던 거겠지."

"그렇다면…… 원장 선생님은 처음부터 여기에 내려올 수 있었다는 건가요? 그런데 그 사실을 우리한테 감췄고요?"

"응, 분명해."

"왜 그런 짓을? 이걸 잘 활용하면 병원에서 달아날 수 있었을지도 모르잖아요."

마나미의 목소리에서 분노가 배어났다. 맞는 말이다. 아까 슈고와 마나미가 그랬던 것처럼 위층에서 소란을 피워 피에로를 유인한 후 이 엘리베이터를 타고 1층으로 내려와 탈출한다. 뒷문이 봉쇄됐으니 성공 여부는 불확실하지만, 그런 작전도 세울 수 있었을 것이다. 그런데 원장은 이 엘리베이터에 대해 한마디도 언급하지 않고 그 존재를 감추었다. 슈고와 마나미가 달아나기라도 하면 환자들이 위험해진다고 생각한 걸까? 아니면 다른 이유가……

"아무튼 일단 여기서 달아나자."

슈고는 화이트보드 밑에서 손을 뻗어 버튼을 눌렀다. 엘리베이터가 구동하는 소리가 나지막하게 들리더니 잠시 후에 문이 열렸다. 슈고와 마나미는 자세를 낮추어 화이트보트 아래 공간을 통과해 엘리베이터에 탔다.

엘리베이터 내부는 꽤 널찍했다. 환자 운반용 침대도 실을 수 있게끔 만든 것이리라. 폭이 2미터는 족히 됐다.

벽 안쪽에도 옴폭하게 파인 자국이 있었다. 슈고는 손을 뻗어 미닫이식 벽을 닫았다. 이제 피에로가 와도 여기에 엘리베이터가 있는 줄은 모를 것이다.

엘리베이터 문이 자동으로 닫혔다. 슈고는 문 옆에 위치한 조작 패널을 살폈다. 패널에는 위아래 화살표가 그려진 버튼밖에 없었다. 마나미와 눈을 마주친 후 슈고는 위쪽 화살표 버튼을 눌렀다. 그와 동시에 엘리베이터가 올라가기 시작했다. 슈고의 팔을 잡은 마나미의 손이 희미하게 떨렸다. 슈고도 입가에 힘을 주었다.

잠시 후 엘리베이터가 정지하고 애태우듯이 천천히 문이 열렸다. 열린 문으로 형광등 불빛이 비쳐들었다. 슈고는 고개만 내밀어 바깥의 동태를 살폈다. 짤막한 복도였다. 고작 몇 미터 길이의 리놀륨 바닥이 광택을 뿜어냈다. 복도에 아무도 없는 것을 확인한 후 슈고는 엘리베이터에서 내려 마나미에게 손짓했다.

"여기 어디예요? 창고 맞아요?"

복도로 나온 마나미가 주변을 두리번거리며 중얼거렸다. 슈고도 같은 의문을 품었다.

보이는 범위에는 엘리베이터 말고 문이 두 개 더 있었다. 복도 끝에 달린 중후한 철문과 복도 중간쯤에 달린 미닫이문.

"혹시 저 철문이 5층의 잠긴 문일까요?"

마나미가 복도 끝을 가리켰다.

"아니, 이 복도와 원장실이 있는 쪽 복도의 길이를 합쳐도 다른 층 복도와 비교하면 좀 짧은 것 같아. 아마 저 문 너머가 창고고, 그 밖에 원장실 쪽 복도가 이어져 있지 않을까 싶은데."

슈고는 경계하며 복도 끝으로 다가가 문손잡이를 잡고 힘을 주었다. 하지만 아무리 밀고 당겨도 문은 꿈쩍도 하지 않았다.

"잠긴 것 같아."

슈고는 문손잡이를 놓았다.

"그럼 우리, 여기에 갇힌 건가요?"

마나미가 불안한 듯이 말했다.

이 문은 열리지 않고, 1층에는 피에로가 있으니 분명 갇혔다고 할 수도 있는 상황이었다.

"그럴지도 모르겠어."

"하지만 원장 선생님 일행은 아마도 가끔 여기에 들렀을 거예요. 아까 3층에 두 사람이 없었으니까 어쩌면 여기 있지 않을까요?"

마나미의 지적에 슈고는 두 문을 차례로 바라보았다. 확실히 그럴 가능성이 높을 것 같았다. 다도코로 일당이 여기에 있다면 철문 밖의 '비품창고'일까 아니면 복도 중간쯤에 달린 미닫이문 안쪽일까.

슈고는 미닫이문 앞으로 갔다. 슈고는 손끝이 문손잡이에 닿기 직전에 움직임을 멈추었다. 이 문 뒤에 다도코로 일당이 있을지도 모른다. 여기는 다도코로 일당이 어떻게든 숨기려고 애쓰던 곳이고, 그들은 사사키를 살해했을 가능성도 있다. 아니, 가능성이 있는 정도가 아니다.

슈고는 험악한 표정을 지었다. 방금 전에 1층에 아무도 없었으므로 피에로가 두 명일 가능성은 낮아졌다. 그에 반비례해 다도코로나 히가시노가 사사키를 살해했을 가능성은 높아졌다.

지금 우리는 틀림없이 이 병원의 '비밀'에 접근했다. 만약 여기서 다도코로 일당과 마주치면 그 두 사람이 무슨 짓을 할지 상상도 가지 않았다.

"슈고 씨?"

마나미가 슈고를 불렀다. 슈고는 가위에 눌린 것 같은 상태에서 풀려났다. 망설인다고 뾰족한 수가 나는 것도 아니다. 언젠가는 분명 여기에 다도코로 일당이 나타난다. 그렇다면 이쪽에서 먼저 치고 나가자. 슈고는 가늘게 숨을 내쉬며 각오를 다진 후 문손잡이를 잡았다. 미닫이문이 옆으로 스르르 열렸다.

슈고는 방어 자세를 갖추고 안을 들여다보았다. 문 안쪽에는 다다미 열두 장쯤 넓이의 어스름한 공간이 펼쳐져 있었다. 슈고는 재빨리 방을 구석구석 살펴보았다. 다도코로 일당의 모습은 보이지 않았다. 마치 호텔 객실처럼 느껴지는 방이었다. 고급스러운 책상과 소파가 있고, 벽에는 풍경화를 걸어두었다. 하지만 방 한복판에 자리한 침대가 제일 눈길을 끌었다.

슈고는 침대를 유심히 쳐다보았다. 이 방에는 어울리지 않는 수수한 환자용 침대. 거기에 남자가 한 명 누워 있었다. 아니, 남자라기보다 '소년'이었다. 아마 아직 중학교에도 올라가지 않았을 것이다. 눈을 감은 얼굴에 어린 티가 남아 있었다. 슈고는 발소리를 죽이고 방에 들어갔다.

"……아이?"

뒤이어 방에 들어온 마나미가 침대에 누운 소년을 보고 중얼거렸다. 두 사람은 경계하며 침대로 다가갔다. 침대 옆의 모니터에 심전도, 심박수, 혈중 산소 포화도 등이 표시되어 있었다.

자세히 보자 소년의 목 언저리에서 가느다란 링거 튜브가 뻗어 나와 있었다.

중심정맥에 주사관을 삽입한 걸까? 슈고는 손끝으로 가느다란 플라스틱 튜브를 만져본 후, 링거대에 걸린 수액 팩으로 눈을 돌렸다. 수분과 전해질 보급용으로 쓰는 일반적인 수액에 덧붙여 항생물질과 합성마약을 투여 중이었다.

이 조합은……. 콧부리에 주름을 잡은 슈고는 소년의 몸을 덮은 이불을 걷어내고 수술복 끈에 손을 댔다.

"뭐 하려고요? 깨겠어요."

마나미가 옆에서 소곤거렸다.

"걱정 마. 합성마약으로 진정시켜놨으니까 그렇게 쉽게 깨어나지는 않을 거야."

"합성마약……이라고요?"

마나미는 미심쩍다는 듯이 되물었다.

"응, 강력한 진통제지. 이걸 사용하는 이는 고통이 심한 암환자나……."

슈고는 소년의 수술복을 풀어헤쳤다. 은은한 귤색 불빛 속에 소년의 상반신이 드러났다. 갈비뼈가 두드러져 보이는 야윈 몸의 왼쪽 상복부에 큼지막한 거즈가 대어져 있었다. 슈고는 거즈를 서서히 떼어냈다.

"대수술을 한 자국이야."

거즈 밑에는 족히 15센티미터는 되어 보이는 수술 자국이 있었다. 마나미가 숨을 흡 들이켰다.

슈고는 수술 부위에 얼굴을 가까이 가져갔다. 나일론실로 봉합한 상처에 딱지가 앉았고, 피도 희미하게 배어 있었다. 수술한 지 얼마 되지 않았다. 길어봤자 2~3일 전이다.

문득 슈고는 몇 시간 전에 3층에서 본 남자가 떠올랐다. 그 남자와 이 소년, 둘 다 같은 시기에 수술을 받았다.

"저기, 그럼 이 남자애도 수술을 받은 거예요? 이 아이도 환자예요?"

"……그런 모양이야."

"그런데 얘는 왜 이런 비밀 방 같은 데 입원한 걸까요? 원장 선생님이 숨기고 싶어 한 건 얘죠?"

마나미는 고개를 갸웃거리며 말했다.

마나미 말이 옳다. 원장은 이 소년의 존재를 철저하게 숨기고자 했다. 왜 그래야 했을까? 비밀 병실에 입원해 큰 수술을 받은 소년. 이 소년은 도대체 누구일까?

"사사키 씨가 '한 명 더 있다'고 했잖아요. 그거 얘 아닐까요? 숨겨진 입원 환자가 한 명 더 있다는 뜻이었던 거죠."

"아아, 그럴 수도 있겠네."

슈고는 양손을 머리에 댔다. 요 몇 시간 병원에서 목격한 다양한 일들이 하나의 형태로 정리되는 것 같았다. 하지만 윤곽이 아직 흐릿했다. 슈고는 안타까워서 이를 악물고 머릿속으로 그 윤곽과 계속 씨름했다.

"엥?"

마나미가 낸 목소리가 슈고의 생각을 방해했다.

"갑자기 엥, 이라니. 무슨 일 있어?"

슈고가 묻자 마나미는 소년의 왼팔을 가리켰다.

"여기요. 이 아이 왼팔, 뭔가 이상해요."

그 말을 듣고 슈고는 시선을 내렸다. 마른 나무처럼 앙상한 소년의 팔, 그 팔꿈치 안쪽에서 직경이 2센티미터는 될 만큼 굵게 불거진 혈관이 쿵쿵 박동하고 있었다. 얼핏 보면 피부 밑에서 뱀이 기어 다니고 있는 줄로 착각할 정도였다.

"······션트."

"션트? 그게 뭔데요?"

슈고가 중얼거린 말을 듣고 마나미가 물었다.

"수술로 팔의 동맥과 정맥을 연결한 거야. 몸속 깊은 곳에 있는 동맥을 피부 아래의 정맥에 접합시켜서 대량의 혈액을 채취할 수 있게끔 한 거지. 다만 시간이 흐를수록 압력이 가해진 정맥이 부풀어 올라서 이 아이의 혈관처럼 될 때도 있어."

"대량의 혈액을 채취······. 왜 수술을 하면서까지 그래야 하는데요?"

"투석을 하려고. 투석을 할 때는 혈액을 뽑아내서 노폐물을 제거하고 몸에 되돌리는 작업을 몇 시간이나 계속해야 하거든. 그래서 팔에 션트 수술을 하고 거기서 혈액을 뽑아내는 거야. 이 아이도 분명 신부전으로······."

슈고는 갑자기 말을 멈췄다.

"슈고 씨?"

마나미가 의아한 표정으로 얼굴을 들여다보았지만 대답할 여유는 없었다. 슈고의 입에서 희미한 신음이 새어 나왔다.

신부전을 앓는 소년, 왼쪽 상복부의 수술자국, 수술대 두 개, 금고 속의 큰돈, 그리고 보호자가 없는 환자들…….

이 병원의 '비밀'. 흐릿하던 윤곽이 급격하게 뚜렷해졌다.

"……이식."

살짝 벌어진 슈고의 입술 사이로 그 단어가 툭 튀어나왔다.

그럴 리 없다. 아무리 그래도 그런 짓을 할 리는 없다.

슈고는 머릿속에 떠오른 무시무시한 상상을 어떻게든 부정하고자 했다. 하지만 생각하면 할수록 그 상상은 확신으로 바뀌었다.

"진료차트!"

슈고는 외마디 고함을 지르고 병실을 샅샅이 훑어보았다. 목표물은 금방 찾아냈다. 진료차트는 모니터 아래에 설치된 선반에 놓여 있었다. 슈고는 떨리는 손으로 진료차트를 집었다.

진료차트 이름 칸에는 'NO.12'라고만 적혀 있었다. 슈고는 바쁘게 진료차트를 넘겨 원하는 페이지를 찾았다. 그것도 금방 찾아냈다. 혈액 데이터를 붙인 페이지다. 슈고는 어스름한 방 안에서 시선을 모아 데이터를 확인했다.

"……아아, 역시."

현기증이 일어 슈고는 제자리에서 비틀거렸다.

신장 기능과 관련된 크레아틴 수치를 나타내는 'Cr'. 일주일 전 측정한 혈액 데이터에서는 Cr이 4.12를 기록했다. 전형적인 만성 신부전 환자의 크레아틴 수치다. 그런데 최신 혈액 데이터에서는 Cr이 0.82까지 저하됐다.

이 혈액 데이터와 오늘 밤에 목격한 다양한 사실들로부터 유추되는 답은 하나밖에 없었다. 슈고의 손에서 진료차트가 미끄러져 떨어졌다.

"슈고 씨…… 왜 그래요?"

두 팔을 축 늘어뜨리고 고개를 푹 숙이는 슈고를 보고 마나미가 걱정스러운 듯이 물었다. 슈고는 힘없이 얼굴을 들고 목구멍에서 잠긴 목소리를 쥐어짜냈다.

"이 아이는 신장을 이식받았어. 아까 3층에 쓰러져 있던 남자의 신장을."

3

"이제 좀 진정됐어요?"

마나미가 말을 걸자 슈고는 두 무릎을 끌어안은 채 고개를 끄덕였다.

15분쯤 전, 무시무시한 사실을 알아차린 슈고는 그대로 비틀비틀 병실을 나서서 복도에 주저앉았다. 너무나 충격적인 진실을 당장 받아들이기가 힘들었다.

마나미는 옆에 앉아 머리를 끌어안은 슈고의 등을 살살 쓸어주었다. 마치 어머니가 아이에게 그러듯이.

"이제…… 괜찮아."

슈고는 가볍게 숨을 내쉬고 나서 말했다.

아직 혼란이 완전히 가라앉은 것은 아니다. 그래도 평정심을 점점 되찾는 중이었다.

"저기, 그럼 설명 좀 해주면 안 돼요? 뭘 알아차린 거예요? 이식이라고 했는데, 무슨 말인지 잘 모르겠어요."

마나미가 진지한 표정으로 물었다.

슈고는 다시 한 번 폐 속에 고인 공기를 내뱉은 후 마나미와 눈을 맞추었다.

"이 병원에서는 불법적인 수술을 자행했어. 그리고 여기 병실에 입원한 아이가 그 수술로 수혜를 받았지."

슈고는 감정을 최대한 배제한 말투로 이야기를 시작했다.

"불법적인 수술? 어…… 그 아이는 누구일까요?"

아직 상황이 제대로 파악이 안 되는지 마나미는 눈살을 모으며 말했다.

"신부전을 앓던 환자야. 분명 부잣집 자식이겠지."

"부잣집?"

마나미는 무슨 소리냐는 듯이 되물었다.

"신부전은 무서운 병이야. 신장이 완전히 기능을 상실하면 사람은 일주일도 버티지 못하고 사망해. 죽지 않으려면 투석으로 혈액을 걸러줘야 하지. 다만 투석을 받는 건 아주 힘든 일이야. 일주일에 세 번, 팔에 굵은 주삿바늘을 꽂고 몇 시간에 걸쳐 온몸의 혈액을 뽑아내서 기계로 거르지. 평생 그렇게 살아야 해."

마나미는 슈고가 담담하게 들려주는 이야기를 묵묵히 들었다.

"어른도 견디기 힘든 일인데 아이는 말할 것도 없지. 게다가 투석도 완벽하지는 않아. 장기간 계속하다 보면 다양한 합병증이 발생하기도 해. 하지만 신부전 환자가 투석에서 해방될 수 있는 방법이 딱 하나 있어."

"나을 방법이 있는 건가요?"

"응, 신장 이식이야. 기능을 잃은 신장을 대신할 남의 신장을 이식받으면 돼."

"남의 신장이라니…… 그걸 어디서 가져오는데요?"

"가족이 기증하는 경우가 제일 많아. 생체 신장 이식이라고 해서, 살아 있는 사람의 신장을 하나 적출해서 이식하는 방법이지. 우리 몸에 신장은 두 개인데, 하나만 제대로 기능해도 혈액을 여과할 수 있거든. 다만 가족이 기증한다고 해도 장기가 환자에게 적합하지 않으면 이식은 불가능해. 그럴 때는 장기이식 관리센터에 등록해서 죽은 사람의 신장을 이식받을 기회가 오기를 기다리는 수밖에 없지."

"죽은 사람……."

마나미의 얼굴에 두려움이 서렸다.

"그래, 사후에 장기를 기증하겠다는 의사를 표명한 사람이 사망한 경우, 가족의 허가를 얻어서 이식용으로 쓸 장기를 적출할 수 있어. 하지만 현재는 장기가 필요한 사람에 비해 제공되는 장기가 압도적으로 부족한 실정이야."

"그렇군요……."

마나미는 모호하게 고개를 끄덕였다.

"즉 이식받길 원하지만 그러지 못하는 신부전 환자가 많다는 뜻이지. 그런 사람들은 투석을 받으면서 운 좋게도 자기에게 순서가 돌아오기를 기다리는 수밖에 없어. 원래 같으면……."

의미심장한 슈고의 말을 듣더니 마나미는 긴장된 표정을 지었다.

"원래 같으면이라니, 그게 무슨 뜻인가요……."

"정식적이지 못한 방법으로 장기를 입수하려는 사람들이 있어. 큰돈을 써서 말이지."

"큰돈이라니…… 그럼 돈으로……."

"그래, 돈으로 장기를 사는 거야. 듣기로는 경제적으로 빈곤한 동남아시아 등지에서 이식용 장기의 불법 매매가 성행한다나 봐. 신장은 하나만 있어도 살 수 있고, 간도 어느 정도는 절제해도 재생되니까."

"정말로…… 그런 짓을……."

마나미는 말을 끝맺지 못하고 한 손을 입에 댔다.

"나도 어디까지나 소문으로 들었을 뿐이니까 실제로 어디까지 진짜인지는 모르지만."

"그럼…… 저 병실에 있는 애도 불법으로 장기이식을 받았다는 거예요? ……외국에서 장기를 사서?"

마나미는 떨리는 손가락으로 몇 미터 떨어진 병실의 문을 가리켰다.

"아니, 그건 아니야. 이 병원에서 자행한 짓은 어떤 의미에서 더 악질적이야." 슈고는 힘없이 고개를 저으며 말을 이었다. "이식용 장기는 기증자의 몸에서 적출한 후 최대한 빨리 이식할 필요가 있어. 외국에서 장기를 가져와서 이식하기는 불가능해. 그러니까 이 병원에서는 원내에서 신장을 조달해서 환자에게 이식한 거야."

마나미는 무슨 뜻인지 이해가 안 되는지 눈썹만 찡그리고 있다가, 몇 초 후에야 입을 떡 벌리고 눈을 동그랗게 떴다.

"그거, 설마……."

"그래, 이 병원에서는 입원환자의 신장을 적출해서 다른 환자에게 이식한 거야. 그래서 수술실에 수술대가 두 개였던 거지. 한쪽 수술대에 눕힌 환자에게서 신장을 적출해, 바로 옆 수술대의 환자에게 이식할 수 있도록 말이야. 평소 이 병원의 입원환자는 예순 명을 웃돌아. 그 정도면 이식받기를 희망하는 사람에게 적합한 장기를 제공할 수 있는 확률도 높겠지. 이 병원은 어떤 의미에서 이식용 장기의 견본 시장인 셈이야."

"그, 그런 짓을 했다가는 바로 들킬 텐데……. 환자의 가족에게요……."

"이 병원에 입원한 환자는 대부분 보호자가 없고 신원도 불분명한 데다가, 의식도 온전치 못한 사람들이야. 그런 환자를 골라서 받은 거지. 그러니까 환자들에게 무슨 짓을 해도 들통날 위험성은 낮아."

마나미는 입을 반쯤 벌린 채 석상처럼 굳어버렸다.

슈고는 담담하게 말을 이었다.

"이 수술에 관여한 사람은 다도코로, 히가시노, 사사키 세 명이야. 그들은 분명 혈액검사로 의뢰자에게 적합한 장기를 가진 환자를 선별한 후, 용태가 급변했다는 평계로 환자를 수술실로 끌고 가서 장기 적출 수술을 했을 거야. 그리고 적출한 장기를 이식받을 환자는 이 복도와 1층 수술실 앞 복도를 연결하는 비밀 엘리베이터를 이용해 수술실에 데려갔겠지. 그렇게 불법으로 장기를 이식해서 다도코로 일당은 큰돈을 벌었어. 원장실 금고에 들었던 3,000만 엔, 그건 분명 수술비 명목으로 받은 돈일 테지. 공공연하게 밝힐 수 없는 돈이라서 그런 비밀 금고에 감춰놓은 거고."

"그럼…… 혹시 메모에 적힌 일곱 환자는."

"응, 분명 그 일곱 명 모두 신장을 빼앗겼을 거야. 이상하게도 다들 긴급수술을 받았다고 되어 있고, 지금 생각해보니 수술 후에 신장 기능이 조금 떨어진 것 같아. 분명 신장을 하나 적출 당한 탓이야."

슈고의 설명을 들은 마나미는 고개를 숙이고 "······지독해" 하고 중얼거렸다.

"그래, 지독하지. 너무나 지독한 범죄야. 다도코로는 경찰이 출동한 결과, 자신들이 자행해온 일이 만천하에 드러날까 봐 두려웠어. 그래서 기를 쓰고 경찰에 신고하지 못하도록 막은 거야. 피에로가 사라지면 분명 경찰이 오기 전에 여기 병실에 입원한 아이를 몰래 다른 데로 빼돌릴 생각이겠지." 슈고는 눈을 감고 크게 심호흡을 한 후 한마디 덧붙였다. "······이게 다도코로가 어떻게든 감추려고 한 '비밀'이야."

복도에 침묵이 흘렀다. 납덩어리처럼 무거운 침묵. 너무나도 충격적인 사실이 명백해지고 나서 슈고도 마나미도 말없이 고개만 숙이고 있었다. 몇 십 초 후, 마나미가 먼저 침묵을 깼다.

"······피에로는?"

"응? 뭐라고?"

슈고는 고개를 들어 마나미를 보았다.

"피에로가 이 병원에 침입한 건 그 '비밀'과 무슨 관계가 있을까요? 내가 총에 맞고 납치된 것도 그 '비밀' 탓인가요?"

마나미의 목소리에서 주체할 수 없는 분노가 느껴졌다.

"……모르겠어."

슈고는 솔직하게 대답했다.

지금까지 피에로가 한 행동을 돌이켜보면 뭔가 확고한 목적이 있어서 이 병원에 틀어박혀 있는 것 같기도 하고, 앞뒤를 가리지 않고 분별없이 행동하는 것 같기도 하다. 피에로의 목적은 뭘까. 왜 휴대전화는 불통일까. 진료차트에 메모지를 끼워놓은 사람은 누구일까. 그리고 누가 사사키를 죽였을까. 한 가지 '비밀'이 밝혀졌지만, 아직도 모를 일 천지였다.

"이제 어떻게 하죠? 우리, 어떻게 되는 걸까요?"

마나미는 기운 없이 중얼거리며 매달리는 듯한 눈으로 슈고를 쳐다보았다.

슈고는 복도를 천천히 둘러보았다. 엘리베이터를 타고 1층으로 돌아가도, 거기에는 피에로가 있다. 그리고 비품창고로 통하는 철문은 굳게 잠겼다. 소년이 입원한 병실 창문에는 분명 쇠창살이 끼워져 있을 테고, 그렇지 않더라도 5층 창문으로 탈출하기는 불가능하다. 완전히 진퇴양난에 처했다.

"그냥 여기서 기다리자."

슈고는 천장을 올려다보며 말했다.

"기다리다니, 뭘요?"

"시간이 흐르기를. 봐봐."

슈고는 왼쪽 손목을 가리켰다. 손목시계 시곗바늘이 오전 4

시 8분을 가리켰다.

"5시까지 앞으로 한 시간도 안 남았어. 5시가 되면 일찍 일을 시작하는 직원이 출근할 거야. 그 전에 피에로가 병원에서 나가면 제일 좋고, 만약 나가지 않고 계속 버텨도 경찰에 신고가 들어가겠지. 섣불리 움직이기보다 여기서 기다리는 편이……."

슈고가 거기까지 말했을 때, 갑자기 자물쇠가 열리는 소리가 복도에 울려 퍼졌다. 슈고와 마나미는 동시에 소리가 난 방향으로 고개를 돌렸다. 복도 끝에 있는 철문이 천천히 안쪽으로 열렸다. 슈고는 잽싸게 일어서서 마나미 앞에 버티고 섰다.

열린 문 틈새로 사람이 들어왔다. 각각 흰 가운과 간호사복을 입었다. 안으로 들어온 다도코로와 히가시노는 복도에 선 슈고와 마나미를 보고 눈이 동그래졌다.

"어, 어째서 자네들이?"

크게 벌어진 다도코로의 입에서 경악에 찬 목소리가 새어 나왔다.

"엘리베이터로 왔습니다. 비밀 엘리베이터로요."

한순간 망설인 후 슈고는 나지막한 목소리로 말했다.

이제 어물쩍 넘어가기는 불가능하다. 그렇다면 정면으로 부닥치는 수밖에 없다.

"엘리베이터라니…… 어떻게 1층에……."

"그건 중요하지 않습니다."

슈고는 할 말을 잃은 다도코로에게 차갑게 쏘아붙였다.

"그것보다 왜 그 엘리베이터가 있다는 걸 숨겼습니까? 잘만 하면 그 엘리베이터로 달아날 수도 있었을 텐데요."

"그건…… 우리가 달아나면 피에로가 환자들을 죽일지도 모르니까…… 그래서……."

"거짓말하지 마!"

슈고의 성난 고함이 다도코로의 궁색한 변명을 막았다. 다도코로가 입술을 일그러뜨렸다.

"당신은 환자 걱정은 눈곱만큼도 하지 않았어. 아니, 그건 아니지. 정확하게 말하자면 당신이 지키려고 한 환자는 한 명뿐이야."

"설마……."

다도코로가 슈고 바로 옆에 있는 병실 문을 쳐다보았다.

"예, 맞습니다. 벌써 그 병실에 들어갔다 나왔어요. 안에서 자는 아이도 봤고요."

슈고의 말에 다도코로의 눈동자가 이리저리 흔들렸다.

"그, 그 아이는…… 정치가의 사생아야……. 어, 그러니까, 난치병에 걸렸는데 그 사실이 세간에 알려지면 곤란하니까 이 병실에……. 그 정치가 선생님이 몰래 면회를 올 수 있도록……."

띄엄띄엄 말하는 다도코로 앞에서 슈고는 여봐란듯이 크게 한숨을 쉬었다.

"원장 선생님, 이야기를 지어낼 필요 없습니다. 전부 다 안다고요. 여기에 입원한 소년은 며칠 전에 신장을 이식받았어요.

아까 3층에 쓰러져 있던 남자의 신장을요."

다도코로와 히가시노의 표정이 열기를 받은 밀랍처럼 확 구겨졌다.

"3층 남자뿐만이 아니야. 당신들은 요 몇 년간 수많은 입원환자의 신장을 적출해서 큰돈을 낸 사람들에게 이식했어. 그 사실을 감추려고 경찰에 신고하려는 걸 방해한 거야!"

슈고는 단숨에 말하고 나서 거칠게 숨을 몰아쉬었다.

'비밀'을 폭로당한 다도코로가 어떤 행동에 나설지 예상이 되지 않았다. 최악의 경우, 물리력을 행사해서 입막음을 하려고 들지도 모른다.

슈고는 무게중심을 살짝 낮추고 두 주먹을 불끈 쥐었다. 설령 덤벼들더라도 다도코로는 초로의 나이인 데다 다리도 다쳤으니 방심하지만 않으면 제압할 수 있을 것이다. 슈고는 몸을 바르르 떠는 다도코로를 주의 깊게 관찰했다.

"……거야."

고개를 숙인 다도코로가 뭐라고 중얼거렸다. 하지만 목소리가 작아서 슈고는 알아듣지 못했다.

"뭐? 뭐라고 했어?"

슈고는 경계 자세를 유지한 채 되물었다. 다음 순간, 다도코로가 고개를 휙 쳐들었다.

"도대체 뭐가 잘못됐다는 거야! 그래, 자네 말이 맞아. 내가 입원환자의 신장을 신부전 환자에게 이식했네. 그게 뭐 어때서! 난 그저 도움이 필요한 사람들에게 도움을 줬을 뿐이야!"

다도코로는 두툼한 입술을 떨고, 침을 튀기며 외쳤다.

"뭐, 뭐라고? 그건 당연히 범죄…….

다도코로는 기가 막혀서 말도 제대로 잇지 못하는 슈고를 날카로운 눈으로 노려보았다.

"내가 한 일은 분명 범죄겠지. 만약 들통 나면 난 범죄자로 체포될 거야. 하지만 이식을 받아 투석에서 해방된 환자는 내게 고마워해."

"그야 이식을 받은 사람은 그렇겠지. 하지만 제공자는? 동의도 없이 수술을 받아 장기를 빼앗겼다고."

"그들은 벌써 죽었어!"

다도코로의 말을 듣고 슈고는 자기 귀를 의심했다.

"뭐? 당신 지금 뭐라고 했어?"

"자네도 이 병원 환자들을 봤으니 알잖나. 대부분의 환자가 혼수상태거나 그에 준하는 상태야. 의식을 되찾을 가능성은 거의 없지. 그들은 몸은 살아 있지만, 인간으로서는 이미 죽은 거나 마찬가지라고!"

다도코로가 주먹을 치켜들고 열심히 자기변호를 하는 모습을 보고 있자니 슈고는 역겨워서 구역질이 날 정도였다.

"헛소리 집어치워! 왜 그걸 당신 마음대로 판단해? 심혼수 (외부 자극에 대한 운동반사를 비롯하여 여러 가지 반사가 완전히 소실된 혼수상태—옮긴이) 상태에서도 의식을 되찾는 경우가 있

196

잖아!"

그렇게 외친 순간, 다도코로와 히가시노가 동요한 표정을 짓는 것을 슈고는 놓치지 않았다.

"……있었지? 장기를 적출한 환자 중에서 의식을 회복한 환자가."

슈고가 추궁하자 다도코로와 히가시노는 침묵으로 일관했다. 그 태도가 슈고의 짐작이 옳았음을 증명했다.

"그 환자는…… 어떻게 됐어. 설마……."

혀가 굳어서 슈고는 말이 잘 나오지 않았다. 입원환자를 인간으로 취급하지 않는 다도코로가 장기를 적출한 후 의식을 되찾은 환자에게 무슨 짓을 했을까 상상만 해도 무서웠다.

"아니야! 자네가 생각하는 그런 짓은 안 했어. 그 환자는 사고를 당하기 전의 기억을 완전히 상실했지. 그래서 원래부터 수술자국이 있었다고 설명하자 그냥 그런 줄 알더군. 지금은 열심히 재활훈련을 시키고 있어. 조만간 사회에 복귀시킬 생각일세."

슈고는 뒤집어진 목소리로 말을 늘어놓는 다도코로를 의심스러운 눈으로 바라보았다.

"뭐라고 변명하든, 당신은 멋대로 환자의 몸에 칼을 대서 돈벌이를 했어. 그 사실은 변함없잖아."

슈고가 목소리를 깔고 말하자 다도코로는 비아냥거리듯이 입꼬리를 끌어올려 딱딱한 웃음을 지었다.

"자, 자네 아까부터 뭐라도 된 것처럼 날 비난하는데, 자네도 어떤 의미에서는 공범이잖아."

"공범? 내가?"

너무나 예상 밖의 말에 놀라 슈고는 목소리가 높아졌다.

"그래. 자네는 환자에게서 장기를 꺼내는 줄은 몰랐지만, 우리 병원이 자리보전하는 환자에게 의료적인 조치를 해서 수입을 얻는다는 사실은 알고 있었어!"

다도코로는 흥분한 기색으로 말을 퍼부었다.

"의식이 없는 환자에게 위루관(입으로 식사가 불가능한 환자에게 영양을 공급하기 위해 위에 구멍을 내서 삽입하는 튜브─옮긴이)과 경비위관(영양을 공급하기 위해 콧구멍을 통해 위까지 삽입하는 튜브─옮긴이), 중심정맥에 삽입한 주사관을 통해 강제로 영양을 보급하고, 신부전 환자에게는 투석을 계속하고, 열이 조금이라도 나면 항생제를 대량으로 투여하지. 그런 게 환자를 위한 의료라고 생각하나? 하지만 지금 일본에서는 이렇듯 강제적인 연명조치가 예사롭게 행해지지. 자네는 그런 식으로 의료비를 챙기는 병원에서 일하고 있어!"

"난 당직을 서다가 환자의 상태가 안 좋아지면 필요한 조치를 한 게 다야!"

다도코로가 너무나 부당하게 규탄하는 바람에 슈고는 얼굴이 벌겋게 물들었다.

"일주일에 한 번밖에 당직을 서지 않았으니 아무 책임도 없다는 건가? 부당하게 벌어들인 의료비로 지급하는 당직 수당을 널름 받아먹는 주제에? 여기서 주는 급료를 받고 있으니 자네도 우리 병원의 일원일세. 우리 병원에서 일어나는 일에 책임이 있다고!"

목이 찢어져라 부르짖는 다도코로의 말은 순 억지나 다름없었다. 슈고는 반박을 그만뒀다. 이딴 사고방식을 지닌 남자에게는 무슨 말을 해도 허사다. 그리고…… 다도코로의 말에도 일리가 있는지도 모른다.

슈고는 이 병원에서 봐온 환자들을 떠올렸다. 부자연스러운 의료조치를 통해 억지로 생명을 유지하고 있는 환자들. 슈고는 분명 그러한 조치를 취하는 쪽에 선 사람이다.

"……슈고 씨."

뒤에서 마나미의 불안한 목소리가 들렸다. 슈고는 고개를 돌려 "괜찮아" 하고 말한 후 다도코로에게 한 걸음 다가섰다. 다도코로가 핏발 선 눈으로 쳐다보았다.

"저한테 책임이 있는지 없는지는 모르겠습니다. 하지만 만약 무사히 이 병원에서 나간다면 바로 경찰에 갈 겁니다. 그러니까 이만 단념하세요."

잇몸이 드러날 만큼 다도코로의 입술이 젖혀졌다.

"자, 잠깐만! 이건 그렇게 단순한 문제가 아닐세. 이건 나 혼자만의 문제가 아니야. 이 일이 세상에 알려지면 아주 큰 난리가 일어날……."

"이식을 받은 사람 중에 유명인이라도 있다는 겁니까?"

"……아아, 그래."

다도코로는 망설이는 기색으로 고개를 끄덕이더니 상반신을 내밀었다.

"만약, 만약 눈감아준다면 자네에게도 한몫 단단히 챙겨줌세. 섭섭지 않게 말이야."

슈고는 비굴한 웃음을 짓는 다도코로를 냉담하게 바라보았다. 머릿속으로 다양한 상황을 그리며 앞으로 어찌해야 할지 궁리했다.

"물론 눈만 감아준다면 그쪽 분께서도 사례를 할 거야. 불행하게도 본의 아니게 오늘 밤 이런 사건에 휘말렸으니, 그에 합당한 금액으로 보상하겠네. 어떤가?"

"허튼소리 하지 마세요! 저는 돈이나 바라고……."

목소리를 높여 항의하려는 마나미 앞에 슈고가 손을 내밀었다. 마나미는 왜 그러느냐는 듯이 "슈고 씨?" 하고 중얼거렸다.

"얼마나 주실 건데요?"

슈고는 턱을 당기고 치뜬 눈으로 다도코로를 보면서 물었다. 다도코로의 표정이 환해졌고, 뒤에서 마나미가 숨을 삼키는 소리가 들렸다.

"어, 어디 보자. 당장 준비할 수 있는 돈은 5,000만 엔 정도야. 하지만 조금만 기다려준다면 더 얹어줄 수 있어. 한…… 7,000만 엔 정도까지는."

"알겠습니다. 그렇게 하죠. 7,000만 엔을 저와 마나미 씨가 나누어 가지겠습니다."

"그게 무슨 소리예요?"

마나미가 쇳소리를 지르자 슈고는 몸을 돌렸다.

"잔말 말고 원장 선생님 말대로 하자. 이렇게 험한 일을 당했는데 뭐라도 좀 건져야지. 한 사람 앞에 3,500만 엔 정도면 나쁘지 않잖아."

"진심……이에요?"

눈이 휘둥그레진 마나미가 떨리는 목소리로 물었다.

"암, 진심이지. 이게 제일 좋은 방법이야. 지금은 이해가 가지 않을지도 모르지만, 나중에 차분하게 생각하면 내 선택이 옳았다는 걸 알 거야."

"환자는, 신장을 빼앗긴 환자는 어떡하고요?"

"아까 원장 선생님 말 들었잖아. 의식이 돌아올 가능성이 낮은 환자들의 장기를 적출했어. 불평은 없겠지. 불평이 다 뭐야, 자신의 장기로 남에게 도움을 주었으니 환자들도 기뻐하지 않을까?"

"아까…… 의식이 돌아온 환자도 있다고……."

"뭐, 그 사람은 재수 없이 똥 밟았다고 생각하는 수밖에. 걱정 마, 신장이 하나 남았으니까 일상생활에는 지장이 없어."

슈고는 담담히 말했다.

마나미는 연분홍색으로 칠한 입술을 질끈 깨물고 손을 높이 쳐들었다. 짝, 하고 건조한 소리가 복도에 울려 퍼졌다.

"……이제 속이 시원해?"

슈고가 뺨을 문지르며 묻자 마나미는 눈을 휙 돌렸다. 아픔이라도 참는 듯이 찡그린 표정이었다.

"저기…… 괜찮은 거지?"

다도코로가 어깨를 움츠리고 쓴웃음을 짓는 슈고에게 말을 붙였다.

"걱정 마세요. 제가 잘 설득할 테니까요. 마나미 씨는 바보가 아니에요. 잘 설명하면 알아들을 겁니다."

"그럼 다행이지만……."

다도코로는 불안한 듯한 눈으로 마나미를 보았다.

"그것보다 원장님, 이번에 들키지 않고 잘 넘어가면 앞으로도 이식을 계속하실 거죠?"

슈고는 가벼운 투로 물었다.

다도코로는 "아니…… 그건……" 하고 말끝을 흐렸다.

"에이, 제가 끼자마자 그만두시다니 그러시면 안 되죠. 이렇게 위험한 다리를 건넜으니 앞으로도 이득이 있어야 수지가 맞지 않겠습니까. 지금까지 보여드릴 기회가 없었지만, 저도 외과의사로서 실력이 괜찮은 편입니다. 조수로서 수술에 협력할 테니 앞으로도 잘 부탁드립니다. ……이걸."

슈고는 엄지손가락과 집게손가락으로 원을 만들었다.

"알았네. 자네도 돈을 받을 수 있도록 조치하지. 그러면 되겠나?"

"예, 물론이죠. 이걸로 계약 성립입니다."

슈고는 얼굴 가득 웃음을 지으며 손을 내밀었다. 다도코로는 머뭇머뭇 그 손을 잡았다.

"그럼 원장 선생님, 이제 어떻게 할까요?"

"응? 아아, 그렇지. 아무래도 피에로가 사라질 때까지 여기에 숨어 있는 게 좋을 것 같아. 저 문은 철로 만들어서 튼튼할 뿐 아니라 비품창고에서는 알아보기도 힘들거든. 피에로는 분명 여기에 못 들어올 걸세. 5시가 돼서 피에로가 병원에서 나가면 감춰야 할 걸 감추고 나서 경찰에 신고를……."

"그 피에로, 나갈까요?"

슈고가 나직하게 중얼거렸다.

"응? 그게 무슨 뜻인가?"

"말 그대로의 뜻입니다. 원장 선생님, 이제 '공범'이 됐으니 솔직히 말씀해주시죠."

슈고는 거기서 말을 끊고 얼굴에서 웃음을 지웠다.

"피에로의 정체가 뭔지 짐작이 안 가십니까?"

"내, 내가 어떻게 놈의 정체를 알겠나…… 그렇지?"

다도코로가 바로 옆에 서 있는 히가시노에게 동의를 구했다. 히가시노는 완전히 초췌해진 표정으로 피곤한 듯이 고개를 끄덕였다.

"정말로요? 선생님은 그 남자가 강도라고 믿으시려는 것 같은데 다른 가능성도 있지 않을까요?"

슈고는 턱을 당기고 다도코로와 히가시노를 노려보았다.

"그, 그게 무슨……."

다도코로가 몸을 살짝 젖혔다.

"아까도 말씀드렸을 텐데요. 선생님이 원장실 금고에서 돈을 꺼내서 주었을 때, 그 남자는 돈 말고 다른 뭔가를 찾았습니다. 3,000만 엔이라는 큰돈을 손에 넣었는데 기뻐하기는커녕 길길이 화를 내며 선생님을 총으로 쏴 죽일 뻔했어요. 만약 그 남자가 단순한 강도라면 행동이 너무 이상하지 않습니까?"

"그건……."

"그 피에로는 단순한 강도가 아니라, 처음부터 이 병원을 노리고 침입했을지도 모릅니다. 돈 말고 다른 목적으로요. 만약 그렇다면 5시에 이 병원을 나간다는 전제가 무너지죠. 그럴 경우 어떻게 해야 할지 생각해봐야 하지 않겠습니까?"

슈고가 나지막한 목소리로 설명하자 다도코로는 침을 꿀꺽 삼켰다.

그때 슈고 뒤에서 찡, 하고 어쩐지 경쾌한 전자음이 울렸다. 반사적으로 돌아본 슈고의 입에서 무거운 신음이 새어 나왔다.

"이런 곳에 있었구나."

엘리베이터에서 내린 피에로는 웃음을 띤 가면과 어울리지 않게 험악한 목소리로 말했다.

4

"어, 어떻게……."

슈고가 목구멍에서 탁한 목소리를 쥐어짜내자 피에로는 권총을 쥔 오른손을 들어 올리면서 천천히 복도를 걸어왔다. 슈고는 황급히 마나미 앞을 막아섰다.

"어떻게? 내가 어떻게 엘리베이터를 찾아냈느냐고?"

피에로는 위협적으로 말하며 다가왔다. 슈고 일행은 차츰차츰 뒷걸음질 쳤다.

"더럽게 시끄러운 텔레비전을 끄고 1층에 돌아왔더니 수술실 쪽에서 무슨 소리가 나기에 가봤지. 그런데 아무도 없어서 수술실과 복도를 이 잡듯이 뒤졌어. 누가 숨어 있을지도 모르니까 말이야. 그러다 벽이 조금 열려 있다는 걸 알아차렸지."

피에로가 빠르게 지껄여대는 이야기를 듣고 슈고는 표정을 찡그렸다. 엘리베이터를 탔을 때 분명 안쪽에서 비밀문을 닫았었다. 그런데 제대로 닫히지 않았나……. 자책감이 슈고의 마음을 아프게 찔렀다.

"열어보니까 엘리베이터가 있더라고, 얼마나 놀랐는지 원. 아무튼 그걸 타고 올라와 봤더니 너희들이 있더라는 말씀. 이봐, 원장 선생. 여기 도대체 어디야?"

"5층에 있는 창고 안이야."

다도코로는 흠칫흠칫 겁먹은 태도로 말했다.

"창고? 아아, 원장실 말고 하나 더 있던 문 안쪽? 그런데 왜 창고에 이런 복도가 있는 건데?"

피에로가 성질 돋우지 말고 빨리 대답하라는 듯이 다도코로에게 총을 겨눴다.

"여기는…… 여기는 VIP용 병실이야. 병원 신세를 진다는 걸 숨기고 싶은 환자가 비밀리에 지낼 수 있게끔 마련한 걸세. 그뿐이야."

한순간 말을 우물거린 후 다도코로는 재빨리 설명했다. 거짓말은 아니지만 완전한 진실도 아닌 설명. 어설프게 참말인 척 늘어놓는 거짓말보다는 훨씬 진실미가 느껴졌다.

"그렇다면 이 방에 VIP가 입원해 있다는 건가. 오호, 너희보다 가치 있는 인질이겠군."

"지, 지금 입원해 있는 환자는 아이야! 내 조카라고. 내가 언제든지 진찰할 수 있도록 여기 입실시킨 거야. 조카한테는 손대지 말게! 아직 초등학생이야!"

다도코로는 최선을 다해 이야기를 마구 꾸며냈다. 피에로는 가면에서 노출된 눈을 슥 가늘게 뜨더니 권총을 슈고 일행에게 향한 채 병실 문으로 다가가 미닫이문을 살짝 열고 안을 들여다보았다.

피에로는 바로 문을 닫고 못마땅한 듯이 "정말로 어린아이잖아" 하고 중얼거렸다.

"그 아이, 그 아이만은 손대지 말게. 부탁이야……."

다도코로는 치성이라도 올리듯이 두 손을 마주 대고 비볐다.

"이게 사람을 뭐로 보고. 나도 어린아이를 어떻게 할 생각은 없어. 너희만 말썽부리지 않고 얌전히 있으면 말이야."

피에로는 크게 혀를 차고서 말했다.

다도코로는 양손을 마주 댄 자세로 안도하는 표정을 지었다.

"일단 아래로 돌아간다. 너희 모두 다. 그쪽 문으로 나갈 수 있지? 빨리 가."

피에로가 턱을 까딱했다. 슈고 일행은 그 지시에 따라 다도코로를 선두로 느릿느릿 복도를 나아갔다.

피에로의 총구를 등진 채 슈고 일행은 수많은 진료차트와 의료기기가 보관된 비품창고를 빠져나와서 원장실 앞 복도를 지나쳐 계단으로 2층에 내려갔다. 다리를 다친 다도코로 때문에 10분 가까운 시간이 걸렸다.

"자, 다들 의자를 가지고 와서 앉아."

슈고를 비롯한 네 사람이 투석실 한가운데쯤까지 가자 피에로가 다시 지시를 내렸다.

"의자에 앉혀놓고 뭘 어쩌려고?"

슈고가 경계하면서 묻자 피에로는 코웃음을 쳤다.

"헛짓거리를 못하도록 너희를 의자에 묶을 거야. 어, 그러고 보니 여자 하나가 모자라네. 존재감이 희미한 그 여자는 어디 갔어?"

피에로는 투석실을 두리번두리번 살폈다.

"혹시 그 여자 혼자 다른 데 숨었어? 허, 참 속 썩이네."

발을 쿵 구르는 피에로를 보고 슈고는 미간을 찌푸렸다. 정말로 사사키가 죽은 줄 모르는 건지, 아니면 모르는 척할 뿐인 건지 판단이 서지 않았다.

"야, 묻잖아. 그 간호사는 어디 있어?"

피에로가 슈고에게 눈을 돌렸다. 어떻게 대답해야 할지 슈고가 망설이는데, 카랑카랑한 목소리가 날카롭게 울려 퍼졌다.

"당신이 죽였잖아!"

요 몇 십 분 거의 입을 열지 않았던 히가시노가 둥그런 얼굴을 벌겋게 물들이며 악을 썼다.

"왜 모르는 척이야! 당신이야, 당신이 사사키를 죽였잖아! 왜 사사키를 죽였어, 이 살인마야!"

히가시노는 충혈된 눈으로 입에 거품을 물고 바락바락 악을 썼다. 피에로의 눈이 휘둥그레졌다.

"죽이다니? 아줌마, 그게 무슨 소리야. 난 아무도 죽이지 않았는데……."

"당신 말고 또 누가 있어! 사사키는 다음 달에 병원을 그만두고 결혼할 예정이었다고. 그런데 이런 변을 당하다니……."

히가시노는 양손으로 얼굴을 가리고 제자리에 털썩 주저앉았다. 피에로는 안 그래도 둥그스름한 몸을 더 웅크리고 엉엉 우는 히가시노를 멍하니 바라보았다.

"뭐, 뭐야…… . 정말로 사람이 죽은 거야? 아니지? 난 그런 짓을…… ."

반쯤 벌어진 피에로의 입에서 가느다란 목소리가 새어 나왔다.

슈고는 혼란스러운 현 상황을 냉정하게 관찰했다. 얼핏 보기에 피에로와 히가시노의 동요한 모습은 연기가 아닌 것처럼 느껴졌다. 이 두 사람이 사사키를 죽이지 않았다면…… .

슈고의 시선은 바로 옆에 선 다도코로에게 빨려들었다. 다음 순간 슈고는 눈을 크게 뜨고 시선으로 허공을 이리저리 더듬었다. 아주 잠깐, '그 소리'가 들린 것 같았다.

기분 탓인가? 온 신경을 청각에 집중시키자 희미하게, 정말로 희미하지만 확실히 '그 소리'가 고막을 흔들었다.

기분 탓이 아니다! 확신한 슈고의 얼굴이 굳어지는 것과 동시에 투석실에 있던 다른 사람들에게도 동요가 번져나갔다.

피에로가 바닥을 박차고 커튼이 쳐진 창문으로 달려갔다. 피에로는 커튼을 살짝 젖히고 미동도 없이 밖을 몇 초 내다보다가 느릿느릿 몸을 돌려 슈고 일행을 보았다.

"……이거 어떻게 된 거야?"

피에로는 감정을 억누른 목소리로 중얼거리고 천천히 커튼을 걷었다.

사이렌을 켠 경찰차들이 병원 뒤편 주차장으로 줄줄이 달려들어왔다. 경광등의 불길한 빨간색 불빛이 피에로의 옆얼굴을 비추었다.

제4장 벗겨진 가면

1

의자에 앉은 슈고는 손목시계를 내려다보았다. 새벽 4시 50분이었다. 원래 앞으로 10분만 있으면 해방될 터였다. 피에로가 병원을 떠나서 안전이 확보될 터였다. 하지만 그 희망은 이미 사라졌다.

슈고는 피에로를 보았다. 경찰에 포위되고 나서 약 20분 동안, 피에로는 실내를 바쁘게 왔다 갔다 하다가 가끔 커튼을 살짝 젖히고 바깥을 관찰했다. 모든 창문을 확인할 때마다 혀를 차는 소리가 들리는 것으로 보아 아무래도 경찰은 병원을 철통같이 포위한 듯했다.

슈고는 자기 주변을 둘러보았다. 다도코로, 히가시노, 그리고 마나미 세 명이 슈고를 에워싸듯이 의자에 둘러앉아 있었다. 세 명 모두 얼굴에 지친 기색이 역력했다.

내 얼굴도 말이 아니겠지. 뼛골까지 스며드는 피로감을 느끼면서 슈고는 마나미의 옆얼굴에 눈길을 주었다. 다도코로의 '공범'이 되는 것에 동의한 뒤로 마나미하고는 말을 한마디도 나누지 않았다. 슈고의 시선이 느껴졌는지 마나미는 굳은 표정으로 고개를 돌려 외면했다. 슈고는 머리를 숙이고 깊이 한숨을 쉬었다. 가능하면 마나미와 이야기를 나누고 싶었지만 이런 상황에서는 아무래도 힘들 것 같았다.

운동화를 신은 발이 슈고의 시야에 들어왔다. 얼굴을 들자 눈앞에 권총을 든 피에로가 서 있었다.

"누구야?"

피에로는 위협하듯이 목소리를 깔고 말했다.

"누가 신고했어?"

그래, 문제는 그거다. 도대체 누가 신고했을까? 슈고도 20분 내내 생각해봤지만 아직 결론을 내지 못했다.

슈고와 마나미는 신고하려 했지만 실패했다. 기를 쓰고 신고를 방해한 다도코로도 아닐 것이다. 그렇다면 히가시노? 사사키가 살해당하자 정신적으로 한계가 와서 다도코로의 명령을 거역하고 신고한 걸까?

"누가 신고했느냐고 묻잖아!"

피에로가 신경질적으로 고함을 지르며 총을 좌우로 흔들었다.

"만약 신고하면 가만두지 않겠다고 분명 처음에 말했을 텐데. 누구야, 누가 경찰을 불렀어! 원장, 너야!"

피에로는 고래고래 소리치며 총구를 다도코로에게 돌렸다. 다도코로는 양손을 몸 앞으로 들어 올리고 몸을 작게 움츠렸다.

"아니야! 난 신고 안 했어. 그러니까 쏘지 마!"

온몸을 사시나무 떨듯 애원하는 다도코로에게 시선을 고정한 채 슈고는 생각을 계속했다.

'누가'도 의문이지만 도대체 '어떻게' 신고한 걸까? 병원의 전화는 모조리 불통인 데다 휴대전화는 통화권 이탈 상태다. 신고하고 싶어도 할 수 없지 않은가. 어쩌면 병원 외부의 누군가가 비상사태가 일어났음을 알아차리고 신고했을 수도…….

슈고가 거기까지 생각했을 때 느닷없이 재즈음악이 방 안에 울려 퍼졌다. 이 자리의 분위기에 어울리지 않게 명랑한 선율이었다. 슈고는 소리가 나는 곳을 찾아 주변을 두리번거렸다.

"내 휴대전화일세."

다도코로가 쭈뼛거리며 가운에서 폴더식 휴대전화를 꺼냈다.

휴대전화가 된다? 슈고는 가운 호주머니에 손을 넣어 스마트폰을 꺼냈다. 액정화면에 안테나 막대가 세 개 떠 있었다.

"누구 전화야?"

피에로가 낮은 목소리로 물었다.

"모, 모르는 번호야."

다도코로는 침착함을 잃은 목소리로 대답했다.

피에로는 몇 초 침묵을 지키다가 슈고에게 턱을 까딱했다.

"네가 받아."

"뭐? 내가?"

허를 찔린 슈고는 자기 자신을 가리키며 놀란 목소리로 물었다.

"그래, 너. 네가 제일 냉정해 보여. 말대꾸하지 말고 빨리 받아!"

"어, 그래, 알았어."

슈고는 허둥지둥 다도코로의 휴대전화를 받아들고 통화버튼을 누른 후 얼굴 옆에 댔다.

"다도코로 선생님이십니까?"

남자 목소리가 들렸다. 목소리가 나지막하고 차분한 것으로 보아 아마도 중년일 것이다.

"아니요…… 다도코로 선생님은 지금 전화를 받기가 좀 힘드신데요……."

다도코로의 지인일까? 슈고는 당혹감을 느끼며 대답했다.

"그러시군요. 저는 경시청의 가도쿠라라고 합니다. 틀렸다면 죄송하지만 혹시 당신이 다도코로 병원에 침입한 사람입니까?"

가도쿠라라고 이름을 댄 남자는 변함없이 차분한 목소리로 물었다. 경찰의 전화, 예상외의 전개에 슈고는 어찌 반응해야 할지 망설여졌다.

"저기, 잠깐만 기다리세요."

슈고는 휴대전화 송화구를 손으로 막고 피에로를 보았다.

"경찰이야! 범인인지 아닌지 묻는데."

슈고가 입에 거품을 물고 말하자 피에로는 입꼬리를 끌어올렸다.

"핫, 드디어 납시셨군. 좋아, 잘 들어. 일단 네 신원을 밝히고 경찰에게 이 번호로 연락하라고 말해. 그러고 나면 쓸데없는 소리 말고 전화를 끊어. 알았지?"

피에로가 청바지 뒷주머니에서 메모지 한 장을 꺼냈다. 거기에는 '090'으로 시작하는 전화번호가 적혀 있었다.

"아, 흠. 기다리게 해서 죄송합니다."

"아니요, 괜찮습니다. 다시 한 번 묻겠는데, 당신이 병원에 침입한 사람입니까?"

가도쿠라는 똑같은 질문을 반복했다.

"아니요, 저는 인질 중 한 명입니다. 범인의 지시를 받고 당신과 이야기하고 있습니다. 오늘 밤 이 병원에서 당직을 서던 하야미즈 슈고라고 합니다."

"하야미즈 선생님이시로군요. 알겠습니다. 그런데 저희가 입수한 정보에 따르면, 오늘 당직의는 조후 제1종합병원 비뇨기과의 고자카이 쓰카사 선생님이라고 알고 있습니다만."

슈고는 눈이 동그래졌다. 이 병원이 점거됐다는 사실을 안지 그리 오래되지는 않았을 것이다. 그런데 벌써 그런 것까지 조사했다는 말인가.

"예, 원래는 그럴 예정이었는데 고자카이 선생님께 화급한 일이 생겨서 제가 대신 당직을 서게 됐습니다. 저는 같은 병원에 근무하는 고자카이 선생님 후배입니다."

"그렇군요, 알겠습니다. 덧붙여 그쪽 상황을 말씀해주실 수 있겠습니까?"

"아니요, 범인이 그건 금지했습니다. 그리고 지금 말씀드리는 번호로 다시 연락하라고 하더군요. 메모 가능하십니까?"

"예, 말씀하시죠."

"자, 부릅니다. 090……."

슈고는 메모지에 적힌 전화번호를 읽은 후 "끊겠습니다" 하고 가도쿠라에게 말하고 나서 전화를 끊었다.

"시키는 대로 했어."

슈고가 휴대전화를 든 손을 내리자 피에로는 만족스러운 듯이 고개를 끄덕였다.

"좋아, 그럼 너희들 휴대전화는 전원을 꺼. 이제 이 병원 상황이 뉴스로 나가겠지. 그럼 너희들 전화통에 불이 날지도 모르잖아."

슈고는 고개를 끄덕이고 시키는 대로 했다. 다도코로도 가운 호주머니에서 히가시노와 사사키 두 사람의 휴대전화를 꺼내서 전원을 껐다.

"넌 이걸 가지고 있어."

피에로가 재킷 안주머니에서 작은 휴대전화를 꺼내더니 손바닥을 위로 해서 휙 던져주었다. 슈고는 양손으로 휴대전화를 받았다. 피에로가 수술실에서 DMB 방송을 틀어서 보여주었던 스마트폰과는 별개의, 단순한 휴대전화였다.

"이건?"

"불법으로 구한 선불식 휴대전화야. 그걸 쓰면 이쪽 신원이 밝혀질 걱정이 없지. 경찰하고는 그걸로 이야기해."

선불식 휴대전화? 일부러 그런 걸? 의문이 입 밖으로 튀어나올 뻔했지만, 그 전에 전화벨이 울리기 시작했다.

"이봐, 뭐라고 해야 해. 저쪽은 상황을 듣고 싶어 한다고."

"있는 그대로 말해도 상관없어. ……다만 사람이 죽었다는 말은 하지 마. 그리고 만약 경찰이 병원에 들어오면 인질을 죽일 거라고 전해."

"……알았어."

슈고는 침을 삼키고 통화 버튼을 눌렀다.

"여보세요, 가도쿠라입니다. 그쪽은…….'"

"방금 전에 통화한 하야미즈입니다. 범인의 지시로 전화를 받았습니다."

"하야미즈 선생님이시로군요. 될 수 있으면 범인과 직접 통화하고 싶은데, 통화가 가능한지 물어봐 주시겠습니까?"

"예." 슈고는 다시 송화구를 막고 피에로를 보았다. "경찰이 직접 통화하고 싶다는데."

"싫어. 그 녀석은 협상 전문가일 거 아니야. 그런 놈과 직접 통화하면 마구 휘둘릴지도 몰라. 협상은 널 통해서 하겠어. 그렇게 말해."

피에로는 고개를 저었다. 슈고는 송화구를 막고 있던 손을 뗐다.

"직접 이야기하기는 싫답니다. 협상은 절 통해서 하겠다는 군요."

"알겠습니다. 마음이 변하면 언제든지 이야기에 응하겠다고 전해주십시오. 그런데 하야미즈 선생님, 그쪽 상황을 이야기해 주실 수 있습니까?"

가도쿠라는 변함없이 나지막하고 차분한 목소리로 물었다.

"예. 지금 병원에는 의료 스태프…… 네 명과 범인이 데려온 여성, 그리고 예순 명 이상의 환자가 인질로 잡혀 있습니다. 환자는 3층과 4층에 있고, 저희 다섯 명은 권총을 든 범인과 함께 2층에 있습니다. 범인은 만약 경찰이 병원에 들어오면 저희를 쏘겠답니다."

"알겠습니다. 그럼 지금 2층에 있는 분들의 성함을 가르쳐주실 수 있습니까?"

"저랑 원장 다도코로 선생님, 간호사 히가시노 씨와…… 사사키 씨. 그리고 범인에게 끌려온 가와사키 씨입니다."

"가와사키 씨라는 분은 조후 시 길거리에서 범인에게 납치된 여성입니까? 만약 그렇다면 성과 이름 등의 신원을 정확하게 알려주신다면 도움이 되겠는데요."

"성은 가와사키, 이름은 마나미입니다. 사랑 애 자에 아름다울

미 자를 써서 마나미요. 근처 여대에 다닌다고 하던데요…….”

어느 대학에 다니는지 물어보려고 슈고가 쳐다보자 마나미는 노골적으로 얼굴을 휙 돌렸다. 다도코로와 손을 잡은 것이 아직도 용서가 되지 않는 모양이다.

“뭘 그렇게 수다를 떨고 있어. 벌써 10분은 지났겠다. 빨리 전화 끊어.”

피에로가 성질난다는 듯이 말을 내뱉으며 권총으로 슈고를 겨누었다.

“범인이 지시했으니까 일단 끊겠습니다.”

“잠깐만요. 마지막으로 뭔가 요구사항은 없는지 범인에게 물어봐 주시겠습니까?”

가도쿠라가 전화를 끊으려는 슈고에게 말했다.

“경찰이 요구사항은 없는지 묻는데.”

슈고의 말을 듣자 가면에서 노출된 피에로의 입에 웃음이 맺혔다.

“오전 중에 요구사항을 말할 테니 앞으로 몇 시간 더 기다리라고 전해. 그 요구를 들어준다면 인질을 풀어주겠어.”

요구? 도대체 뭘 요구하겠다는 거지? 슈고는 미간을 찌푸리면서도 피에로의 말을 그대로 가도쿠라에게 전하고 통화를 끝냈다.

“……이제 됐나?”

슈고가 묻자 피에로는 눈을 가늘게 떴다.

"응, 이제 됐어⋯⋯."

슈고는 아주 침착한 투로 중얼거리는 피에로를 말없이 쳐다
보았다.

여기는 현장입니다. 어젯밤 조후 시 편의점에 침입해 권총을 발
포하고 현금을 빼앗아 달아난 괴한이 현재, 이 병원에서 인질극
을 벌이고 있다고 합니다. 또한 괴한이 달아날 때 근처에 있던 여
성을 납치했다는 목격 정보도 있는데요. 경찰에 따르면 그 여성
도 현재 인질로 잡혀 있다고 합니다. 인질은 납치된 여성과 입원
환자, 야간 의료 스태프를 합쳐서 수십 명에 이르는 것으로 추정
되며, 그 안위에 초점이 집중되고 있습니다. 현재 경찰이 최선을
다해 설득하고 있습니다만, 범인은 아직 눈에 띄는 반응을 보이지
않고 있습니다. 이상, 현장에서 전해드렸습니다.

액정화면 속에서 여자 리포터가 빠르게 떠들어댔다. 창가에
서서 스마트폰으로 DMB 방송을 보던 피에로는 화면을 터치해
채널을 바꾸었다. 그 채널에서도 외부에서 촬영한 다도코로 병
원의 모습을 내보냈다.

이미 오전 6시가 넘었다. 경찰이 다도코로 병원을 포위한 지
약 한 시간 반이 지났고, 대부분의 아침 뉴스에서 다도코로 병
원의 인질극을 중계 방송했다.

피에로가 스마트폰을 호주머니에 넣고 커튼 틈새로 밖을 내

다보았다. 요 한 시간, 피에로는 이렇게 뉴스와 병원 밖을 몇 분 간격으로 번갈아 확인했다.

슈고는 의자에 앉아 팔짱을 끼고 피에로를 관찰했다. 가도쿠라와 통화하고 한 시간이 지나도록 인질이 된 슈고 일행은 거의 말을 나누지 않았다. 마나미는 노골적으로 슈고를 피했고, 다도코로와 히가시노는 보기에도 딱할 만큼 녹초가 돼서 입을 열 기운도 없는 것 같았다. 답답한 침묵이 이어졌지만 덕분에 슈고는 차분하게 생각을 다듬을 수 있었다.

지금 무슨 일이 벌어지고 있는가, 그리고 앞으로 어떻게 해야 할 것인가.

한계까지 뇌를 혹사한 결과, 하나의 가설이 완성됐다. 보통은 말도 안 된다고 여길 만한 가설. 하지만 그것 말고는 없다.

그렇다면…….

가운 호주머니에 든 매직펜을 오른손으로 만지작거리고, 왼손에 든 휴대전화를 바라보며 앞으로 취해야 할 행동을 머릿속으로 그리고 있자니 전화벨이 울렸다. 분명 가도쿠라일 것이다. 한 시간 동안 전화가 몇 번 왔지만 피에로는 통화를 허락하지 않았다.

"또 전화 왔는데."

슈고는 피에로를 향해 휴대전화를 쳐들었다.

"무시해."

피에로가 관심 없다는 듯이 말을 툭 내뱉고 다시 바깥을 바라보는 것을 확인하고 나서 슈고는 의자에서 천천히 일어섰다. 바로 옆에 앉아 있던 마나미가 놀란 표정을 지었다.

슈고는 집게손가락을 입술 앞에 세워서 마나미가 뭔가 말하려는 것을 제지한 후, 칭얼대듯이 손안에서 벨소리를 울려대고 있는 휴대전화를 내려다보았다.

자신의 상상이 옳다면 이것으로 사태는 크게 진전될 것이다. 하지만 만약 틀렸다면……. 심한 갈등이 가슴속에서 소용돌이쳤다.

슈고는 이를 악물며 각오를 다지고 전화를 귀에 댔다.

"여보세요, 가도쿠라 씨? 하야미즈입니다. 범인의 요구를 말씀드리겠습니다."

슈고는 빠르게 말하며 투석실 안쪽으로 뒷걸음질 쳤다. 인질세 명이 놀라서 휘둥그레진 눈으로 슈고를 보았다.

"뒷문에 식사를 준비해주십시오. 뭐든지 괜찮으니까 최대한 빨리요. 예? 혹시 몰라서 미리 준비해놓은 게 있다고요? 예, 그것도 상관없습니다."

"야, 뭐하는 짓거리야?"

피에로가 슈고의 행동을 알아차리고 고함을 질렀다. 하지만 슈고는 계속 뒷걸음질 치면서 말을 이었다.

"문 앞에 식사를 놔두고 경찰은 물러나세요. 저희가 안으로 옮기겠습니다. 물론 경찰은 병원으로 들어오거나, 식사를 가지러 간 인질을 구하려고 해서는 안 됩니다. 범인이 말하길, 허튼

짓을 하면 남은 인질을 죽이겠답니다."

"멋대로 지껄이지 마. 끊어! 지금 당장 전화 끊으라고!"

피에로가 소리를 지르며 10미터 정도 떨어진 곳에 있는 슈고에게 총구를 돌렸다. 집게손가락을 방아쇠에 걸었다.

"그럼 잘 부탁드립니다. 다른 요구는 나중에 다시 전하겠습니다."

슈고는 재빨리 말을 마치고 휴대전화를 쥔 채 양손을 들어올렸다.

"야, 무슨 짓이냐?"

피에로가 핏발 선 눈으로 슈고를 노려보았다.

"들었잖아. 식사를 요구했어. 미리 준비해놓은 게 있으니까 당장 뒷문으로 가져다주겠대. 준비성이 참 철저하다니까."

가벼운 투로 말하며 슈고는 웃음을 지었다. 하지만 태도와는 정반대로 심장이 미친 듯이 뛰었고, 등에는 식은땀이 흘렀다.

이 남자가 지금 여기서 총을 쏘지는 않을 것이다. 분명 그럴 것이다……. 자신을 향한 총구에 빨려 들어가는 듯한 착각을 느끼며 슈고는 애써 공포를 억눌렀다.

"누가 그래도 된다고 했어! 전화받지 말라고 했잖아."

"당신이 한 시간 내내 아무것도 안 하니까 내가 대신 요구한 거야. 당신도 어젯밤부터 아무것도 입에 대지 못했으니 배가 고플 텐데. 적어도 나는 그래. 이런 상황이 언제까지 계속될지 모르겠지만, 밥은 먹어야 버틸 수 있지 않겠어?"

슈고는 피에로의 목소리에 밀리지 않도록 힘주어 말했다.

"쓸데없는 걱정이로군. 네 놈 때문에 계획에 차질이 생기겠어!"

피에로가 성큼성큼 다가왔다. 두 사람의 거리가 2미터 정도로 좁아졌다.

"그렇게 화내지 마. 분명 배가 고파서 신경이 날카로워진 거라고. 일단 원장님과 히가시노 씨한테 식사를 받아오라고 하자. 두 사람이라면 입원환자를 내버려두고 달아나지는 않을 테니까."

"닥쳐! 나한테 명령하지 마. 이 자식이 보자보자 하니까 자꾸 제멋대로!"

피에로가 권총을 겨눈 채 침을 튀기며 버럭버럭 고함을 질렀다. 슈고는 그런 피에로의 눈앞에 휴대전화를 들이댔다. 피에로가 한순간 몸을 움찔했다. 방아쇠에 건 손가락에 힘이 들어가는 것을 보고 슈고는 이를 꽉 깨물었다.

"그럼…… 당신이 하든가."

슈고는 꽉 깨문 잇새로 목소리를 밀어냈다.

"……뭐?"

허를 찔린 듯이 피에로가 목소리를 높였다.

"그렇게 불만이면 나한테 휴대전화를 맡기지 말고 알아서 경찰과 협상하라고! 나를 통하지 않으면 경찰과 이야기도 못할 만큼 소심한 주제에 거들먹거리지 좀 마! 이런 상황에서 이제나저제나 기다리고만 있지는 않겠어!"

슈고의 목소리가 방 안 공기를 진동시켰다. 10미터쯤 떨어진 곳에서 다도코로, 히가시노, 그리고 마나미 세 사람이 숨을 죽인 채 슈고와 피에로를 지켜보고 있었다.

피에로는 아무 말도 없이 슈고가 내민 휴대전화를 날카로운 눈으로 쳐다보았다. 방 안 공기가 점차 경직되어 갔다.

"어떻게 할 거야? 휴대전화 받을 거야, 말 거야?"

슈고는 방금 전과는 태도를 싹 바꾸어 차분한 목소리로 물으면서 휴대전화를 피에로에게 더욱 내밀었다.

몇 초 침묵이 흐른 후, 피에로는 낚아채듯이 휴대전화를 받아들어 청바지 호주머니에 쑤셔 넣고 슈고의 이마를 겨누던 권총을 내렸다. 슈고는 양손으로 무릎을 짚고 크게 숨을 내쉬었다.

"어이, 원장 선생."

피에로가 고개를 돌리고 새치름하게 말했다.

"거기 간호사 데리고 뒷문에 가서 밥 받아와."

"뭐?"

다도코로는 잘못 들은 게 아니냐는 듯이 몇 번이고 눈을 깜박였다.

"확실히 배는 고프니까. 아아, 그냥 달아날 생각은 꿈에도 하지 마. 달아나면 본보기로 환자를 몇 명 죽여버릴 거니까. 뭐, 원장이 환자를 놔두고 도망치지야 않겠지."

피에로는 마스크 위로 얼굴을 벅벅 긁더니 움직일 낌새가 없는 다도코로와 히가시노에게 "얼른 다녀와!" 하고 호통을 쳤다. 다도코로와 히가시노는 불에 덴 것처럼 벌떡 일어서서 안쪽에 있는 엘리베이터로 걸어갔다.

두 사람이 슈고 옆을 지나쳤다. 그 순간 슈고는 다도코로에게 눈짓했다. 다도코로는 아주 잠깐 의아하다는 표정을 지은 후, 바로 눈꺼풀이 두툼한 눈을 크게 뜨고 고개를 살짝 끄덕였다.

자, 이제부터가 본 경기다. 다도코로와 히가시노가 엘리베이터를 타는 모습을 지켜보며 슈고는 주먹을 움켜쥐었다.

2

다리가 아팠다. 몇 시간 전에 총알이 스친 오른쪽 다리를 내디딜 때마다 욱신욱신 통증이 몰려왔다. 하지만 통증에 신경을 쓸 때가 아니었다. 엘리베이터로 1층에 내려간 다도코로는 아픔을 견디며 걸음을 옮겼다.

"저기, 원장 선생님……."

"잔말 말고 따라오게!"

다도코로는 뒤에서 말을 건 히가시노에게 고함을 지르고 철문 앞에 섰다. 외래 대합실과 수술실 복도를 구분하는 문이다.

다도코로는 양손을 문에 대고 힘껏 밀었다. 오른쪽 다리에 힘이 들어가자 불타는 듯한 통증이 느껴졌지만 개의치 않고 계속 밀었다. 천천히 문이 열리자 다도코로는 배가 툭 튀어나온 몸을 문틈으로 욱여넣었다.

복도에 설치된 비밀문이 열려 있어서 엘리베이터가 훤히 눈에 들어왔다. 다도코로는 다리를 끌며 거기로 다가가 비밀문을 닫았다.

하야미즈가 추리한 대로 이 엘리베이터는 '비밀 수술'을 받는 환자를 운반하기 위한 수단이었다. 신장 이식을 받는 환자는 이 엘리베이터로 남의 눈에 띄지 않게 특별 병실과 수술실을 오갈 수 있다. 1층과 5층을 직접 연결하는 이 엘리베이터가 바로 다도코로에게 '비밀 수술'을 결심케 한 원흉이었다.

비밀 엘리베이터는 원래 정신병원이었던 이 병원을 사들였을 때부터 있었다. 개장 공사를 하기 전에 5층에 증상이 심각한 환자를 격리하기 위한 병실이 있었던 것을 생각해보면, 통상적인 치료로는 증상이 완화되지 않는 환자에게 전기요법 등을 실시할 때 다른 환자의 눈에 띄지 않도록 치료실로 옮기기 위해 사용한 것이리라.

다도코로는 피가 배어날 만큼 세게 입술을 깨물었다. 미국의 대형 증권회사가 파산한 것이 모든 일의 시작이었다. 그로 인해 세계적인 불황이 발생하자 예전부터 투기적으로 투자를 해온 다도코로는 막대한 손실을 입었고, 큰 빚을 졌다. 궁지에 몰린 다도코로는 고민하고 고민한 끝에 '비밀 수술'이라는 방법을 생각해냈다.

투석을 받으러 오는 환자 가운데, IT사업에 성공해 당대에 거대한 기업을 세우고 회장 자리에 앉은 남자가 있었다. 당뇨병 신증에 따른 신부전으로 5년 넘게 투석을 해온 그 남자는 말버릇처럼 이렇게 말했다.

"돈이 아무리 많으면 뭐하나, 신장도 하나 못 구하는데. 만약 투석을 그만둘 수 있다면 돈은 얼마든지 내겠어."

다도코로는 그날 투석을 마친 그 남자를 원장실로 불러서 머뭇머뭇 말을 꺼냈다. "만약 신장을 구할 수 있다면 얼마나 내시겠습니까?" 하고.

'어디까지나 가정'이라는 단서를 달고 계획을 이야기해주자 그 남자는 군소리 하나 없이 바로 의료법인에 거금을 기부했다. 20년 이상 사용하지 않았던 엘리베이터를 교체하고, 장기 이식이 가능하도록 수술실을 손보고, 5층에 비밀 병실을 만드는 데 필요한 비용을.

몇 년 전에 이혼하고 아이의 진학 비용 때문에 쪼들리던 히가시노와 보증을 서주자 자취를 감춘 남자친구 때문에 엄청난 빚을 떠안은 사사키, 다도코로는 이렇듯 돈이 필요한 직원을 공범자로 끌어들였다. 그렇게 준비를 마친 후 다도코로는 몇 년간 혼수상태로 누워 있는 입원환자의 신장을 적출해 돈을 제공한 남자에게 이식해주었다.

이식은 상상을 넘어서는 성공을 거두었고, 괴로운 투석에서 해방된 남자가 기뻐하며 지불한 돈으로 다도코로는 빚을 깨끗이 갚았다.

그때 그만두었다면……. 후회가 가슴에 사무쳤다.

그때 그만두었다면, 이렇게 위험한 지경까지 오지는 않았을 것을. 하지만 너무나 쉽게 큰돈을 버는 데 성공하는 바람에 그만둘 수가 없었다. 그리고 제일 처음 수술을 받은 남자가 같은 처지에 있는 사람들을 소개해주기 시작했다.

자신들이 저지른 짓이 들통날까 봐 겁을 내면서도 다도코로와 두 간호사는 지난 4년간 '비밀 수술'을 계속해왔다. 횟수가 많아질수록 수술은 일상적인 일이 되어갔고, 어느 틈엔가 죄악감도 희미해졌다. 사회 복귀가 거의 불가능한 환자들의 장기를 유용하게 쓰고 있다는 궤변을 되풀이하다 보니 정말로 그렇다는 생각마저 들기 시작했다.

다도코로는 어금니를 갈았다. 다음 달 결혼을 앞둔 사사키가 퇴직을 할 예정이었다. 그래서 이번을 마지막으로 '비밀 수술'에서 손을 뗄 생각이었다.

그런데 하필이면 지금…….

다도코로는 복도에 쌓인 상자 중 하나를 열고 속에 난잡하게 들어 있던 링거 봉지를 닥치는 대로 내던졌다.

"원장 선생님 왜 그러세요?"

곁에 선 히가시노가 불안한 듯이 물었지만 다도코로는 말없이 손을 계속 움직였다.

"저기, 빨리 뒷문에 가서 먹을 걸 가져가지 않으면……."

"시끄러워! 입 좀 다물어!"

히가시노에게 불호령을 내린 다도코로의 손끝에 딱딱한 것이 닿았다. 있다! 다도코로는 양손을 집어넣어 링거 봉지에 파묻혀 있던 것을 꺼냈다. A4용지 크기의 바인더였다.

이거다, 이걸 처분해야 한다. 다도코로는 바인더를 끌어안듯이 들었다.

원래 원장실 금고에 숨겨두었던 물건이었다. 하지만 어질러진 원장실을 보고 이 바인더가 원장실에 있다는 사실을 아는 사람이 실내를 뒤진 것 아닌가 싶어서 5층 비품창고 구석에 숨겼다. 그리고 몇 시간 전, 사사키의 시신을 보고 공황 상태에 빠진 히가시노가 '수술실 전화로 신고해야 한다'고 난리를 피웠을 때 만일에 대비해 수술실 전화기 코드를 절단하러 가는 김에 비품창고 박스 속에 이 물건을 숨겼다. 피에로가 감시하고 있는 1층은 맹점이니까 들킬 가능성이 낮을 것 같았다.

"그건…… 뭔가요?"

히가시노가 머뭇머뭇 물었다.

"이식환자의 데이터야."

다도코로는 히가시노에게 눈길 한 번 주지 않고 대답했다. 이 바인더에는 지금까지 '비밀 수술'을 받은 환자들의 정보가 모조리 보관되어 있다.

"그런 걸……."

다도코로는 말을 잊지 못하는 히가시노를 무시하고 재빨리 복도를 되짚어갔다. 이 바인더가 있다는 사실은 아무에게도 밝히지 않았다. '공범'인 히가시노와 사사키에게도.

지금까지 '비밀 수술'을 받은 환자들은 수술에 합당한 돈을 치를 수 있는 거물이나 그 거물의 가족뿐이었다. 불법으로 수술을 받았다는 사실은 그들의 가장 큰 약점이다. 그러므로 다도코로는 항상 두려웠다. 환자 중 누군가가 자신의 입을 봉하려 할까 봐. 실제로 비밀을 까발리면 죽을 줄 알라는 협박을 받은 적도 있었다.

이 바인더는 그러한 협박에서 몸을 지킬 도구였다. 자신이 의문의 죽음을 당하면 이 바인더의 내용이 세상에 알려진다. 다도코로는 협박자에게 그런 눈치를 주어서 섣불리 자신에게 손을 댈 수 없는 상황을 만들었다.

하지만 이 바인더는 양날의 검이다. 만약 이것이 만천하에 드러나면 다도코로는 수술을 받은 환자들 이상으로 치명상을 입는다. 의식이 없는 신원불명 환자들의 장기를 빼내서 부자에게 이식했다. 그런 사실이 밝혀지면 얼마나 큰 벌을 받을지 상상만 해도 무서웠다. 그러므로 다도코로는 이 바인더를 아주 신중하게 다루었다. 하지만 그 신중함이 화근이었다. 더 일찍 감치 처분해야 했다.

만약 병원에 경찰이 들이닥치고, 이 바인더가 발견되기라도 한다면. 그동안 우려했던 일이 벌어지지는 않을까 싶어 피에로가 침입한 후로 불안감이 가시지 않았다. 5층 비밀 병실은 발견돼도 어떻게든 둘러댈 수 있다. 하지만 이 바인더가 발견되면 끝장이다. 범죄자로 체포되든지, 까딱 잘못하면 목숨을 빼앗겨 입막음을 당한다. 그러므로 무슨 일이 있어도 경찰의 개입만은 막고 싶었다. 그러기 위해 요 몇 시간 최선을 다했는데…….

누구야? 도대체 누가 경찰을 부른 거지?

다도코로는 문득 제정신을 차리고 고개를 세차게 저었다. 지금은 그런 생각이나 하고 있을 때가 아니다. 병원 주변에 이미 경찰이 득시글거린다. 한시라도 빨리 이 바인더를 처분해야 한다.

1층에 내려가기 직전에 하야미즈가 눈짓했다. 그 남자는 분명 이 바인더의 존재를 눈치챈 것이다. 뿐만 아니라 바인더를 처분할 시간을 벌어주었다.

"히가시노, 외래 대합실 안쪽에 문서세절기가 있어. 경찰에 들키기 전에 그걸로 처분해야 해!"

다도코로는 급하다는 듯이 말하며 복도를 걸어갔다.

"아, 예!"

드디어 사태의 심각함을 깨달았는지 히가시노는 군살이 붙은 몸을 흔들며 달려왔다.

이제 살았다. 안도하며 문을 나선 다도코로의 팔에서 바인더가 미끄러져 떨어졌다.

"안녕, 원장 선생. 밥은 가져 왔어?"

피에로가 몇 미터 앞에 있는 소파에 앉아 총으로 다도코로를 겨누며 즐거운 목소리로 말했다.

"어, 어째서…….."

피에로는 말문이 막힌 다도코로를 보고 천천히 일어서더니, 엄지손가락으로 뒤쪽을 가리켰다. 거기 선 슈고와 마나미를.

"저 젊은 선생 덕분이야."

"하야미즈…… 선생이? 도대체 무슨……?"

다도코로는 입을 반쯤 벌린 채 중얼거렸다.

"그건 됐고, 일단 그 바인더부터 주워. 소중한 물건이잖아. 아주아주 소중한."

피에로는 흐릿한 목소리로 큭큭 웃었다. 다도코로는 재빨리 쪼그리고 앉아 바닥에 떨어진 바인더를 집어서 품에 꼭 안더니 겁에 질린 눈으로 피에로를 올려다보았다.

"뭐, 밀린 이야기는 2층에 가서 하자고. 여기는 언제 경찰이 들이닥칠지 모르니까. 당신도 지금 경찰이 들어오면 곤란하지?"

피에로는 다도코로와 히가시노에게 권총을 들이대며 계단 쪽으로 몰고 갔다. 두 사람은 굳은 표정으로 슈고와 마나미에게 다가왔다.

"하, 하야미즈 선생…… 이게 도대체……."

다도코로가 허덕이듯이 물었다.

하지만 슈고는 아무 대답도 없이 마나미에게 "가자" 하고 재촉하며 계단을 올라갔다.

2층으로 올라간 인질 네 명은 투석실 한복판으로 나아갔다. 피에로도 조금 뒤처져서 네 사람을 따라왔다.

"하야미즈 선생, 어떻게 된 건가? 왜 저 남자가 1층에 있었던 거지?"

다도코로가 목소리를 죽이고 거듭 물었다. 하지만 슈고는 다도코로를 거들떠보지도 않았다. 그 태도에 화가 났는지 다도코로의 목소리가 커졌다.

"무시하지 말고 대답해! 왜, 왜 이런 일이……."

"감쪽같이 속아 넘어간 거야."

슈고 대신 피에로가 대답했다.

"속아…… 넘어갔다?"

마치 생전 처음 듣는 말처럼 다도코로는 더듬더듬 되뇌었다.

"응, 그래. 당신은 거기 젊은 선생한테 속았어."

"그, 그게 무슨……."

다도코로는 슈고와 피에로를 정신없이 번갈아 보았다. 슈고는 마나미와 함께 다도코로에게서 조금 떨어져서 입을 열었다.

"누가 경찰에 신고했는지, 그걸 몰랐습니다……."

"무, 무슨 이야기야……?"

다도코로가 쉰 목소리로 물었지만 무시하고 슈고는 천천히 말을 이었다.

"기를 쓰고 신고를 방해한 원장 선생님일 리는 없고, 히가시노 씨는 신고할 방법이 없죠. 저와 마나미 씨도 신고에 실패했고요. 남은 사람은 한 명뿐입니다."

"한 명……? 그 자가 신고했다는 건가?"

다도코로의 목소리에 힘이 실렸다. 신고해서 자신을 궁지로 몰아놓은 그 인물에 대한 분노가 말투에 묻어났다.

"예, 그렇습니다. 그 사람은 전파방해장치를 사용해 휴대전화를 무용지물로 만들었고, 전화선도 절단하여 절대로 신고할 수 없는 상황을 만들었습니다. 그리고 자신에게 가장 유리한 타이밍에 전파방해장치를 정지시키고 자기 휴대전화로 경찰을 불렀죠."

"그게 누군데? 누가 그런 짓을!"

"……아직도 모르시겠습니까?"

소리를 지르는 다도코로 앞에서 슈고는 천천히 집게손가락을 들어 그 인물을 가리켰다. 마스크에서 노출된 입술을 도발적으로 일그러뜨리는 피에로를.

"그입니다. 그가 신고해서 경찰을 불렀어요."

슈고는 담담하게 말했다. 다도코로는 입을 떡 벌리고 피에로를 쳐다보았다.

"저, 저 남자가……? 왜? 경찰이 오면 놈은 체포돼……. 그리고 신고하면 죽이겠다고……."

다도코로가 띄엄띄엄 중얼거렸다.

"예, 분명 그랬죠. 하지만 신고가 가능한 사람은 그뿐이고, 그가 신고했다고 보면 여러 가지 수수께끼가 단숨에 풀립니다."

"수수께끼?"

다도코로는 초점이 맞지 않는 눈을 슈고에게 돌렸다.

"예, 그렇습니다. 이 남자의 행동은 처음부터 이상했어요. 강도짓을 하고 달아나는 와중에 굳이 마나미 씨를 납치하질 않나, 우리를 감시하지도 않고 병원을 돌아다니질 않나, 원장 선생님이 큰돈을 주었는데도 기뻐하기는커녕 불같이 화를 내질 않나. 즉, 아까 제가 말한 대로 이 남자의 목적은 돈이 아니었어요."

"돈이 목적이 아니라면 편의점은 왜 털었어!"

마치 숨이 끊어질 듯 씨근덕거리며 다도코로는 말을 내뱉었다. 슈고는 뜸을 들이듯이 한 박자 쉬고 나서 다도코로와 눈을 마주쳤다.

"이 병원의 '비밀'을 전국에 알리기 위해서죠."

"저, 전국에……."

다도코로의 목에서 피리 같은 숨소리가 새어 나왔다. 슈고는 아랑곳없이 말을 계속했다.

"예, 처음부터 이 남자는 '병원의 비밀'을 폭로하기 위해 행동했습니다. 그래서 우리를 감시 아래 두지 않고 자유로이 병원을 수색할 수 있는 상황을 만든 거죠. 그리고 3층에서 '신주쿠 11'의 수술 부위를 벌리고, 그의 진료차트에 지금까지 장기를

238

빼앗긴 환자의 목록을 끼워놓아서 저도 이 병원의 '비밀'을 탐색하게끔 유도했습니다. 확실히 괜찮은 방법이었습니다. 침입자가 직접 설명했다면 분명 믿지 않았겠지만, 그런 의미심장한 방법을 쓰면 조사하지 않을 수 없죠. 저도 조종당한 셈입니다."

슈고가 쓴웃음을 지으며 어깨를 움츠리자 피에로도 입술 양 끝을 끌어올렸다.

"그럼, 그렇다면, 우리는……."

다도코로가 당장이라도 사그라질 것 같은 목소리로 말했다.

"예, 이 남자 손안에서 놀아난 거죠. 이 남자는 스스로 이 병원을 탐색하는 한편으로 저를 조종해서 조사했고, 당신에게도 행동의 자유를 주면서 밤새 뭔가 찾아내려고 했습니다. 하지만 찾아내지 못하고 아침이 되는 바람에 최종적인 방법을 쓴 거죠. 경찰에 신고해서 이 병원을 포위시키는 방법 말입니다."

"왜, 왜 그런 건데. 경찰이 오면 체포되는 건 이 작자라고. 그런데 어째서……."

다도코로는 조소하듯 엷은 웃음을 띤 피에로를 손가락질했다.

"그는 달아날 생각이 없습니다. 처음부터 체포될 작정으로 여기 침입한 거예요."

슈고의 말을 듣고 다도코로와 히가시노는 경악을 금치 못하는 표정을 지었다. 마나미도 슈고 옆에서 아이섀도를 칠한 눈을 동그랗게 떴다.

"이 남자는 편의점에서 총을 쐈습니다. 요즘 편의점에서는 안전이 최우선이므로 강도가 들면 얌전히 돈을 주라고 점원에게 교육합니다. 그러므로 분명 반항하지 않았을 텐데도 일부러 총을 쐈어요. 왜일까요?"

"그걸 내가 어떻게⋯⋯."

다도코로는 말끝을 흐렸다.

"세간의 주목을 끌기 위해서입니다. 도중에 마나미 씨를 납치한 것도 같은 이유에서고요. 강도가 총을 쏜 것도 모자라서 여자까지 납치해서 달아났으니 전국이 주목하겠죠. 그는 그런 상황을 만들고 싶었던 겁니다. 실제로 대부분의 방송국이 지금 이 병원의 상황을 중계방송하고 있습니다. 매스컴이 조금 더 모여들고, 더 많은 사람들이 잠에서 깨어 텔레비전을 볼 시간대가 되면 투항해서 모든 걸 공표할 작정이에요. 제 생각은 그렇습니다."

슈고는 한마디도 끼어들지 않고 즐거운 듯이 설명을 듣고 있던 피에로를 보았다. 피에로는 연극이라도 하듯이 과장스럽게 두 팔을 활짝 펼쳤다.

"명답이야, 젊은 선생. 당신에게는 진심으로 감사해야겠군. 덕분에 죽어라 찾던 물건을 찾아낼 수 있었으니까."

"찾던 물건⋯⋯?"

다도코로가 중얼거렸다.

얼굴 근육이 이완되어 몇 분 만에 열 살도 넘게 늙은 것처럼 보였다.

"응, 그래. 네가 소중하게 끌어안고 있는 그거."

피에로가 다도코로를 노려보았다.

"계속 그걸 찾았어. 이 병원에 들어온 후로 계속. 이만큼 주목받는 가운데 이 병원의 숨겨진 만행을 폭로하면 너희는 분명 파멸하겠지. 다만 그것만으로는 부족해. 수술을 받은 녀석들도 너희와 함께 지옥에 떨어져야 공평하겠지, 안 그래? 그래서 지금까지 수술을 받은 녀석들의 목록을 찾아다닌 거야."

피에로는 흥분한 목소리로 마구 떠들었다. 다도코로의 얼굴에서 핏기가 싹 가셨다.

"반드시 가지고 있을 거라 예상했어. 당신은 신중한 남자잖아. 그러니까 입막음을 당할 위험에서 벗어나고자 분명 목록을 만들어놨겠지. 하지만 아무리 찾아도 없더라고. 결국 아침이 돼서 어쩔 수 없이 신고했지. 뒷일은 경찰에게 맡기는 수밖에 없을 것 같아서. 그런데 누군가 도움의 손길을 내밀었어. 거기 선생님 말이야."

피에로가 턱짓으로 슈고를 가리켰다.

"하야미즈 선생이……?"

슈고는 이완된 근육을 거의 움직이지 않고 말하는 다도코로를 쳐다보았다.

"그가 뭔가 찾고 있다는 느낌은 계속 들었습니다. 그게 '비밀 수술'에 관한 물건이며, 그 물건이 발견되는 걸 당신이 몹시 두려워한다는 것도요. 거기까지 알고 나면 그게 지금까지 집도한 수술에 관한 기록이라는 것쯤은 짐작이 가고도 남죠."

슈고는 바싹 마른 입 안을 침으로 적시고 말을 이었다.

"당신은 분명 원장실 금고에 기록을 보관했을 겁니다. 하지만 금고에서 돈을 꺼낼 때는 기록이 없었죠. 당신이 기록을 숨겼다면 분명 5층이나 1층 수술실 주변일 것 같았습니다. 그래서 한바탕 연극을 해서 그와 교섭했습니다."

"교섭? 언제 교섭했다는 건가? 자네가 이 남자와 둘이서만 이야기한 적은……."

"이야기할 필요 없었어."

피에로가 다도코로의 말을 끊었다.

다도코로는 "엉?" 하고 얼빠진 소리를 내며 피에로를 보았다.

"아까 그 녀석한테 다가갔을 때 이걸 얼굴 앞에 내밀더라고."

피에로는 청바지에서 선불식 휴대전화를 꺼내서 다도코로를 향해 들어올렸다. 다도코로의 입이 쩍 벌어졌다.

'당신이 찾는 물건을 줄게. 대신에 내가 시키는 대로 하고, 아무도 다치게 하지 않겠다고 약속해.'

휴대전화 뒷면에 매직펜으로 그렇게 적혀 있었다.

"덧붙여 저는 아까 경찰과 통화하지 않았습니다. 전화벨이 멈추기를 기다렸다가 전화를 받는 척했을 뿐이에요."

"그, 그럼……."

다도코로는 말을 제대로 잇지 못했다.

"그래, 댁은 나랑 젊은 선생의 낚시질에 된통 걸린 거야."

피에로는 그렇게 말하고 큰 소리로 웃었다. 다도코로는 허무한 눈으로 슈고를 보았다.

"왜…… 왜 그런 짓을…… 공범자가 되겠다고 했잖나. 돈만 주면 입을 다물겠다고……. 그런데 왜 이렇게 어처구니없는 짓을 저지른 거지……."

슈고는 다도코로에게 냉랭한 시선을 던졌다.

"어처구니없는 짓? 정말로 어처구니없는 짓을 한 건 당신들이잖아. 보호자가 없는 환자의 장기를 빼내서 부자에게 이식해? 그런 짓을 하고도 무사할 줄 알았어? 정말로 그런 짓거리를 도울 거라고 믿은 거야?"

"이, 이제 와서 무슨 소리를…… 아까 전에는……."

"그래야 위험 부담이 줄어들 것 같았거든. 만약 그때 협력하기를 거부했다면 당신은 우리를 입막음하려고 했을지도 몰라. 그래서 공범이 되는 척한 거야."

"그런…… 너무해. 너무 심했다고……."

슈고는 원망 어린 말을 늘어놓는 다도코로를 무섭게 노려보았다. 그 서슬에 놀랐는지 다도코로는 한 발짝 뒤로 물러났다.

"너무해? 너무한 게 누군데! 당신은 자기 환자의 장기를 적출했어! 지켜야 할 사람들에게서 장기를 훔쳤다고! 당신은 의사가 아니라 범죄자야!"

슈고는 인정사정없이 다도코로에게 성난 목소리를 퍼부었다. 다도코로는 턱을 정통으로 얻어맞은 복싱선수처럼 비틀거리다가 제자리에 무릎을 꿇었다.

"자, 설명은 충분히 잘 들었지? 이제 그만 그 바인더 내놔."

피에로가 다도코로에게 천천히 다가갔다.

"……슈고 씨."

슈고 곁에 서 있던 마나미가 조그마하게 말했다. 슈고는 마나미에게 고개를 돌리고 미소 지었다.

"응?"

"미안해요. 나, 슈고 씨가 정말로 원장 선생님의 공범이 된 줄 알고……."

마나미는 눈을 내리깔았다.

"미안하긴. 설명도 없이 그랬으니 그렇게 받아들이는 것도 당연하지."

"하지만 슈고 씨는 날 생각해서……. 그런데 난 쌀쌀맞게 굴기나 하고……."

슈고는 모기가 앵앵대는 듯한 목소리로 말하는 마나미의 머리를 쓰다듬었다. 긴 흑발의 부드러운 감촉이 손바닥에 전해졌다. 마나미는 우는 듯한, 그러면서도 웃는 듯한 표정으로 슈고를 보면서 머리 위에 얹힌 손에 자기 오른손을 올렸다.

"이제, 다 끝난 건가요? 이제 안전한 거죠?"

"응, 아마도……."

슈고는 눈길을 피에로에게 돌렸다.

이제 사건은 마무리됐다. 피에로가 바인더를 손에 넣어 경찰과 매스컴에 발표하면 다 끝난다. 그래, 전부 다 끝난다…….

하지만 어째서인지 슈고의 가슴속에 피어오른 불안감은 사라지기는커녕 더더욱 크게 부풀어 올랐다.

피에로가 무릎을 꿇은 다도코로 눈앞으로 다가섰다.

"거, 거래를 하지!"

다도코로가 갑자기 새된 소리를 질렀다.

"거래?"

피에로가 무슨 수작이냐는 듯이 눈을 가늘게 떴다.

"그, 그래. 분명 누군가의 의뢰를 받고 이걸 뺏으러 온 거지? 지금까지 내가 신장을 이식해준 누군가가 증거를 없애려고 당신을 고용한 거 아닌가? 그렇다면 내가 그 돈의 두 배…… 아니 세 배를 줌세. 그러니까 눈감아줘, 응? 당신한테도 나쁜 이야기는 아니잖아."

다도코로는 아부하는 듯한 표정으로 피에로를 올려다보았다.

안 돼! 슈고는 표정이 굳어졌다. 만약 돈이 목적이라면 이 남자가 이렇듯 자기 몸을 내던지는 수단을 택하겠는가. 애당초 세간에 '비밀 수술'을 폭로할 리 없지 않은가.

하지만 슈고가 끼어들기 전에 피에로가 먼저 반응했다. 지금까지 내리고 있던 권총을 다도코로에게 들이대고 방아쇠에 손가락을 걸었다.

"돈? 내가 돈 때문에 이러는 것 같아?"

피에로는 땅속에서 울려 퍼지는 듯한 목소리로 말했다. 화가 치밀어서 눈에 핏발이 섰고, 입술이 확 젖혀졌다.

"내가 돈을 바라고 이런 짓을 한 것 같으냐고! 그래? 대답해!"

길길이 고함을 지르는 피에로의 집게손가락에 힘이 들어갔다.

마나미가 "안 돼!" 하고 소리치며 눈을 가렸다.

"복수다!"

슈고는 아랫배에 힘을 주어 소리를 내질렀다.

"……뭐라고?"

피에로가 방아쇠에서 손가락을 떼면서 슈고를 쏘아보았다.

"복수라고 했어. 당신은 복수하려고 이번 일을 꾸몄어. 당신의 소중한 사람이 '비밀 수술'에 희생된 거야. 그렇지?"

"……맞아."

피에로는 음울한 목소리로 이야기를 시작했다.

"이것들은 내 소중한 사람에게 칼을 댔어. 의식이 없다는 핑계로 그녀의 배를 째고 내장을 꺼냈다고. ……처음에는 믿기지가 않더군. 정말로 그런 일이 있을까 싶었어. 하지만 조사를 진행하면서 이것들이 이 병원에서 저지른 일을 알게 됐고…… 절대로 용서할 수 없었어."

"그 사람은 당신 가족이야? 아니면…….."

"……연인이야."

피에로는 목구멍에서 짜내듯이 말했다.

"정말 소중한 사람이었군."

슈고의 말에 피에로는 천천히 고개를 끄덕였다.

"소중하고말고. 그녀를 위해서라면 뭐든지 할 수 있어. 목숨도 버릴 수 있다고."

"그럼 그 바인더를 가지고 투항해. 그리고 경찰과 매스컴에 알려서 이 병원의 비밀을 전국에 폭로해. 그게 당신 목적이잖아. 여기서 원장을 죽이면 당신은 그냥 살인범이 되는 거야. 당신의 소중한 사람도 그런 결과가 나오길 바라지는 않을걸."

슈고는 영화에나 나올 법한 대사 같은 말로 피에로를 열심히 설득했다. 아무리 이 병원에 사람들의 관심을 집중시키기 위해서라고는 하나, 이 남자는 마나미를 총으로 쏘고 납치하는 등 너무나도 충동적인 행동을 되풀이한 것으로 모자라 병원에서 마나미를 겁탈하려고까지 했다. 스스로를 통제하지 못하는 것이다. 그러므로 앞으로 피에로가 어떤 행동을 취할지 예상이 되지 않았다.

권총을 쥔 피에로의 팔이 부들부들 떨렸다. 모두가 침묵을 지키는 가운데 시간만 흘러갔다.

"부탁이야…… 이제 그만해."

마나미가 혼잣말처럼 중얼거린 말이 방 안 공기를 흔들었다. 그 순간 권총을 든 피에로의 손이 아래로 축 처졌다.

"……그 바인더 내놔."

피에로는 다도코로를 내려다보며 조용히 말했다. 슈고는 천장으로 고개를 젖히고 눈을 감았다.

끝났다. 드디어 다 끝났다. 이 악몽 같은 밤이.

지금까지 느껴본 적 없는 달성감과 해방감이 가슴속에 가득 찼다. 슈고는 눈을 뜨고 옆에 서 있는 마나미에게 미소를 지었다. 마나미는 눈시울을 글썽거리며 웃음으로 답했다.

"빨리. 얼른 내놔."

피에로가 실이 끊어진 꼭두각시 인형처럼 주저앉은 다도코로에게 손을 내밀었다. 다도코로가 얼굴을 들었다. 그 순간 슈고는 온몸에 소름이 돋았다.

멀리서도 피에로를 올려다보는 다도코로의 눈에 아무 감정도 담겨 있지 않다는 것을 알 수 있었다. 마치 눈구멍에 유리알을 끼워놓은 것 같았다.

다도코로가 가운 호주머니에서 꺼낸 물건으로 아주 자연스럽게 피에로의 오른팔을 찔렀다.

"……어?"

피에로는 살짝 벌어진 입술 틈새로 어쩐지 맹한 목소리를 흘려내며 자기 오른팔로 시선을 옮겼다. 메스가 깊숙이 박힌 오른팔로…….

다도코로는 단단히 움켜쥔 메스를 단번에 뽑아내더니, 손톱만큼의 망설임도 없이 피에로의 오른팔에 다시 찔러 넣고 힘을 주어 아래쪽으로 당겼다. 몹시 날카로운 메스 날이 아주 손쉽게 피에로 팔의 피부, 근육, 혈관, 그리고 신경을 잘랐다.

"우아아아악!"

벽이 떨릴 만큼 큰 비명과 함께 피에로의 손에서 권총이 툭 떨어졌다.

피에로는 고통에 찬 신음을 토해내며 제자리에 주저앉았다. 상처를 누르는 손가락 사이로 시뻘건 피가 넘쳐흘렀다. 피에로와 교대하듯이 다도코로가 느릿느릿 일어서서 피에로를 흘겨보았다. 손에 피에로가 떨어뜨린 권총을 쥐고 있었다.

너무나 갑작스럽고 예상치 못한 사태라 슈고는 그저 제자리에 우두커니 서 있는 것이 고작이었다.

"……네까짓 게 뭔데."

모든 감정이 사라진 다도코로의 얼굴은 마치 가면이라도 쓰고 있는 것처럼 보였다.

"네까짓 게 뭔데 내 인생을 조지려고 들어. 난 20년도 넘게 죽을힘을 다해 우리 병원을 지켜왔어. 몸이 가루가 되도록 열심히 병원 직원들의 생활을 책임지고, 환자들을 치료했다고. 얼마나 고생스러웠는지 네 놈이 알아?"

인공 음성처럼 억양 없는 목소리로 말하는 다도코로를 보고 있자니 슈고는 온몸에 식은땀이 맺혔다. 피에로가 잔뜩 화가 나서 총을 휘둘렀을 때도 이만큼 무섭지는 않았다.

다도코로는 팔을 감싸 안고 신음하는 피에로의 정수리 언저리를 총구로 내리누르고 방아쇠에 손가락을 걸었다.

"원장 선생님, 진정하세요! 그런 짓을 한다고 달라지는 건 없습니다!"

슈고는 황급히 소리를 질렀다.

단순한 위협이 아니다, 다도코로는 정말로 피에로를 죽일 작정이다. 그렇게 확신하자 목소리가 떨렸다.

"왜?"

다도코로는 총을 내리는 대신 진심으로 궁금하다는 듯이 물었다. 온도가 전혀 느껴지지 않는 시선이 슈고를 향했다. 마치 거대한 파충류가 노려보는 것만 같았다.

"왜냐니요. 당신이 무슨 짓을 저질렀는지 여기 있는 모두가 다 압니다! 그를 죽여도 결국 전부 밝혀질 거예요."

"그렇다면 여기 있는 사람을 전부 죽이면 되겠군."

다도코로는 아무 거리낌 없이 말을 내뱉었다.

"전부……?"

슈고는 자기 귀를 의심했다. 혀가 뻣뻣하게 굳었다.

"그래. 이 남자를 죽이고 하야미즈 선생과 거기 여자를 죽일 거야. 그리고 히가시노도. 사사키는 이미 죽었으니 그럼 이 자리에 '비밀'을 아는 사람은 더 이상 없지."

"왜, 왜 저까지?"

지금까지 조각상처럼 미동도 않던 히가시노가 외쳤다.

"자네도 날 배신할지 모르잖나. 이왕 일을 할 거면 확실하게 해야지."

250

다도코로는 히가시노에게 웃음을 지었다. 공허한 웃음을.

히가시노는 "힉" 하고 비명을 지르더니 몸을 돌려 달아나려고 했다. 하지만 너무 무서워서 다리가 꼬였는지 군살이 투실투실한 몸을 가누지 못하고 제자리에 고꾸라졌다. 투석실에 묵직한 소리가 울려 퍼졌다.

"달아나려고 하다니, 그럼 못쓰지, 히가시노. 나도 모르게 쏠 뻔했잖나."

다도코로가 내려다보자 히가시노는 쓰러진 상태로 온몸을 바들바들 떨었다.

"슈고 씨……."

마나미가 새하얗게 질린 얼굴로 슈고의 가운 소맷자락을 붙잡았다. 슈고는 "걱정 마" 하고 말하려고 했다. 하지만 그 말은 입 밖으로 나오기 전에 목구멍에서 흩어져 사라졌다.

다도코로는 완전히 실성했다. 이대로 가다가는 정말로 여기 있는 모두가 총에 맞아 죽는다.

"쏘면 경찰이 들이닥칠 겁니다!"

슈고는 떨리는 목소리로 힘껏 외쳤다. 불쾌한 듯이 다도코로의 얼굴이 살짝 일그러졌다.

"경찰?"

"예. 경찰은 분명 협상을 하는 동시에, 특수부대를 출동시키는 것도 고려하고 있을걸요. 만약 발포하면 분명 밀고 들어올 겁니다!"

"몰려들기 전에 전부 쏴 죽이면 그만이잖나?"

다도코로가 너무나 무덤덤하게 말하는 바람에 슈고는 뺨이 경직됐다.

"다른 사람들은 모두 총에 맞아 죽었고, 당신이 권총을 들고 있다면 살인범은 누구일까요? 당신밖에 없잖습니까."

"아아, 그건 걱정 말게. 이 피에로가 자네들을 쏴 죽인 후, 내가 달려들어 몸싸움을 벌인 끝에 권총을 빼앗았고 정신없는 와중에 피에로를 쏜 걸로 하면 되니까. 분명 정당방위가 인정돼서 난 무죄로 풀려날 거야."

"……그렇게 잘될 것 같습니까?"

슈고는 어금니를 꽉 깨물었다.

"잘되고 말고는 관계없어. 그것밖에 방법이 없으니까. 그래도 그 정도면 시도해볼 만한 가치가 있지 않겠나."

다도코로가 어디까지나 가벼운 투로 말하며 어깨를 살짝 으쓱하자 슈고는 단념했다. 이제 이 남자에게 설득은 통하지 않는다.

어쩌지? 어떻게 하면 좋지?

슈고는 머릿속에 채찍을 가했다.

총을 쏘기 전에 빈틈을 노리고 덤벼들어서 권총을 빼앗을까? 하지만 다도코로와 거리가 몇 미터나 떨어져 있다. 미처 다다르기도 전에 총에 맞을 가능성이 높다.

뭐든지 좋다, 뭔가 방법이 없을까? 고개를 숙인 슈고의 시야 한구석에 어떤 물건이 들어왔다. 슈고는 눈을 부릅뜨고 그것을 보다가 눈길을 천장으로 옮겼다. 몇 시간 전에 다도코로가 말한 내용이 머릿속에 되살아났다.

이건 써먹을 수 있을지도 모른다. 하지만 만약 실패하면······.

슈고는 갈등에 시달렸다. 그러다 문득 옆에 선 마나미에게 눈을 돌렸다. 두 사람의 시선이 마주쳤다. 마나미는 당장이라도 울음을 터뜨릴 것 같은 표정으로 슈고를 쳐다보았다.

아아, 그래. 가슴속에 비장한 각오가 솟구쳤다. 자신이 총에 맞느냐 마느냐는 문제가 아니다. 이 작전을 실행하면 마나미가 살아날 가능성이 비약적으로 높아진다. 슈고는 지난밤의 기억을 돌이켜보았다. 줄곧 마나미를 보호했다. 하지만 어떤 의미에서 보호를 받은 것은 슈고 자신이었다.

마나미가 없었다면 이 병원의 '비밀'을 밝힐 수도, 피에로의 진짜 목적을 알 수도, 그 이전에 이러한 극한상황에서 제정신을 유지할 수조차 없었을 것이다. 마나미가 함께 있었던 덕분에 슈고는 지금까지 버틸 수 있었다. 불운하게도 이 사건에 휘말린 피해자. 마나미만은 무슨 수를 써서라도 지켜야 한다.

"······잘 들어."

슈고는 다도코로에게 들리지 않도록 속삭였다. 마나미는 가늘게 뜬 눈으로 슈고를 보았다.

"계단이 어디 있는지 기억해봐. 그리고 내가 신호하면 몸을 낮추고 전속력으로 계단으로 뛰어가."

"예? 그게 무슨 말이에요?"

마나미는 목소리를 최대한 낮추어 물었다.

"그냥 시키는 대로 해. 돌아보지 말고 계단을 내려가서 경찰에게 도움을 요청해."

"……슈고 씨는?"

마나미의 목소리가 떨렸다.

"난 괜찮아. 걱정 안 해도 돼. 그러니까 아무 생각 말고 도망쳐. 그러면 분명…… 모두 살 수 있을 거야."

"정말로요?"

마나미가 불안함이 가득한 눈으로 쳐다보았다. 슈고는 힘 있게 고개를 끄덕였다. 마나미가 자신의 불안한 마음을 눈치채지 못하도록.

"그럼."

"……금방 다시 만날 수 있는 거죠?"

"응."

슈고가 고개를 끄덕이자 마나미는 울음을 참듯이 연분홍색 입술을 깨물며 고개를 끄덕였다.

슈고는 미소를 지어주고 나서 다도코로에게 시선을 돌렸다. 마나미를 설득했다. 이제 작전을 실행하기만 하면 된다. 슈고는 다도코로에게 들키지 않도록 조심스레 가운 호주머니에 손을 넣었다.

다도코로가 마스크를 뒤집어쓴 피에로의 머리를 장난치듯이 권총으로 쿡쿡 찔렀다.

"일단 이 잘난 마스크를 좀 벗어주실까. 이렇게 골 때리는 짓을 한 놈의 낯짝을 한번 봐야겠어."

여전히 피가 줄줄 흐르는 팔을 누른 채 피에로는 고개를 들었다.

"빨리 벗어. 아니면 마스크를 쓴 채로 죽고 싶나?"

다도코로는 변함없이 억양이 느껴지지 않는 목소리로 말했다. 피에로의 몸이 바르르 떨렸다.

"당장 안 벗으면 쏘겠네."

다도코로는 언성 한 번 높이지 않고 담담하게 재촉했다. 피에로가 왼손을 머뭇머뭇 목으로 가져갔다. 머리에 뒤집어쓴 고무 마스크가 천천히 벗겨졌다.

짧게 자른 머리가 나타났다. 슈고는 피에로 뒤쪽에 서 있어서 그의 맨얼굴이 보이지 않았다.

"어? ……너, 너는!"

다도코로의 눈이 경악으로 휘둥그레졌다. 다리가 풀렸는지 몸을 일으키지 못하고 앉아 있던 히가시노도 입을 떡 벌리고 남자 얼굴을 응시했다.

지금이다! 슈고는 바로 옆에 있던 석유난로를 걷어차서 넘어뜨렸다. 시끄러운 소리와 함께 난로가 옆으로 넘어지자 바닥에 등유가 쏟아져 나왔다. 다도코로가 고개를 번쩍 치켜들어 슈고를 보았다.

"무슨 짓인가?"

다도코로의 성난 목소리가 방에 울려 퍼졌다. 슈고는 호주머니에서 지포라이터를 꺼내 뚜껑을 열고 불을 붙였다. 다도코로의 눈이 찢어질 듯 커졌다.

"물러나!"

슈고는 옆에 서 있던 마나미의 어깨를 밀치고 등유에다 라이터를 던졌다.

마나미가 균형을 잃고 두세 걸음 뒤로 물러나는 것과 동시에 슈고의 눈앞에 불기둥이 솟았다. 살을 태울 듯한 열기가 얼굴에 부딪쳐왔다.

"무슨 수작이야! 이런 망할!"

다도코로는 소리를 지르며 슈고에게 총구를 돌렸다.

빨리! 제발 어서! 슈고는 천장을 바라보며 속으로 빌었다. 솟아오른 불길 끄트머리가 당장이라도 천장에 닿을 것 같았다. 화재 경보 장치가 달린 천장에.

다도코로가 방아쇠를 당기려고 손가락에 힘을 주는 것과 동시에 요란한 사이렌 소리가 실내를 뒤흔들었다.

"됐다!"

슈고는 환호했다. 동시에 천장에서 하얀 가루가 잔뜩 뿜어져 나왔다. 다도코로가 말한 소화 분말이다. 미세한 가루가 시야를 가득 채우자 마치 짙은 안개가 낀 것처럼 거의 아무것도 보이지 않았다. 타오르던 불길도 단번에 기세를 잃고 진화되었다.

"마나미! 뛰어!"

슈고는 마나미에게 힘껏 소리치며 달음박질했다. 눈을 오므려 뜨고 거의 아무것도 보이지 않는 뿌연 가루 속을 달려 다도코로가 서 있던 곳으로 향했다.

다도코로의 윤곽이 희미하게 보였다. 천장에서 뿌려진 대량의 소화 분말이 바닥에 가라앉기 시작하자 뿌연 안개가 옅어졌다. 슈고는 속도를 늦추지 않고 어깨로 다도코로를 들이받았다.

슈고의 어깨가 다도코로의 배를 파고들었다. 총알이 스친 다리에 힘을 제대로 주지 못하는 다도코로는 별다른 저항도 못하고 튕겨 나가서 슈고와 함께 바닥을 데굴데굴 굴렀다. 슈고는 권총 쪽으로 재빨리 기어갔다. 권총만 손에 들어오면 모든 것이 해결된다. 더 이상 죽는 사람 없이 사건을 끝낼 수 있다.

다음 순간 슈고는 온몸에 경련을 일으켰다. 뭐가 어떻게 된 건지 모를 일이었다. 눈앞에 불꽃이 튀고 온몸이 격하게 떨리더니 더 이상 몸이 움직여지지 않았다. 마치 자신의 몸이 아닌 것처럼 손가락 하나 까딱할 수 없었다. 슈고는 뺨을 바닥에 부딪히며 쓰러졌다. 그 충격으로 소화 분말이 뭉게뭉게 피어올랐다.

도대체 무슨 일이……. 바닥의 차갑고 딱딱한 감촉을 뺨으로 느끼면서 슈고는 혼란에 빠졌다. 뭔가 요란하게 터지는 소리가 고막을 때렸다. 자동차 엔진에 이상이 생겨서 발생한 듯한 굉음. 그게 무슨 소리인지 슈고는 바로 깨달았다.

누가 총을 쐈다. 권총을 주운 누군가가.

도대체 누가 누굴 쏜 걸까. 슈고는 소리가 들린 방향으로 가려고 용을 썼다. 하지만 몸은 슈고의 명령을 거부했다.

찢어지는 듯한 비명, 그리고 다시 총을 쏘는 소리가 들렸다.

마나미! 마나미는 무사히 달아났을까? 슈고는 그것만이라도 알고 싶었다. 자신이 다음으로 총에 맞아도 상관없었다. 마나미만 무사하다면.

슈고가 기도를 올리는 것과 동시에 세 번째 총성이 공기를 뒤흔들었다.

그리고 침묵이 찾아왔다.

끝났나……? 나는 죽이지 않는 건가?

슈고는 귀를 기울이며 다음에 무슨 일이 일어날지 기다렸다.

느닷없이 유리가 깨지는 소리가 들렸다. 쓰러진 슈고에게서 1미터쯤 떨어진 곳으로 주먹 크기의 검정색 금속 원통이 굴러왔다.

다음 순간 시야와 의식이 새하얗게 덧칠됐다.

"……세요?"

멀리서 목소리가 들렸다. 아주 멀리서.

슈고는 눈꺼풀을 살짝 들어올렸다. 망막에 강한 불빛이 비쳤다. 지독한 두통이 몰려왔다. 슈고는 작게 신음하며 머리를 눌렀다.

"들리세요?"

머릿속에 직접 울려 퍼지는 듯한 목소리 때문에 두통이 더 심해졌다. 슈고는 인상을 쓰며 턱을 가볍게 당긴 후, 가늘게 뜬 눈으로 주변을 둘러보았다.

두 남자가 내려다보고 있었다. 그들이 입은 유니폼은 슈고의 눈에 낯설지 않았다. 구급대원의 유니폼이다.

여기는 어디지? 슈고는 상황을 파악하려고 애썼다.

바닥에 떨어진 권총을 주우려다가……. 정신을 잃기 직전에 있었던 일이 머릿속에 되살아났다. 되풀이해 울려 퍼진 총소리.

슈고는 상반신을 벌떡 일으켰다. 머리가 깨질 듯이 아팠지만 개의치 않았다.

"어어, 안 됩니다. 누워 계세요."

구급대원 한 명이 말했다. 그 목소리 역시 두개골 속에서 뛰노는 것처럼 왕왕 울려 퍼졌다.

"뭐가, 무슨 일이 있었던 겁니까?"

슈고는 아직 잘 돌아가지 않는 혀를 애써 움직여서 물었다. 눈이 빛에 익숙해졌는지 주변 상황이 파악됐다. 아무래도 구급차 안인 듯했다. 오른팔에는 혈압계와 혈중산소 포화도 측정기를 차고 있었다.

"총소리가 들려서 특수부대가 돌입했어요. 그때 사용한 음향

섬광탄이 환자분 옆에서 터진 모양입니다."

슈고는 의식을 잃기 직전에 금속 원통이 시야에 들어온 것이 떠올랐다. 그게 폭발해서 의식을 잃은 건가.

"살상력은 없으니까 큰 외상은 눈에 띄지 않지만 고막이 찢어졌을지도 모르겠네요. 일단 병원으로 이송하겠습니다."

"잠깐만요. 마나미는, 그녀는 무사합니까?"

슈고는 구급차 안을 둘러보며 목소리를 높였다.

차 안에 슈고 말고 다른 환자는 없었다. 마나미는 다른 구급차에 있는 걸까?

"마나미? 그게 누군데요?"

"저랑 같이 2층에 인질로 잡혀 있던 여자요. 특수부대가 돌입하기 직전에 병원에서 탈출했을 텐데요!"

구급대원들은 얼굴을 잠깐 마주 보더니 어쩐지 주저하는 태도로 입을 열었다.

"아니요, 돌입하기 전에 병원에서 탈출한 인질은 없었습니다."

"예? 그, 그럼 2층에 있었을 겁니다. 저 말고 2층에서 구출된 인질은 어디 있습니까? 벌써 병원에 이송됐나요?"

슈고는 애걸복걸하듯이 구급대원에게 손을 뻗으며 외쳤다. 구급대원은 노골적으로 눈을 돌리고 침울한 표정을 지었다.

"……안됐지만 환자분 말고 구출된 사람은 없습니다. 2층에 있던 사람은 환자분을 제외하고 전부…… 사망했습니다."

3

"……이상이 그날 밤에 경험한 일입니다."

슈고는 그렇게 말하고 나서 숨을 크게 내쉬었다. 상당히 오랫동안 이야기를 계속해서 혀가 피곤했다. 뿐만 아니라 그날 밤 일을 회상하는 것은 정신적으로도 부담이 컸다.

이틀 전, 2층 투석실에서 구출된 슈고는 그다음 날 퇴원했다. 피에로에게 얻어맞아 머리를 다친 데다 음향섬광탄 때문에 오른쪽 고막이 찢어지고 가벼운 화상을 입었지만, 오랫동안 입원 치료를 해야 할 정도는 아니었다.

집 앞에 매스컴 관계자들이 우글거릴 것이라 각오했지만 그런 일은 없었다. 아무래도 경찰은 슈고의 신상 정보를 적어도 현재까지는 발표하지 않은 모양이었다. 슈고는 집에서 하룻밤 쉬고 나서 사건에 관해 진술하기 위해 수사본부가 설치된 조후서에 출두했다.

진술을 듣고자 형사가 병원에도 왔지만, 이런저런 검사 때문에 충분한 시간을 낼 수가 없었으므로 본격적인 진술청취는 오늘이 처음이었다. 오전 중에 시작된 진술청취는 틈틈이 휴식을 취해가며 저녁까지 계속됐다.

"그렇군요, 잘 알겠습니다. 감사합니다."

맞은편 자리에 앉은, 가나모토라는 이름의 중년 형사가 힘주어 고개를 끄덕였다. 슈고가 이야기하는 동안 이 형사는 한마디도 없이 귀를 기울였다.

"지금 하야미즈 선생님이 말씀하신 내용은 현장 상황과 대부분 일치합니다. 분명 선생님 말씀과 거의 같은 일이 일어났겠죠."

"'거의'……라고요?"

가나모토의 의미심장한 말을 듣고 슈고는 비아냥거리듯이 입술 한쪽 끝을 끌어올렸다.

슈고의 기억과 현장 상황에는 한 가지 차이점이 있었다. 딱 한 가지지만 너무나도 큰 차이점이. 그저께 그 차이점이 무엇인지 들었을 때부터 슈고의 머릿속은 혼란스럽기 그지없었다.

"그 '일치하지 않는' 부분이 중요한 것 아닙니까?"

"뭐, 확실히 그렇죠."

슈고가 떨떠름하게 말하자 가나모토는 쓴웃음을 지었다.

"경찰에서는 제 기억이 잘못됐다고 여기겠죠. 피에로에게 얻어맞고, 돌입부대가 던진 음향섬광탄의 영향으로 기절한 탓에 기억이 혼탁해졌다고요."

슈고는 양손으로 테이블을 짚고 몸을 내밀었다.

"흥분하지 마십시오, 하야미즈 선생님. 다친 곳이 덧나겠습니다."

가나모토의 한 귀로 듣고 한 귀로 흘리는 태도에 슈고는 입 속으로 작게 혀를 찼다.

"뭐, 솔직하게 말씀드리자면 상층부는 하야미즈 선생님의 증언과 현장의 모순점을 그다지 중요시하지 않습니다. 그렇게 무서운 일을 겪으셨으니 기억이 혼탁해질 가능성이 높다는 것도 이유 중 하나입니다만, 현장 상황만 봐도 무슨 일이 일어났는지 확실히 알 수 있다는 이유가 더 크죠."

"그럼 제가 신체의 자유를 잃었을 때 무슨 일이 있었는지 자세하게 알려주십시오. 요전부터 경찰은 제 이야기를 들으려고만 할 뿐, 자세한 사정은 전혀 가르쳐주지 않잖습니까. 저는 사건 당사자로서 경찰에 최대한 협력했습니다. 그 정도의 권리는 있을 텐데요."

슈고는 몸을 내민 채 말했다.

가나모토는 웃음 띤 얼굴로 슈고를 바라보다가 어깨를 가볍게 움츠리더니 "알겠습니다" 하고 중얼거렸다.

"그런데 하야미즈 선생님. 선생님은 뭐라고 설명을 들으셨습니까?"

"……투석실에 시체가 있었다고 하더군요. 그리고 저 말고는…… 살아남은 인질이 없다는 이야기를 들었습니다."

슈고는 입술을 깨물었다.

"아니요, 그건 정확하지 않습니다. 3층과 4층, 그리고 5층 특별병실에 입원한 환자까지 합쳐 예순다섯 명의 환자들은 무사했습니다."

"그건 압니다. 제 말은……."

"예, 압니다. 말허리를 끊어서 죄송합니다."

가나모토는 고개를 살짝 숙인 뒤 치켜뜬 눈으로 슈고를 보았다.

"선생님이 다도코로를 어깨로 들이받아 권총이 날아간 후 투석실에서 무슨 일이 벌어졌느냐. 그게 알고 싶으신 거죠?"

"예, 그렇습니다. 그때 권총을 주우려고 했는데 무슨 충격이 느껴지더니 갑자기 몸이 말을 듣지 않았습니다."

슈고는 딱딱한 목소리로 말했다.

가나모토의 입에서 나올 사실을 듣기가 두려웠다. 하지만 그래도 듣지 않고 넘어갈 수는 없다. 가나모토가 머리숱이 조금 줄어든 머리를 긁적이자 슈고는 침을 삼켰다.

"뭐, 이제 곧 기자회견에서 발표할 내용이니까 하야미즈 선생님께 미리 말씀드려도 상관없겠죠. 일단 선생님 몸이 갑자기 말을 듣지 않은 건, 전기충격기에 당했기 때문이라고 추정됩니다."

"전기충격기요?"

상상치도 못한 단어가 나와서 슈고는 미간을 모았다.

"예, 그렇습니다. SAT(특수급습부대, 일본 경찰 경비부에 편성된 특수부대를 가리킨다—옮긴이)가 돌입했을 때 쓰러진 선생님 옆에 호신용으로 사용하는 소형 전기충격기가 떨어져 있었습니다. 분명 그것 때문에 선생님 몸이 말을 듣지 않았겠죠."

"전기충격기라니, 누가 그런 걸……."

"물론 피에로 가면을 쓴 남자입니다. 놈이 가지고 있었습니다."

"피에로가요? 어째서 그렇게 단정하시죠?"

"그건 나중에 설명하겠습니다. 저희가 현장검증을 마치고 내린 결론은 이렇습니다. 다도코로가 하야미즈 선생님과 부딪쳐서 권총을 놓친 것을 보고, 피에로는 몰래 가지고 있던 전기충격기로 하야미즈 선생님의 움직임을 봉쇄한 후 권총을 주웠습니다. 그리고 충격을 받아 쓰러진 다도코로와 다리가 풀린 히가시노 씨를 연이어 사살했습니다."

'사살'이라는 단어가 가나모토의 입에서 나온 순간, 슈고는 몸이 희미하게 떨렸다.

"두 사람을 죽여 목적을 달성한 남자는 사건에 마침표를 찍기로 했습니다. ……권총을 자기 머리에 대고 방아쇠를 당긴 거죠."

가나모토는 집게손가락 끝을 자기 관자놀이에 대고 장난스럽게 "탕" 하고 말했다.

슈고는 눈을 부릅떴다. 그 피에로가 두 사람을 쏴 죽이고 자살했다?

"정말로 그게 틀림없습니까?"

"예, 분명 틀림없을 겁니다. 원장과 히가시노 씨는 뒤통수에 총을 맞았어요. 이른바 처형 스타일로 사살당한 거죠. 그에 비해 피에로 남자는 오른쪽 관자놀이에 총을 맞았습니다. 그리고 총상이 생긴 부위에 화상도 입었으므로 총구를 밀착시키고 쏜 것으로 추정됩니다. 뿐만 아니라 권총은 피에로 남자 바로 옆에 떨어져 있었어요. 모든 상황이 피에로가 두 사람을 사살하고 자살했음을 나타냅니다."

가나모토는 차분한 어조로 술술 말했다.

"아아, 이건 여담인데요. 처음에는 하야미즈 선생님이 세 사람을 쐈을 가능성도 검토했습니다. 세 사람을 쏜 후에 스스로 전기충격기를 사용한 게 아닐까 싶었거든요. 하지만 선생님의 손에서는 초연반응(총을 쏘면 화약이 터지면서 그 찌꺼기가 주변에 튀는데, 여기에 다이페닐아민을 작용시키면 자주색이 나타난다. 이를 초연반응이라고 한다—옮긴이)이 나오지 않았고, 전기충격기를 대서 생긴 화상 자국은 본인의 손이 닿기 힘든 등 한복판에 있었어요. 따라서 선생님에게 품은 의혹은 다 풀렸으니 안심하십시오."

가나모토의 설명을 듣고 슈고는 말문이 막혔다. 설마 나까지 용의자 취급을 했을 줄이야. 그러고 보니 병원에서 감식반원 같은 사람에게 입었던 옷을 제출했고 몸도 조사당했다.

슈고는 새로이 얻은 정보를 몇 분간 천천히 소화시켰다. 그러나 완벽히 이해가 된 것은 아니다. 물어보아야 할 것은 아직도 많았다.

"화재 경보 장치를 작동시키기 직전에 다도코로는 그 남자에게 마스크를 벗으라고 했습니다. 드러난 얼굴을 보고 다도코로와 히가시노 씨가 놀라더군요. 가나모토 씨, 그 남자는 누구였습니까?"

슈고는 가나모토의 눈을 똑바로 들여다보았다. 가나모토는 수염이 삐죽삐죽한 턱을 쓰다듬었다.

"미야타 가쓰히토."

"예?"

갑자기 튀어나온 이름에 슈고는 당황했다.

"미야타 가쓰히토, 그게 피에로 가면을 쓴 남자의 이름입니다. 도쿄 도 네리마 구 출신으로 나이는 33세, 독신이었습니다. 이미 신원 확인이 완료되어 기자회견에서 발표할 예정입니다."

"이름만 말씀하셔도……. 도대체 어떤 남자였습니까?"

"어라, 모르십니까?"

가나모토는 일부러 그러는 티가 나게 고개를 갸우뚱했다.

"음, 기억에 없는데요……. 어째서 제가 안다고 생각하시죠?"

"그럼, 이건 어떻습니까?"

가나모토는 혼잣말하듯이 중얼거리더니 의자 등받이에 걸쳐 둔 양복 윗도리 호주머니에서 사진 한 장을 꺼내 테이블에 내려놓았다. 사진에는 티셔츠를 입은 젊은 남자가 찍혀 있었다.

슈고는 사진에 시선을 모았다. 이 남자, 어디서 본 적이 있다.

"앗!"

기억을 더듬던 슈고의 머릿속에 사건 당일 밤에 있었던 일이 번쩍 떠올랐다.

그날 밤, 뒷문으로 다도코로 병원에 들어가려고 했을 때 마주쳐서 잠깐 이야기를 나누었던 남자, 그 남자다!

"아시겠습니까?"

"이 사람은 분명 다도코로 병원 직원입니다. 그날 밤 제가 뒷문으로 병원에 들어가려고 했을 때 마주쳤어요."

슈고가 흥분된 목소리로 말하자 가나모토는 만족스러운 듯이 고개를 끄덕였다.

"예, 그렇습니다. 미야타 가쓰히토는 1년 반쯤 전에 다도코로 병원에 취직한 물리치료사입니다. 인질극이 벌어진 날도 저녁까지 근무했죠. 아무래도 일을 마친 후 집에서 준비를 마치고 돌아온 모양입니다."

"저기…… 미야타라는 남자가 피에로였다는 건 틀림없죠?"

"무슨 말씀이신지?"

슈고가 주저하며 묻자 가나모토는 한쪽 눈썹을 움찔했다.

"그게, 별것 아닌데요. 그 남자는 계속 피에로 마스크를 쓰고 있었잖습니까. 어, 그러니까…… 도중에 바꿔치기를 해도 모르잖아요. 예를 들어 피에로 역할을 한 사람이 한 명 더 있어서……."

생각이 정리되지 않아서 슈고가 횡설수설하듯이 말하자 가나모토는 천천히 고개를 저었다.

"하야미즈 선생님, 그건 말도 안 됩니다. 그 병원은 경찰이 완벽하게 포위했어요. 돌입 작전이 끝난 후 대규모 수색도 실시했고요. 물론 범인이 경찰로 변장하여 달아날 가능성도 있다고 보고 건물 출입을 엄격하게 통제했습니다. 하지만 수상한 인물은 발견되지 않았어요."

"그럼, 혹시 비밀 통로가 있다거나……."

스스로 생각하기에도 참 진부한 말이다 싶었지만 슈고는 묻지 않을 수 없었다. 비밀 엘리베이터가 있는 병원이다. 밖으로 달아나기 위한 비밀 통로가 있어도 이상할 것 없다.

만약 그런 게 있다면 이 사건의 가장 큰 수수께끼를 풀 수 있다. 하지만 슈고의 기대와는 반대로 가나모토는 쓴웃음을 지었다.

"하야미즈 선생님 이야기를 듣고 나니 저희도 비밀 통로가 있지는 않을까 의심스러워서 철저하게 조사했습니다. 병원 설계도도 입수했고, 과거 소유자와도 만났죠. 하지만 비밀 통로는 없었습니다. 병원에서 밖으로 나가려면 정면 현관이나 뒷문을 사용해야 해요. 틀림없는 사실입니다."

"그런……가요."

완전히 수긍한 것은 아니었지만 슈고는 고개를 끄덕였다.

"다만……." 가나모토가 목소리를 낮추었다. "미야타에게 공범이 있었을 가능성을 완전히 배제한 건 아닙니다."

"예? 그게 무슨 말씀입니까?"

"이건 다른 데다 누설하시면 안 됩니다. 마스크 안쪽 귀 부분에 소형 스피커와 수신기가 달려 있었습니다. 어쩌면 미야타는 누군가의 지시를 받고 있었는지도 모릅니다."

"누군가라니, 그게 누군데요?"

슈고는 득달같이 물었다.

"그걸 모르니까 선생님께 말씀드린 겁니다. 피에로가 누군가와 연락을 취하는 듯한 낌새는 없었습니까?"

"연락을……."

슈고는 눈살을 모으며 최선을 다해 기억을 더듬었다.

"아니요…… 제가 보기에 그런 낌새는 없었습니다. 다만 피에로와 같은 공간에 머무른 시간은 비교적 짧았으니 어쩌면 저희가 보지 않을 때 연락을 취했을 수도 있겠죠."

"그런가요, 알겠습니다. 뭐, 그 장치를 좀 더 조사하면 여러 가지가 밝혀질지도 모르겠군요."

가나모토는 '이 이야기는 이것으로 끝'이라는 듯이 가슴 앞에서 양손을 마주쳤다.

"자, 잠깐만요. 그런 장치가 마스크에 부착되어 있었다면 역시 공범이 있었을 가능성이 높지 않겠습니까. 무엇보다 그 미야타라는 남자가 피에로였던 건 확실한가요? 예를 들어 경찰들이 오기 전에 피에로가 무슨 방법을 써서 미야타를 불러냈다가, 미야타를 죽이고 그 옆에 마스크를 놔둬서 피에로로 보이게 위장했다든가……."

슈고는 생각나는 대로 말을 꺼냈다.

"만약 그렇다 해도 특수부대가 돌입하면 들통나지 않겠습니까."

"어, 그러니까 역시 비밀 통로나 은신처가……."

슈고가 어물어물하자 가나모토는 대놓고 한숨을 쉬었다.

"선생님, 그 병원에는 비밀 통로도 은신처도 없습니다. 있는 건 비밀 엘리베이터와 병실뿐이에요. 그건 확실합니다."

"하지만 100퍼센트 장담은……."

슈고는 끝까지 물고 늘어졌다.

"선생님, 병원 외부에 미야타의 협력자가 있었을 가능성은 부정하지 않겠습니다. 하지만 미야타가 주범인 건 틀림없어요."

가나모토는 어린아이를 타이르듯이 말했다. 그 말투가 신경에 거슬렸다.

"어째서 그렇게 단정하십니까?"

"미야타의 집을 가택 수사했거든요. 거기서 증거가 왕창 나왔습니다."

"예?"

슈고는 할 말을 잃었다.

"일단 컴퓨터 기록을 통해 미야타가 마스크, 전기충격기, 그리고 권총 등 계획에 필요한 물건을 인터넷으로 구입했음이 밝혀졌습니다."

"인터넷? 인터넷으로 권총을 살 수 있다고요?"

슈고는 아연실색했다.

"유감스럽지만 가능합니다. 어둠의 경로를 통해 약물이나 총기류를 매매하는 불법 사이트가 있어요. 물론 저희 경찰도 단속하고는 있지만 완벽하게 근절하기는 어려운 실정입니다."

가나모토는 힘없이 고개를 저었다.

"그럼 미야타는 인터넷으로 무기를 조달해서 자기가 일하는 병원에 침입했다는 말씀입니까?"

"그런 셈이죠. 미야타 집에서는 피에로 말고도 다양한 종류의 마스크와 칼, 수갑, 화장품 따위가 발견됐습니다. 아마도 뭘 사용하는 게 좋을지 이것저것 사서 시험해봤겠죠."

"화장품?"

"아마 처음에는 마스크가 아니라 화장으로 정체를 감추려고 한 게 아니겠습니까. 조사한 바에 따르면 미야타는 물리치료사를 지망하기 이전에 작은 극단에서 배우로 몇 년 일했다고 합니다. 인기는 없었지만요. 어쩌면 그때 경험을 살려서 변장을 하려고 했는지도 모르겠군요."

어깨를 으쓱하는 가나모토를 보며 슈고는 머리를 굴렸다. 역시 미야타라는 물리치료사가 그 피에로였을까. 그렇다면…….

"그렇다면 미야타는 왜 자기가 일하는 병원에 침입해서 원장과 직원을 죽인 건가요?"

"무슨 말씀이십니까? 하야미즈 선생님이 말씀하셨잖아요. 그 남자가 '연인의 복수'라고 했다고."

"확실히 그랬습니다. 하지만 자기가 일하는 병원에 우연히 연인이 입원해서 장기를 빼앗겼다는 겁니까?"

"아니요, 저희는 그 반대라고 생각합니다. 자기가 일하던 병원에 연인이 입원한 게 아니라 연인이 입원한 병원에 미야타가 취직한 거죠. 복수를 하기 위해서요."

가나모토는 목소리를 낮추어 말했다.

"미야타의 연인이 누구인지 알아내신 거죠?"

슈고가 묻자 가나모토는 가볍게 웃음을 띠며 고개를 끄덕였다.

"하야미즈 선생님의 증언과 투석실에 떨어져 있던 바인더 덕분입니다. 그 속에 지금까지 다도코로 병원에서 불법으로 자행한 장기 이식 수술의 기록이 대부분 들어 있더군요. 뭐, 극히 일부의 자료가 파손돼서 누가 수술을 받았는지 불분명한 부분도 있지만, 이식을 받은 사람들을 대부분 고발할 수 있습니다. 대단한 면면들이더라고요. 대기업 중역에, 은퇴한 유명 운동선수에, 정치가까지. 검찰과 협력해서 체포를 준비 중인데, 이 이야기가 공표되면 전국이 한바탕 뒤집어질 겁니다."

가나모토의 목소리에 흥분이 섞였다.

"그것보다 미야타의 연인 이야기를 들려주시지 않겠습니까?"

"아, 이거 실례했습니다."

가나모토는 겸연쩍은지 헛기침을 했다.

"사쿠라 미에코. 그 사람이 미야타의 연인으로 추정됩니다."

"그게 누군데요?"

"하야미즈 선생님도 짐작은 가시죠? 다도코로 병원에서 '비밀 수술'을 받아 장기를 빼앗긴 여자입니다. 바인더에 기록이 남아 있었습니다."

"그 여자에 대해 자세하게 가르쳐주십시오."

슈고는 나지막한 목소리로 말했다.

가나모토는 "예, 알겠습니다" 하고 대답하더니 의자 등받이에 걸쳐둔 양복 안주머니에서 수첩을 꺼내 펄럭펄럭 넘겼다.

"사쿠라 미에코는 3년쯤 전에 다도코로 병원에 입원했습니다. 입원 당시 스물한 살 먹은 대학생이었죠. 부모님, 그리고 고등학교에 다니는 남동생과 함께 드라이브를 하다가 신호를 무시하고 교차로에 진입한 트럭과 충돌해 미에코를 제외한 세 사람은 즉사했고, 미에코도 머리를 세게 부딪혀서 혼수상태에 빠졌습니다."

비참한 사고 경위를 듣고 슈고의 입가에 힘이 들어갔다.

"사고가 발생하고 석 달 후, 미에코는 다도코로 병원으로 옮겨졌습니다. 사고로 가족을 전부 잃어 보호자가 없는 미에코를 다도코로 병원이 맡은 거겠죠. 그리고 바인더의 기록에 따르면 입원한 지 넉 달 후, 다도코로는 미에코의 신장을 적출해 어떤 회사 사장의 아내에게 이식했습니다. 그리고 딱하게도 미에코는 그 수술을 받은 지 닷새가 지나 사망합니다. 이게 뭘 의미하는지는 하야미즈 선생님이 더 잘 아시지 않습니까?"

"수술 후 합병증이로군요. 봉합부전(수술 후에 봉합한 조직이 충분히 유착되지 않고 봉합 부위 일부 혹은 전체가 벌어지는 현상—옮긴이)에 따른 출혈과 감염증."

"예, 수사본부도 그렇게 보고 있습니다. 뭐, 진료차트에 적힌 사인은 '오연성 폐렴(구강 또는 음식물에 붙은 세균이 음식물과 함께 기관이나 폐에 들어가 발생하는 폐렴―옮긴이)'이었지만요. 어쨌거나 사쿠라 미에코는 신장을 적출당하는 바람에 목숨을 잃었을 가능성이 아주 높습니다."

가나모토는 거기서 일단 말을 끊더니 한쪽 입꼬리를 짓궂게 끌어올렸다.

"저희는 이렇게 생각합니다. 미야타 가쓰히토는 사쿠라 미에코의 연인이었다. 3년 전 물리치료사로서 어느 정도 의학지식을 지닌 미야타는 연인의 사인에 의문을 품었고, 1년 반 전에 다도코로 병원에 취직해 진상을 파헤쳤다. 그리하여 다도코로의 수술 때문에 연인이 목숨을 잃었음을 알아냈고 수술에 관여한 사람들에게 복수하기로 결심했다. ……그다음은 선생님이 잘 아시는 그대로입니다."

"사쿠라 미에코라는 여자가 미야타의 연인이었다는 증거는 있습니까?"

슈고는 가나모토가 들려준 이야기를 머릿속으로 곱씹으며 질문을 꺼냈다.

"아니요, 아직은 없습니다. 미야타의 주변 사람들에게도 진술을 들었는데, 대인관계가 그렇게 원만한 편은 아닌 것 같더군요. 솔직히 말해 미야타에 대한 좋은 평판은 별로 없었습니다. 아주 자기중심적이다, 사소한 일에도 금방 의기소침해지거나 울컥해서 화를 낸다, 사려가 부족하다 등등 평판이 형편없더군요. 그 때문인지 여자와 사귄다는 염문이 떠돈 적은 거의 없었던 모양입니다. 뭐, 그런 까닭에 이렇게 당치않은 짓을 저지를 만큼 사쿠라 미에코에게 목을 맸는지도 모르죠."

슈고는 가나모토의 설명을 들으며 피에로의 말과 행동을 떠올렸다. 지금 가나모토가 말해준 인물상이 분명 그 피에로와 일치하는 기분이 들었다. 하지만 그런 남자가 그토록 대담하고 복잡한 계획을 세울 수 있을까? 슈고는 혼란스러운 머리를 가볍게 흔들고 가나모토를 보았다.

"그럼 뭘 근거로 사쿠라 미에코가 미야타의 연인이라고 판단하신 겁니까?"

"그밖에는 해당하는 여자가 없거든요."

가나모토는 고개를 내저었다.

"그 바인더에 따르면 수술은 열두 번 있었습니다. 그리고 그 가운데 여자 환자가 신장을 빼앗긴 사례는 네 건이고 그중 두 명은 50대였어요. 그리고 수술 후에 사망한 사람은 사쿠라 미에코 한 명뿐입니다."

"연인이 꼭 죽어야만 복수를 할까요? 연인이 장기를 빼앗긴 것도 충분히 복수의 동기가 될 만합니다. 젊은 여자 피해자가 한 명 더 있죠?"

"예, 있습니다. 반년쯤 전에 신장을 적출당한 여자가 20세 전후였던 듯합니다."

"였던 듯하다고요?"

설명이 모호하여 슈고는 고개를 갸우뚱했다.

"아아, 실제로 몇 살인지 확인되지 않았습니다. 교통사고로 의식불명 상태에 빠져서 신원확인을 못하고 입원시킨 모양이더군요. 만약 그 환자가 미야타의 연인이었다면 신원이 불확실할 리 없겠죠."

그건 그렇다. 슈고는 고개를 끄덕이며 생각했다. 그렇다면 역시 미야타라는 남자는 사쿠라 미에코의 복수를 하기 위해 이번 사건을 일으킨 걸까? 하지만 어쩐지 석연치가 않아서 슈고는 마음 한구석이 찜찜했다.

"……유서는 있었습니까?"

슈고가 팔짱을 낀 채 묻자 가나모토는 무슨 소리냐는 듯이 눈썹을 찡그렸다.

"유서? 무슨 유서 말씀입니까?"

"미야타의 유서 말입니다. 그토록 엄청난 사건을 일으킨 끝에 머리를 쏴서 자살했으니 유서 한 장 정도는 남길 것 같아서요. 자기가 왜 그런 사건을 일으켰는지 세상에 알리기 위해서."

"아니요, 현재 그런 건 발견되지 않았습니다."

가나모토는 떨떠름한 표정을 지었다.

"이건 어디까지나 제 생각입니다만, 그 피에로는 원래 죽을 마음이 없었던 게 아닐까 싶어요. 놈은 분명 사람들은 건드리지 않고 증거를 몽땅 지참해 경찰에 투항할 생각이었을 겁니다. 그런데 사람들을 쏴 죽이고 자살하다니, 저는 아무래도 믿기지가 않네요."

"확실히 원래는 그랬을지도 모르죠. 하지만 권총을 빼앗기는 바람에 동요하여 엉겁결에 사람들을 쏴 죽인 후 제정신이 돌아오자 죄의식을 느끼고 자살했다, 그런 해석도 가능하지 않겠습니까? 미야타는 금방 울컥할 뿐 아니라, 쉽게 의기소침해지는 성격이었다고 하니까요."

슈고의 의견을 들은 가나모토는 머리를 긁적이며 말했다.

"뭐, 그럴 가능성도 있겠지만⋯⋯."

슈고가 찜찜함이 가시지 않는다는 투로 말하자 가나모토는 손뼉을 치듯이 양손을 모았다.

"어쨌거나 지금까지 확보한 증거를 토대로 경찰 내부에서는 미야타가 다도코로와 히가시노를 사살한 후 자살했다는 결론을 내렸습니다. 다도코로와 미야타 중 누가 사사키를 죽였는지는 확실치 않지만, 그것도 수사를 진행하다 보면 밝혀지겠죠."

"⋯⋯사건을 해결했다, 경찰 내부에서는 그렇게 보고 있는 겁니까?"

슈고는 빈정거리는 티가 확연한 목소리로 중얼거렸다.

"예, 해결했습니다. ⋯⋯단 한 가지, 선생님이 증언하신 내용을 제외하고는요."

가나모토가 뼈가 든 어조로 대답했다.

"그래서 전부 제가 머리를 부딪힌 탓에 환상을 본 걸로 치고 억지로 막을 내리려는 속셈이로군요."

"아니요, 그런 건 아닙니다. 다만 선생님은 하룻밤에 두 번이나 정신을 잃지 않으셨습니까. 기억이 혼탁해질 가능성도 없지는 않겠죠."

"저는 분명 그날 밤 두 번 기절했습니다. 그 탓에 기억이 조금은 날아갔을지도 모르죠. 하지만 그렇다고 해서 그녀에 대한 기억이 모조리 잘못될 리는 없습니다!"

슈고가 언성을 높여 반박하자 가나모토는 난감하다는 표정을 지었다.

"선생님 말씀은 알겠지만, 온 병원을 이 잡듯이 뒤졌는데도 '가와사키 마나미'라는 여자는 코빼기도 보이질 않잖습니까."

"마나미, 가와사키 마나미는 어떻게 됐습니까?"

어제 병원에 이송된 후 형사가 진술을 들으러 왔을 때, 슈고는 덤벼들 것 같은 기세로 다그쳐 물었다. 그러자 형사는 의아한 표정으로 말했다. '그게 누군데요?'라고.

슈고가 마나미에 대해 목이 쉬어라 열심히 설명해도 형사들은 그런 여자는 병원에 없었다는 대답으로 일관할 뿐이었다. 그리고 사건이 마무리된 지 이틀이 넘게 지난 지금도 가와사키 마나미는 발견되지 않았다.

"형사님, 저는 화재 경보 장치를 작동시켰을 때 마나미에게 병원 밖으로 달아나라고 했습니다. 마나미가 경찰 눈에 띄지 않고 병원에서 탈출했을 가능성은 없습니까?"

분위기가 무거워진 가운데 슈고가 묻자 가나모토는 짐짓 한숨을 푹 쉬었다.

"하야미즈 선생님, 몇 번이나 말씀드렸을 텐데요. 그저께 아침에 그 병원은 경찰 수십 명과 하이에나처럼 눈을 번뜩이는 매스컴에 포위되어 있었습니다. 그런데 어떻게 아무도 모르게 병원에서 달아나겠어요. 덧붙여 아까 설명 드렸듯이 돌입 작전이 완료된 후에도 병원 출입을 엄중하게 통제했고, 병원을 구석구석까지 꼼꼼하게 수색했습니다. 그렇지만 하야미즈 선생님이 말씀하신 여자는 발견되지 않았어요."

짜증이 약간 섞인 가나모토의 목소리를 들으며 슈고는 눈을 감고 기억을 곱씹었다. 눈꺼풀 안쪽에 마나미의 웃는 얼굴이 되살아났다. 비단결 같은 머리카락 감촉, 부드러운 뺨의 온기, 희미하게 풍기는 장미 향기, 그 모든 것이 선명하게 되살아났다.

마나미가 환상? 내 뇌가 만들어낸 망상? 그럴 리 없어!

"그 피에로가 편의점을 턴 후에 여자를 납치한 건 틀림없잖아요. 중계방송에 그렇게 나왔다고요. 그게 마나미입니다. 그게 바로 마나미가 그 병원에 있었다는 증거 아닙니까."

슈고가 눈을 뜨고 부르짖듯이 말하자 가나모토는 아픈 곳을 찔렸는지 인상을 썼다.

"저희는 그 보도가 오보 아닐까 생각합니다."

"오보? 뭘 근거로 그런 말씀을?"

"강도가 여자를 납치했다는 정보는 익명의 신고자가 제공했습니다. 공중전화로 신고했는데, 이쪽에서 신원을 묻자 대답하지 않고 전화를 끊었다는군요. 정황상 편의점에 강도가 들었다는 뉴스를 보고 누가 장난으로 신고한 것 아닐까 하는 것이 수사본부의 견해입니다."

가나모토는 빠르게 말을 마쳤다.

"무슨 말도 안 되는 소리입니까! 억지를 부리는 데도 정도가 있지!"

슈고가 버럭 고함을 지르자 가나모토의 눈매가 매서워졌다.

"예, 억지일지도 모르죠. 하지만 선생님의 증언에 나오는 여자가 어디에도 없는데 어쩌란 말입니까. 아니면 뭡니까? 그 여자가 정말로 있었지만 SAT가 돌입했을 때 연기처럼 사라지기라도 했다는 겁니까?"

가나모토는 골머리가 아프다는 듯이 고개를 설레설레 저었다. 두 사람의 이야기는 계속 평행선만 그렸다. 슈고는 필사적으로 머리를 쥐어짰다.

마나미는 어디로 간 걸까? 왜 발견되지 않는 거지?

"환자……."

슈고의 입술에서 작은 말소리가 새어 나왔다.

가나모토는 여전히 매서운 표정으로 슈고를 보며 "뭐라고 하셨습니까?" 하고 물었다.

"환자요. 그러고 보니 1층 뒷문은 철사로 봉쇄되어 있었습니다. 어쩌면 마나미는 철사를 벗겨내거나 그쪽에서 도움을 요청하기가 불가능해서 엘리베이터를 타고 3층이나 4층에 가서 빈 침대에 누웠는지도 몰라요. 그렇게 환자 행세를 하면 덜 위험하리라 생각해서요."

슈고는 고개를 번쩍 들었다. 하지만 가나모토의 반응은 시원치 않았다.

"즉, 가와사키 마나미 씨는 지금도 환자 행세를 하며 숨어 있다? 경찰이 병원을 통제해서 안전이 확보된 지금도요? 아무리 그래도 그건 이상하지 않습니까?"

지당한 지적이었으므로 슈고는 말문이 막혔다.

"무엇보다도 그저께 병원 직원의 입회하에 환자 예순다섯 명 전원의 안부와 본인 여부를 확인했습니다. 미야타의 공범이 환자인 척 숨어 있을 가능성을 고려해서요. 하지만 환자가 늘어나거나 뒤바뀌지는 않았습니다."

가나모토가 딱 잘라 말하자 슈고는 입술을 깨물었다.

"뭐, 환자를 확인하는 건 그렇게 어려운 일이 아니었지만, 후속조치를 취하느라 애를 먹었습니다. 그런 사건이 발생한데다 유일한 상근 의사인 원장이 사망했으니까요."

"환자들은 어떻게 하셨습니까?"

슈고가 묻자 가나모토는 과장된 몸짓으로 자기 어깨를 주물렀다.

"각 기관과 협력해서 수용해줄 병원을 찾고, 행선지가 결정된 환자부터 구급차로 이송 중입니다. 하지만 예순 명이 넘다 보니 일이 그렇게 쉽지만은 않네요. 현장은 상당히 정신없을 겁니다. 아이고, 이거 공연히 불평을 늘어놔서 죄송합니다. 아무튼 가와사키 마나미라는 여자가 환자 행세를 하고 있을 리는 없습니다."

슈고는 고개를 숙였다. 당연하다면 당연하지만 생각나는 사항은 전부 경찰이 먼저 조사했다. 몇 시간 동안 쉬지 않고 사용한 탓에 뇌세포도 이제 한계에 다다랐다.

"하야미즈 선생님, 괜찮으십니까?"

가나모토의 말에 슈고는 머리를 좌우로 천천히 흔들었다. 가나모토는 한쪽 입꼬리를 가볍게 끌어올리며 손목시계를 들여다보았다.

"벌써 오후 5시가 지났군요. 피곤하신 모양이니 오늘은 일단 이 정도로 해둘까요."

"그렇게 해주시면 감사하겠습니다."

슈고는 가냘픈 목소리로 말했다.

"그럼, 오늘은 이만 돌아가십시오. 죄송합니다만 여쭙고 싶은 게 생기면 다시 연락드리겠습니다. 선생님도 생각나는 게 있으면 언제든지 개의치 말고 연락주시기 바랍니다."

가나모토는 싹싹하게 말한 후 일어서서 출구 문을 열었다. 슈고도 일어서서 무거운 발걸음을 옮겨 문 밖으로 나가려고 했다. 그때 가나모토가 "아, 맞다" 하고 중얼거렸다.

"뭡니까? 아직 더 남았습니까?"

"다도코로가 미야타에게 주었다는, 3,000만 엔이 든 가방 말입니다. 실은 그것도 발견되지 않았어요. 아마도 미야타가 어디 숨긴 듯싶습니다. 뭐, 그것도 앞으로 수사를 하다 보면 나오겠지만요. 여담이었습니다. 죄송합니다."

정중하게 고개를 숙이는 가나모토를 본체만체, 슈고는 방을 나섰다. 피가 전부 수은으로 바뀌기라도 한 것처럼 온몸이 무거웠다.

슈고는 걸음을 멈추고 몸을 돌려 뒤를 보았다. 300미터쯤 앞에 방금 전 진술을 마치고 나온 경찰서가 있었다.

이제 어떻게 할까? 슈고는 경찰서를 올려다보며 다시 천천히 걸음을 옮겼다. 어째서인지 아스팔트로 포장한 인도가 마시멜로로 변한 것처럼 말랑하게 느껴져서 발밑이 불안정했다.

"어디로 간 거야……."

슈고는 꽉 깨문 잇새로 떨리는 목소리를 밀어냈다.

마나미하고는 고작 하룻밤을 함께했을 뿐이다. 그런데 마나미가 이 정도로 마음에 꽉 박혀 지워지지 않을 줄이야. 극도로 위험한 상황에서 만나 환상처럼 사라진 마나미. 마나미는 지금 어디에 있을까? 과연 무사할까? 마나미를 보고 싶었다. 아니, 보지 못해도 괜찮다. 그저 무사한지만이라도 확인하고 싶었다.

불안한 걸음걸이로 나아가자니 인도 가장자리에 흰 선으로 네모나게 그린 흡연 공간이 보였다. 슈고는 빨려드는 것처럼 그곳으로 향했다. 니코틴을 보충하면 안개가 낀 듯이 흐리멍덩한 머리가 조금은 개운해질지도 모른다. 재킷 호주머니에서 담뱃갑과 일회용 라이터를 꺼냈다.

담배를 물고 불을 붙이려고 했을 때, 호주머니에서 스마트폰이 진동했다.

"하필 이럴 때 누구야……."

슈고는 담배를 문 채 스마트폰을 꺼냈다. 액정화면에 '고자카이 선배'라고 떠 있었다. 슈고는 미간에 주름을 잡았다.

고자카이 대신에 당직을 서는 바람에 사건에 휘말렸다. 고자카이에게 책임이 있는 건 아니지만, 아무래도 복잡한 기분이었다. 슈고는 물고 있던 담배를 빈손으로 잡고 '통화' 버튼을 눌렀다.

"여보세요, 고자카이 선배."

"오오, 하야미즈. 지금 통화 괜찮아? 다도코로 병원에서 터진 사건 때문에 고생한 모양이던데."

전화에서 화통을 삶아 먹은 듯한 목소리가 쏟아져 나왔다. 슈고는 반사적으로 얼굴에서 스마트폰을 조금 뗐다.

"예, 정말 고생이었죠."

"미안해, 내가 당직을 바꿔달라고 하는 바람에. 그런데 오늘은 병원에 안 와?"

"부장님께 연락드려서 사흘 더 쉬기로 했어요. 다치기도 했고 경찰에 진술도 해야 하니까요. 방금 진술을 마치고 나온 길이에요."

슈고는 비난이라도 하듯이 크게 한숨을 쉬었다.

"아, 그렇구나. 어, 하야미즈. 경찰이랑 무슨 이야기를 했어?"

"예? 그야 사건에 대해서 이야기했죠……."

왜 그런 것을 묻는지 의아했다.

"뭐, 그야 그렇겠지. 어, 음, 경찰이 나에 대해 뭔가 물어보지는 않았고?"

"예? 선배에 대해서요? 아무것도 안 물어봤는데요."

"아아, 그렇구나……. 그게, 원래 내가 당직이었으니까 뭐랄까…… 나한테도 책임이 있는 게 아닌가 해서. 뭐, 안 물어봤으면 됐어."

"아, 예……."

슈고는 두서없이 말을 늘어놓는 고자카이에게 모호하게 대답했다.

"그래, 그럼 푹 쉬어. 나중에 또 연락할게."

그 말을 끝으로 통화가 끊겼다. 얼빠진 전자음을 울려내는 스마트폰을 보며 슈고는 고개를 갸웃했다. 어째 개운치 않았지만 슈고는 스마트폰을 호주머니에 넣은 후, 다시 입에 문 담배에 불을 붙이고 연기를 마음껏 빨아들였다.

담배 연기가 폐 속 가득 퍼졌다. 핏속에 녹아든 니코틴이 혈류를 타고 뇌로 흘러들었다. 너덜너덜하던 정신이 약간 차분해졌다. 니코틴을 신경안정제 대용으로 쓰는 것에 가벼운 혐오감을 느끼면서 슈고는 가나모토와 나눈 대화를 떠올렸다.

담배가 반쯤 탔을 때 슈고는 약간 불쾌해져서 인상을 찡그렸다. 벌레가 뇌 표면을 기어 다니는 듯한 감각, 도대체 이건 뭐지? 슈고는 머리를 살짝 누르며 불쾌감의 원인을 찾았다. 가나모토와 나눈 대화 중에 뭔가가 마음에 걸렸다. 도대체 뭐야? 뭐 때문에 이런 거지?

다음 순간 안간힘을 다해 기억을 더듬던 슈고의 머릿속에 섬광이 번쩍였다. 슈고는 전기충격기에 당했을 때처럼 몸이 경직됐다. 짧아진 담배가 입에서 떨어졌다.

"……예순다섯 명?"

반쯤 벌어진 입에서 담배에 이어 잠긴 목소리가 떨어져 내렸다.

예순다섯 명, 가나모토는 틀림없이 '환자 예순다섯 명 전원의 안부와 본인 여부를 확인했다'고 했다. 다도코로 병원은 3층과 4층에 4인용 병실이 여덟 개씩 있다. 즉 입원 가능한 환자는 예순네 명이다. 예순다섯 명은 5층의 비밀 병실에 있던 소년을 합한 숫자이리라. 하지만 그건 이상하다.

4층 복도 끄트머리에 위치한 병실, 거기에 빈 침대가 하나 있었다. 슈고는 그 침대의 시트를 가져와서 사사키의 시신에다 덮었다. 그런데 가나모토는 환자가 예순다섯 명이었다고 했다. 즉 다도코로 병원의 병상이 꽉 차 있었다는 뜻이다.

가나모토의 착각일까? 인원수를 잘못 말했을 뿐일까? 물론 그럴 가능성도 있다. 하지만 만약 잘못 말한 게 아니라면……. 역시 마나미는 그 침대에 숨어서 환자 행세를 했다? 그래서 발견되지 않았다? 하지만 가나모토는 환자 하나하나를 병원 직원과 함께 확인했다고 했다.

슈고는 해가 뉘엿뉘엿 떨어지는 하늘을 올려다보았다. 앞뒤가 전부 딱딱 맞아떨어지는 설명은 단 하나뿐이었다. 너무나도 어이없는 가설. 하지만 그게 아니면 설명이 안 된다.

마나미는 환자인 척한 것이 아니다.

"마나미는…… 원래 다도코로 병원의 환자였다?"

슈고는 중얼거리고 눈을 감았다. 뇌세포가 바쁘게 정보를 처리했다. 만약 마나미가 그 병원 환자였다면 마나미는 피에로에게 납치되어 다도코로 병원에 끌려온 것이 아니다. 그렇다면 마나미와 피에로는 왜 그런 거짓말을 했을까?

아무리 생각해도 수긍이 가는 대답은 하나밖에 없었다. 너무나도 절망적인 대답. 슈고는 양손으로 얼굴을 덮었다.

"마나미가…… 공범자……."

입에서 흘러나온 절망에 찬 신음은 차가운 겨울바람에 휩쓸려 사라졌다.

마나미가 피에로의 공범이라면 이것저것 모든 것이 설명된다. 피에로는 이쪽 움직임을 다 알고 있다는 듯이 행동했는데,

마나미를 통해 이쪽의 대화가 누설됐다면 당연한 일이다. 그러고 보니 마나미를 치료한 후 다도코로가 뒤에서 피에로를 공격하려고 했을 때 피에로는 마치 등에 눈이 달린 것처럼 기습을 피했다. 그때 마나미가 다도코로를 보고 피에로에게 눈짓으로 신호했는지도 모른다.

다음 순간 슈고는 온몸이 뻣뻣하게 굳었다. 무시무시한 사실을 깨달았다. 줄곧 이해가 가지 않던 일이 있었다. 그날 밤, 피에로는 왜 갑자기 투석실에 있던 마나미를 강제로 1층에 끌고 갔을까. 피에로가, 미야타라는 남자가 연인의 복수를 하고자 병원에 침입했다면 그 행동은 도리에 어긋난다. 하지만 미야타와 마나미가 협력관계였다면 이해가 간다. 뭔가 긴급사태가 발생하여 인질의 눈이 없는 곳에서 대처해야만 했던 것이다.

긴급사태, 과연 무슨 일이었을까? 그 대답은 간단하다. 사사키다.

마나미가 1층에 끌려가기 조금 전에, 사사키가 마나미에게 뭐라고 귓속말을 했다. 마나미는 사사키가 '원장을 조심하라' 그리고 '한 명 더 있다'라고 말했다고 했지만, 그건 거짓말이었다.

사사키는 분명 이렇게 말했을 것이다. '당신, 우리 병원에 입원한 환자 아니야?'라고.

"여자는 화장으로 변신할 수 있거든요."

마나미가 장난스럽게 한 말이 귓속에 되살아났다. 마나미는 화장이 상당히 진했다. 화장을 지우면 분명 딴 사람처럼 보이리라. 실제로 다도코로와 히가시노는 마나미가 입원환자인 줄 끝까지 몰랐다. 하지만 사사키는 눈치챘다. 눈치채고 확인하러 간 것이다. 마나미가 입원한 4층 복도 끄트머리 병실에.

그걸 알아차린 마나미는 '화장실에 간다'는 핑계를 대고 미야타와 연락을 취했고, 끌려가는 것처럼 위장해서 미야타와 함께 1층으로 내려갔다. 그리고 엘리베이터를 타고 4층에 가서…….

사사키를 칼로 찔렀다.

"하하…… 하하하하……."

슈고의 목구멍에서 메마른 웃음소리가 새어 나왔다.

슈고는 그때 온 힘을 다해 마나미를 구하고자 했다. 총에 맞을 각오까지 했다. 하지만 마나미는 슈고를 감쪽같이 속이고 사사키를 칼로 찔러 죽였다. 맙소사, 그때 피에로와 맞서 싸웠지만 진짜 어릿광대는 자신이었다.

사사키가 죽었다고 했을 때 피에로가 보인 반응이 떠올랐다. 그때 피에로는 정말로 놀란 것처럼 보였다. 미야타라는 남자는 마나미가 사사키를 죽인 줄 몰랐다. 분명 마나미가 자기 병실로 돌아가서 확인하러 온 사사키를 속여 넘겼으리라고 생각했을 것이다.

그렇다, 미야타는 아무도 죽일 생각이 없었으리라. 그 남자가 들은 작전은 분명 이랬을 것이다. 마나미를 데리고 병원에 침입한 후 마나미를 통해 인질들의 행동을 파악해가며 병원에 숨겨진 '비밀 수술' 자료를 찾는다. 한편 인질로서 잠입한 마나미는 다도코로 일당의 행동을 관찰해 다도코로가 자료를 반출하지 않는지 감시한다. 그리고 제한시간이 다 되면 경찰에 신고하고, 우르르 몰려온 매스컴에 다도코로 병원에서 자행된 짓을 폭로한다.

하지만 그 계획은 마지막 부분만 달랐다. 마나미는 처음부터 다도코로 일당을 죽일 작정이었다. ……미야타도 포함해서.

이 정도면 슈고가 덤벼들어 다도코로의 손에서 권총이 날아간 후에 무슨 일이 벌어졌는지는 명백하다. 소화 분말이 터진 순간 마나미는 일단 스커트 호주머니 같은 데 감추어둔 소형 전기충격기로 슈고의 움직임을 봉쇄한 후 권총을 주워 다도코로와 히가시노를 쏴 죽였다. 전기충격기는 분명 미야타와 함께 1층에 갔을 때 칼과 함께 받아놨으리라. 그리고 예상외의 사태에 놀라 멍하니 있는 미야타에게 다가가 관자놀이에 권총을 대고 방아쇠를 당겼다. 미야타 바로 옆에 권총을 내려놓아 자살로 위장한 후, 마나미는 3,000만 엔이 든 가방을 들고 계단을 뛰어올라 4층 복도 끄트머리의 병실로 돌아가서 화장을 지우고 환자로 되돌아갔다.

심한 현기증이 몰려와서 슈고는 제자리에 무릎을 꿇었다. 평형감각이 사라져 앞뒤좌우도 분간이 가지 않았다. 마치 무중력 공간에 내던져진 것 같은 착각에 사로잡혔다.

느닷없이 위에서 식도로 뜨끈한 것이 왈칵 솟구쳐 올랐다. 슈고는 몸을 구부리고 토했다. 퇴원한 뒤에도 식욕이 없어서 거의 아무것도 먹지 않았으므로 입에서는 미끈미끈한 위액이 질질 흘러나올 뿐이었다. 아릿한 쓴맛이 입 안 전체를 더럽혔다.

배 속에 든 것을 몽땅 게워낸 후에도 구역질은 멎지 않았다. 슈고는 계속해서 웩웩거렸다. 근처를 지나가던 젊은 여자가 음식물 쓰레기를 보는 듯한 눈길을 슈고에게 던지더니 재빨리 지나쳐갔다.

"아니야, 아니야, 아니야, 아냐, 아냐아냐아냐……."

가슴속이 썩어버린 것처럼 끊임없이 올라오는 구역질을 참으면서 슈고는 망가진 녹음기처럼 계속 중얼거렸다. 마나미가 범인일 리 없다. 상황이 꼬일 대로 꼬여서 혼란을 느낀 뇌가 어처구니없는 망상을 만들어냈을 뿐이다.

뭔가, 뭔가 지금 이 가설을 부정할 사실은 없을까. 슈고는 양손으로 머리에 손톱을 세웠다. 손톱이 두피를 파고들자 날카로운 통증이 느껴졌다. 그 통증 덕분에 부글부글 끓던 머리가 약간 식었다. 주변 사람들이 기이하게 쳐다보든 말든 슈고는 제자리에서 몸을 웅크린 채 생각에 몰두했다.

마나미가 그 병원 환자라고 쳐도 몇 가지 이상한 점이 있다. 일단 마나미가 미야타의 복수에 힘을 빌려준 이유를 모르겠다. 그렇다, 연인인 사쿠라 에미코를 잃은 미야타라면 모르지만 마나미가 다도코로 일당에게 그 정도로 깊은 원한을 품었을 것 같지는 않았다.

그리고 만약 마나미가 범인이라면 분명 자기 병실 상두대(주로 병실에서 침대 머리맡에 놓고 물건을 넣어두기도 하고 올려놓기도 하는 간단한 세간―옮긴이)에 다양한 증거를 숨겼을 것이다. 화장품, 피와 소화 분말이 묻은 옷, 화장을 지우기 위한 클렌징, 그리고 빼앗은 3,000만 엔. 그 증거들을 내버려두면 조만간 발각될 것이다. 만약 가지고 나간다면 수많은 환자를 다른 병원에 이송하느라 현장이 혼란스러운 어제나 오늘밖에 없다. 하지만 설령 그 물건들을 가지고 도망친다고 해도 입원환자의 정보는 병원에 남아 있다. 그 기록 때문에 체포될 것이다.

"앗!"

슈고는 고개를 들었다. 결정적인 사실이 생각났다. 마나미는 미야타의 총에 맞았다. 만약 마나미와 미야타가 공범 관계였다면 그럴 필요가 없다.

그래, 마나미는 살인범이 아니다. 전부 내 망상이다. 공범이라면 왼쪽 상복부에 그렇게 큰 상처를 입힐 리가…….

거기까지 생각한 순간 머릿속이 얼어붙었다. 발아래가 무너져 내리는 듯한 느낌이 들었다.

"수술 자국……."

슈고는 어둠에 뒤덮여가는 하늘을 바라보면서 불쑥 중얼거렸다.

전부 다 알았다. 모든 사실이 이어졌다. 너무나도 잔혹한 형태로…….

슈고는 고개를 쳐든 채 머릿속에서 짜 맞추어진 진실을 더듬어나갔다. 신기하리만큼 마음이 가라앉았다.

그날 밤, 피에로가 침입하기 전에 슈고는 당직실에서 총소리를 들었다. 뒷문을 열기 위해 총을 쐈을 때 난 소리인 줄 알았다. 하지만 미야타는 다도코로 병원의 직원이므로 전자식 자물쇠의 비밀번호를 안다. 문을 열기 위해 일부러 총을 쏠 필요는 없다.

그때 미야타는 뭘 쐈을까. ……마나미다. 몰래 병원에서 빠져나온 마나미의 배를 쏜 것이다.

슈고는 마나미의 배에 난 상처를 떠올렸다. 왼쪽 상복부에 비스듬히 입은 총상. 그것이 무엇을 의미하는지 알았다면 이번 사건의 진상을 좀 더 일찍 알아차렸을지도 모른다. 후회가 슈고의 가슴을 파먹었다. 마나미는 병원 뒤편에서 자진해서 배에 총을 맞았다. ……거기 있었던 흉터를 없애기 위해.

지금 생각해보면 마나미가 총상을 입은 부위는 신장을 적출할 때 수술하는 부위와 완전히 일치한다. 마나미도 그 병원에서 자행된 '비밀 수술'의 희생자였다. 그리고 수술을 받았다는 것을 감추기 위해 치명상을 입지 않도록 세심한 주의를 기울여 흉터가 생긴 곳에 총을 쏴달라고 미야타에게 부탁했다.

확실히 총에 맞은 후 얼마간의 시간이 경과한 것치고 마나미의 몸 상태는 너무 양호했다. 분명 총에 맞자마자 병원에 침입하여 슈고에게 치료를 받은 덕분에 출혈이 그렇게 심하지는 않았을 것이다.

총에 맞음으로써 마나미는 두 가지 이득을 얻었다. 일단 자신이 가엾은 납치 피해자라는 인상을 아주 강하게 심어줄 수 있었다. 그리고 흉측한 수술 자국을 없앨 수 있었다. 실제로 슈고는 자신의 솜씨를 최대한 살려서 총상을 깔끔하게 봉합했다. 몇 주 지나면 어지간히 자세히 들여다보지 않고서는 흉터가 있는 줄도 모를 만큼 깨끗하게 아물 것이다.

다도코로 일당은 혼수상태거나 그에 준하는 환자들의 장기를 적출했다. 하지만 마나미의 의식은 뚜렷했다. 거기에서 도출되는 결론은 하나.

그날 밤, 병원에서 '비밀 수술'을 자행했다는 것을 슈고에게 들켰을 때, 다도코로는 '수술 후에 혼수상태에서 회복된 환자'가 있다고 말했다. 그 환자가 바로 마나미였으리라.

다도코로의 이야기에 따르면 그 환자는 혼수상태에서 회복되기는 했지만, 기억에 장애가 남아서 배에 생긴 수술자국도 원래부터 있었던 것으로 받아들였다고 한다. 하지만 아니었다.

의식을 되찾고 바로인지, 아니면 시간이 좀 흐른 뒤인지는 모르겠지만 마나미는 기억을 되찾았다. 그리고 다도코로 일당에게 신장을 빼앗겼다는 사실을 알았다. 분명 마나미가 의식을 완벽하게 되찾은 줄 미처 몰랐을 무렵에 다도코로 일당 중 누군가가 무심코 입을 잘못 놀렸을 것이다.

자기 몸에 무슨 일이 생겼는지 알자 마나미는 자기 몸을 물건처럼 다른 자들에게 복수하기 위한 계획을 세웠다. 마나미는 제일 먼저 협력자부터 찾기로 했다. 그리하여 선택된 사람이 바로 미야타 가쓰히토였다. 마나미가 의식을 되찾은 후, 다도코로 병원의 물리치료사였던 미야타는 재활훈련을 시키기 위해 마나미와 자주 접촉했을 것이다. 마나미는 자신의 무기를 사용해 미야타를 함락시켰다. 미모와 남자를 매혹시키는 타고난 분위기로.

슈고는 어금니를 빠드득 갈았다.

전부 거짓말이었다. 총에 맞아 생겼다는 상처도. 보호본능을 자극하는 불안한 표정도. 복숭앗빛으로 물들어 욕망을 부추기는 뺨, 촉촉한 눈동자, 그리고 요염하게 젖은 입술도. 전부 다 슈고를 마음대로 조종하기 위한 미끼에 지나지 않았다. 격렬한 분노가 가슴에서 타오르는 것과 동시에 입맞춤을 했을 때 맛본 마나미의 입술 감촉이 되살아나서 요사스럽게 본능을 뒤흔들었다.

슈고는 주저앉은 채 주먹을 쥐고 아스팔트 지면을 힘껏 내리쳤다. 손에서 정수리로 찌릿찌릿한 아픔이 전해져서 달콤한 기억을 지웠다. 슈고는 몸에 깃든 열기를 숨결에 담아 가늘게 뱉어냈다. 멈춰 있던 머리가 다시 빠르게 돌아가기 시작했다.

연애 경험이 거의 없었다고 하는 만큼 미야타는 완전히 마나미의 노예가 됐을 것이다. 그렇다, 미야타가 말한 '연인'은 사쿠라 에미코라는 여자가 아니다. 마나미가 바로 미야타의 '연인'

이었다.

그러고 보니 짚이는 구석이 있었다. 끌려간 마나미를 구하고
자 1층으로 내려가 쇠창살문을 사이에 두고 피에로와 대치했
을 때, 어떻게든 마나미를 구하고자 기를 쓰는 슈고를 보고 피
에로는 몹시 신경질적으로 굴었다. 그때는 마나미를 겁탈하는
걸 방해해서 그런 줄 알았지만, 알고 나니 별것 아니었다. 그
남자는 질투가 났을 뿐이다.

그렇듯 미야타는 헌신적으로 마나미의 복수에 힘을 보태주
었다. 어쩌면 미야타는 스스로를 영웅처럼 생각했는지도 모른
다. 연인을 위해 목숨을 걸고 진실을 세상에 폭로하는 영웅. 하
지만 사실 그는 목적을 달성하기 위해 쓰고 버리는 게임판의
말에 불과했다.

다도코로 일당을 쏴 죽인 마나미가 다가와서 관자놀이에 총
구를 댔을 때 미야타는 무슨 생각이 들었을까?

미야타를 동정하는 마음이 솟아올랐다.

"가와사키…… 마나미……."

슈고는 입술을 거의 움직이지 않고 그 이름을 입에 담았다.
이제 그 이름에는 아무 의미도 없었다. '가와사키 마나미'는 더
이상 존재하지 않는다. 그 여자는 3,000만 엔과 함께 사라졌다.

가슴속이 텅 빈 것 같은 허탈감에 사로잡힌 슈고는 어떤 사
실을 깨닫고 건조한 웃음을 작게 흘려냈다.

"아아, 그렇구나. ……힌트를 줬었군."

슈고는 측은할 만큼 자학적으로 웃으며, 마나미와 함께 모은 진료차트 일곱 부 중 하나에 적혀 있던 이름을 떠올렸다.

가와사키13

가와사키에서 발견되어 다도코로 병원에 입원한 열세 번째 신원불명 환자.

"사랑 애 자에 아름다울 미 자를 써서 '마나미'라고 불러요."

자기소개를 할 때 마나미는 그렇게 말했다.

"13." …… "I 3." …… "아이 미(숫자 3은 일본어로 '미'라고도 발음한다—옮긴이)." …… "마나미('아이'는 일본어로 '사랑'이라는 뜻이고 사랑 애 자는 '마나'라고도 발음한다—옮긴이)."

그 가명은 그녀 나름의 유머였는지도 모른다.

'비밀 수술'을 받은 환자의 목록을 '신주쿠11'의 진료차트에서 찾아낸 사람은 마나미였다. 그때 마나미는 목록을 숨기고 있다가 마치 진료차트에서 찾아낸 것처럼 연기한 것이다. 마나미는 왜 그 목록에 자신의 진료차트까지 포함시켰을까. 그 정도로는 들통나지 않을 자신이 있었던 걸까. 아니면 그 정도 힌트는 주어야 공평하다고 생각한 걸까. 이제는 답을 알 수가 없다.

마나미에게 고마워해야 할지도 모르겠다. 슈고는 달이 떠오른 밤하늘을 올려다보며 그렇게 생각했다. 마나미는 전기충격기로 제압한 나를 특수부대가 들이닥치기 전에 쏠 수도 있었을 것이다. 하지만 그러지 않았다. 내가 살아 있으면 자기 정체가 발각될 위험성이 높아질 텐데도.

나를 살려두면 다도코로 병원에서 어떤 악행이 벌어졌는지 증언하리라고 생각한 걸까. 아니면 몇 시간, 고작 몇 시간을 같이 지냈을 뿐이지만 그사이에 아주 조금이나마 정이 쌓인 걸까.

마나미의 계획은 그야말로 완벽했다. 철저하게 계산된 계획 속에서 느닷없이 당직을 대신 서러 온 내 존재는 예상치 못한 변수였으리라. 원래는…….

거기까지 생각했을 때 밤하늘을 올려다보던 슈고의 두 눈은 눈꼬리가 찢어질 만큼 크게 벌어졌다. 온몸에 소름이 돋았다.

계획에 차질이 없었다면 원래 당직을 섰을 고자카이는 어떻게 됐을까? 슈고는 호주머니에서 스마트폰을 꺼내서 액정화면을 보았다. 아까 전화가 왔을 때 고자카이의 태도는 어쩐지 이상했다.

"의사가 모자라……."

슈고가 내뱉은 혼잣말이 차가운 공기에 녹아들었다.

왜 지금까지 몰랐을까. 다도코로 혼자서는 '비밀 수술'을 할 수 없다. 생체 신장 이식은 이식 수술 중에서는 비교적 쉬운 축에 들지만, 그래도 혼자서 진행하기는 불가능하다. 최소한 의사가 한 명은 더 필요하다.

고자카이다. 고자카이가 다도코로의 '비밀 수술'에 협력했다. 고자카이는 비뇨기과 의사로 오랜 세월 경험을 축적했으니, 신장 적출은 물론 신장을 이식해본 적도 있었을 것이다.

고자카이도 그날 다도코로와 함께 죽을 운명이었다.

마나미는 고자카이를 죽이길 포기했을까? ……그럴 리 없다. 마나미는 자신의 몸을 가르고 장기를 꺼낸 자들을 용서치 않을 것이다.

슈고는 스마트폰 통화 수신 기록을 띄운 후, 망설임 없이 제일 위에 있는 번호를 눌러서 전화를 걸었다. 하지만 통화연결음이 아무리 울려도 고자카이는 전화를 받지 않았다. 불길한 예감이 가슴에 차올랐다.

슈고는 스마트폰을 호주머니에 쑤셔 넣고 땅을 박찼다. 여기서 조후 제1종합병원까지는 4킬로미터 정도밖에 안 된다. 달리면 20분쯤 걸릴 것이다.

슈고는 뺨에 냉기를 느끼며 달려갔다.

머릿속에 본명도 모르는 여자가 환하게 웃는 모습이 떠올랐다.

에필로그

슈고는 역을 나서서 집으로 향하는 회사원들 틈새를 누비며 역 앞에 있는 목적지로 달려갔다. 앞쪽으로 시선을 던지자 100미터쯤 저편에 거대한 8층 건물이 보였다. 조후 제1종합병원, 슈고의 직장이다.

얼마 안 남았다. 이제 조금만 더 가면 된다. 평소 운동이 부족한 탓인지 여기까지 달려오자 온몸이 비명을 질렀다. 폐가 아프고, 다리는 족쇄라도 채운 것처럼 무거웠다. 한계까지 고동이 빨라진 심장이 가슴뼈를 안쪽에서 두드렸다.

당장이라도 파업을 선언할 것 같은 두 다리를 채찍질하며 슈고는 큰길을 오른쪽으로 꺾었다. 다음 순간 슈고는 다리를 멈쳤다. 열 대가 넘는 경찰차가 수십 미터 앞의 병원을 둘러싸듯이 서 있는 모습을 보고서.

슈고는 숨을 헐떡여 몸속에 산소를 공급하며 후들거리는 다리를 옮겨 병원으로 다가갔다.

경찰이 쳐놓은 출입금지선 바깥에 구경꾼 수십 명이 겹겹으로 둘러서 있었다. 대부분은 양복 차림의 회사원들이었다.

슈고는 안간힘을 다해 구경꾼들을 헤치며 출입금지선 바로 앞까지 갔다.

"죄송합니다만, 관계자 이외는 출입금지입니다."

출입금지선을 넘으려고 하자 제복을 입은 경찰관이 제지했다. 슈고는 뒷주머니에서 다급히 지갑을 꺼내 안에 든 직원증을 보여주었다.

"이 병원에서 일하는 의사입니다. 담당 환자의 상태가 급변해서 호출됐어요. 들여보내 주십시오!"

"아, 실례했습니다. 들어가시죠."

경찰관이 허둥지둥 출입금지선을 들어 올리자 슈고는 눈인사도 하는 둥 마는 둥 재빨리 병원으로 들어갔다.

슈고는 자동문을 통과하자마자 걸음을 멈추었다. 1층 외래 대합실. 그 안쪽에 경찰관과 푸르스름한 유니폼을 입은 감식반원 같은 사람들이 수많이 모여 있었다.

슈고가 제자리에 우두커니 서 있자니 낯익은 젊은 간호사가 사복 차림으로 바로 옆을 지나갔다.

"자, 잠깐만……."

"아, 하야미즈 선생님. 안녕하세요."

간호사가 슈고를 알아보고 턱을 가볍게 당겨 인사했다.

"경찰이 왜 이렇게 많지? 무슨 일인지 알아?"

슈고는 목소리에 동요한 낌새가 드러나지 않도록 주의하면서 물었다.

"예? 하야미즈 선생님, 모르세요? 아까 난리가 났었잖아요."

"오늘 휴가를 얻었거든. 그런데 환자 상태가 나빠졌다고 해서 지금 막 온 거야."

"아, 그러시군요. 그게 말이죠, 엄청난 일이 벌어졌어요. 비뇨기과 고자카이 선생님이 칼에 찔렸어요. 30~40분 전에 가슴을 찔린 채 외래 대합실 구석에 쓰러져 있는 게 발견돼서 심폐소생술을 실시했지만…… 생명을 구하지 못한 모양이에요."

슈고는 얼굴에서 핏기가 가시는 소리가 들리는 것 같았다. 한순간 다리가 풀렸지만 어금니를 악물며 주저앉지 않고 버텼다.

"그렇구나……. 그거…… 큰일이로군."

슈고는 목구멍에서 목소리를 짜냈다.

"괜찮으세요, 하야미즈 선생님? 안색이 창백한데요……."

"아아…… 괜찮아."

간호사는 기운 없이 중얼거리는 슈고를 의아한 눈으로 힐끔거리며 재빨리 병원에서 나갔다. 살인 현장에서 얼른 멀어지고 싶은 것이리라.

······늦었다. 잔뜩 취한 사람처럼 비틀거리며 슈고도 병원을 나섰다. 고개를 숙인 채 출입금지선 밖으로 빠져나와 구경꾼들 사이를 나아갔다.

마나미를 말리지 못했다. 슈고는 구경꾼으로 이루어진 벽을 간신히 헤치고 나와서 전신주에 몸을 기댔다. 이제 더 이상 다리로 체중을 지탱할 수가 없었다. 전신주에 등을 댄 채 주르르 미끄러져 내렸다. 저마다 집으로 향하는 사람들이 주저앉아 무릎을 끌어안고 몸을 웅크린 슈고 앞을 바쁘게 지나쳤다.

이제 다 끝난 걸까? 아아, 그러고 보니 바인더에 끼워져 있던 자료 일부가 파손됐다고 가나모토가 그랬다. 어쩌면 마나미가 자기 장기를 이식받은 사람의 자료만 빼냈는지도 모른다. 그 사람에게 죗값을 받아내기 위해.

그렇다고 해도 내가 할 수 있는 일은 아무것도 없다.

다시는······ 마나미와 만날 수 없을 테니까.

문득 누가 말을 건 듯한 기분이 들었다. 부드러우면서도 요염하게 마음을 간질이는 목소리. 수십 시간 전에 몇 번이나 들었던 목소리.

"마나미?"

슈고는 벌떡 일어서서 눈을 크게 뜨고 주변을 둘러보았다. 10미터쯤 앞, 양복 차림 회사원들의 물결 사이로 코트에 감싸인 가녀린 뒷모습이 보였다.

어깨 길이로 단정하게 자른 머리를 갈색으로 염색했다. 하지만 그래도 슈고는 확신했다. 마나미라고.

"마나미!"

슈고는 있는 힘껏 소리쳤다. 주변 사람들이 이상하다는 듯이 쳐다보았지만, 개의치 않았다.

마나미는 한순간 발을 멈췄다가 바로 다시 걸어갔다. 느긋한 걸음걸이로. 마치 슈고가 쫓아오기를 기다리기라도 하듯이.

마나미를 쫓아가려고 했다. 하지만 슈고는 곧 내디디려고 들어 올린 발을 천천히 제자리에 내려놓았다.

슈고는 가만히 서서 조그마한 뒷모습이 인파 속으로 사라지는 모습을 조용히 바라보았다.

쌀쌀한 밤바람이 몸에서, 그리고 마음에서 온기를 앗아갔다.

바람을 타고 날아온 장미 향기가 코끝을 스치고 사라졌다.

작가에게 보내는 사과와 우려, 그리고 감사

일단 이 자리를 빌려 작가에게 사과부터 해야겠다.

치넨 미키토는 2011년에 『레종 데트르』로 제4회 '시마다 소지 선정 바라노마치 후쿠야마 미스터리 문학 신인상'을 수상했고, 이듬해 수상작을 개제한 『누구를 위한 칼날 레종 데트르』로 데뷔했다.

당시 나는 수상작이 발매되자마자 구입해서 읽었다. 읽고 나서 작가가 자신이 구상한 이야기에 너무 심취하여 되지도 않는 히어로물을 쓴 게 아닌가 싶었다. 책을 읽느라 들인 시간과 돈이 아까웠고, 이 사람도 신인상을 받아 반짝한 후 더 이상은 빛을 못 보고 사라지는 작가 중 하나가 되지 않겠느냐는 생각까지 했다.

하지만 지금도 치넨 미키토는 작가 생활을 꾸준히 잘해나가고 있으며 책이 나오면 반응도 좋다. 결국 나는 작품 하나만 보고 작가의 싹수를 억측하는 우를 범했다. 독자 입장에서는 그래도 별 상관없겠지만, 국내에 작가와 책을 소개하는 번역가 입장에서는 판단이 너무 성급했다. 많이 반성했으며 앞으로는 작가를 보는 안목을 더욱 키워야겠다.

그렇게 결심했음에도 이 작품을 번역해달라는 의뢰를 받아 작업을 시작하자 걱정과 불안이 앞섰다. 작가가 본격 미스터리의 간판이지만, 어떤 의미에서 집필하기는 어려운 클로즈드 서클물에 도전했기 때문이다.

클로즈드 서클물은 외부와 고립된 한정된 공간에서 살인이 벌어지는 이야기라고 보면 되겠다. 보통 클로즈드 서클물에서는 연쇄살인이 일어날 때가 많은데, 사건이 많을수록 탐정과 독자에게 주어지는 단서가 많아지며 작가가 복선을 깔기도 편하기 때문이다. 또한 이야기가 늘어질 때마다 사건을 발생시켜 분위기를 환기시키고 서스펜스를 제공할 수도 있다.

문제는 이미 본격 미스터리에서 클로즈드 서클이라는 설정이 너무나도 식상해졌다는 것이다. 독자는 이제 살인이 발생해도 눈썹 하나 까딱하지 않으며 오히려 이제 누가 죽을 때가 됐는데, 하고 기대 아닌 기대를 하기도 한다. 그만큼 작가가 글을 요리하기 어렵고 독자를 만족시키기도 힘들어졌다는 뜻이다.

하물며 『가면병동』에서는 연쇄살인이 일어나지 않는다. 그리고 평범한 클로즈드 서클물과는 달리 초반부터 아주아주 수상한 인물이 떡하니 등장한다. 원서 뒤표지에 '본격 미스터리×의료 서스펜스'라는 문구가 적혀 있는데, 무늬만 그런 것 아닐까 불안한 마음이 솔솔 피어올랐다.

하지만 이번에는 5년 전과 달리 작품 자체에 만족했다. 일단 소수의 등장인물이 적재적소에 잘 배치되어 있다. 약간 전형적인 감이 없지는 않지만, 오히려 그 덕분에 역할이 잘 분담된 느낌이다. 또한 병원을 무대로 한 소설이지만 난해하지 않아 가독성이 뛰어나다. 평소 접하기 힘든 의료 도구나 의학 용어가 나오기는 하지만 내용을 이해하는 데는 전혀 지장이 없다.

덧붙여 엄연한 본격 미스터리다. 사건이 발생하고 범인이 존재하며, 그 범인은 잘 은폐되어 있다. 도중에 밝혀지는 어떤 진상은 눈치채는 독자도 많지 않을까 싶지만, 그게 전부가 아니니까 마지막까지 방심하면 안 된다.

데뷔작이 혈기와 의욕을 연료 삼아 질주하듯 집필한 작품이라면, 『가면병동』은 독자에게 만족을 주는 목표 지점에 제대로 주차하기 위해 부단히 속도를 조절하는 작품이라 할 수 있겠다. 외람되게도 감히 평가하자면 확실히 발전했다.

이 작품을 읽고 번역하면서 그동안 나는 번역가로서 얼마나 발전했는지 돌이켜보았다. 적어도 뒤로 가지는 않은 것 같아서 다행이다. 마지막으로 나 자신을 돌아다볼 계기를 마련해준 작가에게 고맙다는 인사를 보낸다.

2017년 7월
김은모

옮긴이 김은모

일본 문학 번역가. 경북대학교 행정학과를 졸업했다. 대학 시절 일본 애니메이션과 소설에 빠져 일본어를 공부하게 됐다. 옮긴 작품으로 '밀실살인게임' 시리즈를 비롯해 『앨리스 죽이기』, 『성스러운 검은 밤』, 『프리즘』, 『달과 게』, 『검찰 측 죄인』, 『열대야』 등이 있다.

가면병동

1판 1쇄 발행 2017년　7월 24일
1판 3쇄 발행 2020년 12월 21일

지은이 치넨 미키토　**옮긴이** 김은모
펴낸이 김영곤　**펴낸곳** (주)북이십일 아르테
문학사업본부 이사 신승철
해외기획팀 장수연 이윤경　**디자인** agentcat
영업본부 본부장 한충희　**출판영업팀** 김한성 이광호 오서영
마케팅팀 김익겸 정유진　**제작팀** 이영민 권경민

출판등록 2000년 5월 6일 제406-2003-061호
주소 (우 10881) 경기도 파주시 회동길 201(문발동)
대표전화 031-955-2100　**팩스** 031-955-2151

아르테는 (주)북이십일의 새로운 문학 브랜드입니다.

(주)북이십일 경계를 허무는 콘텐츠 리더

아르테 채널에서 도서 정보와 다양한 영상자료, 이벤트를 만나세요!
장강명, 요조가 진행하는 팟캐스트 말랑한 책수다 〈책, 이게 뭐라고〉
페이스북 facebook.com/21arte　　블로그 arte.kro.kr
인스타그램 instagram.com/21_arte　　홈페이지 arte.book21.com

ISBN 978-89-509-7099-4 03830